从地中海出发

卢岚——著

人民文学出版社
PEOPLE'S LITERATURE PUBLISHING HOUSE

图书在版编目(CIP)数据

从地中海出发 /卢岚著.
—北京:人民文学出版社,2019
ISBN 978-7-02-014815-8

Ⅰ.①从… Ⅱ.①卢… Ⅲ.①随笔-作品集-中国-当代 Ⅳ.①I267.1

中国版本图书馆 CIP 数据核字(2019)第 010687 号

责任编辑 **甘 慧 何炜宏**
装帧设计 **高静芳**

出版发行 **人民文学出版社**
社　　址 **北京市朝内大街 166 号**
邮　　编 **100705**
网　　址 **http://www.rw-cn.com**

印　　刷 **杭州钱江彩色印务有限公司**
经　　销 **全国新华书店等**

字　　数 **240 千字**
开　　本 **889×1194 毫米 1/32**
印　　张 **11**
版　　次 **2019 年 11 月北京第 1 版**
印　　次 **2019 年 11 月第 1 次印刷**

书　　号 **978-7-02-014815-8**
定　　价 **49.00 元**

如有印装质量问题,请与本社图书销售中心调换。电话:010-65233595

目录

序　言

卢　岚

法国女探险家内尔（Alexandra David-Néel 1868—1969）曾假扮成西藏人，于一九二三年进入禁止外国人涉足的西藏。一九二六年她写了一部游记《一个巴黎女人的拉萨之旅》，在西方世界轰动一时。到九十八岁高龄的时候，她说："探险时代已经彻底过去。地球已从各方面被翻过。探险家还有什么好做的？只有穿越空间，到另一个星球去啦！"唯是，这个调调儿不算新鲜，早在神话时代，宙斯的儿子大力士埃居尔就唱过，他在地中海和大西洋之间的一根石柱上刻上一句话："Nihil ultra"，是说："那边，什么都没有。"

内尔夫人的大言之后半个世纪，科学技术前所未有地发达，人造卫星从数万尺高空往下拍摄，几大洲、几大洋的陆地，海洋，崇山峻岭，深穴海沟，整体面貌，局部细节，都走不出它的千里眼。连你家露台上的桌子、椅子、花盘、盘中植物，都给拍下来了，只要打开你的手机或 Ipad 小荧光屏，就可以看到。我们天天看的电视、电影的聚焦镜也不甘后人，可以给你提供大量讯息。地球这个橙形的躯体所载负的一切，都逐一被搜索过，秘密已经拧干，就像洗衣机的干衣程序那样滴水不留，还有什么地方等着你去探索，去见识？

但不知为什么，这些年来东方、西方不时闹经济萧条，唯旅游业一枝独秀，由旅客组成的海陆空队伍，阵容的庞大、活动的频繁、范围的广阔前所未有，海路旅游也迅速崛起来了。你乘游轮出海，沿途就不知遇上多少大小游船，一路逐站停泊。过去不容易涉足的海岛，毛里求斯、格陵兰、南极、北极、火地岛、亚速尔群岛、加勒比海……现在都列入旅游点。海上的豪华之旅过去只属于嘴叼雪茄的美国大亨，现在普罗大众也唾手可得，价钱的差距给人提供了丰俭由人的选择。远行成为当代人的一种生活方式。行政部门将旅游业作为无烟工业发展，鼓励旅游消费。从前的南极、北极、南极洲、北冰洋，只有探险家才涉足，现在普罗大众是这支队伍的主力军。以歌诗达游轮公司为例，从一九九五年开始，每年的游客数字都直线上升，人数从最初的五百万，十年间增加至一千五百万。游客不断增加，新船不断下水，吨位越来越大，二〇〇四年下水的玛丽皇后二号，吨位十五万一千四百吨，长度三百四十五米，一座海上城市。你的游船无论停泊任何大港，总有别的游船早已泊好了岸。旅游旺季，又怎能不到处人头攒动？

也算是赶潮头吧，志侠和我都不曾瞠乎其后，都喜欢拎着箱子、照相机、录像机往外跑，人在旅途，离开一下常规生活就开心不过。至于列维-斯特劳斯（Claude Lévi-Strauss）那句丧气话：“我憎恨旅行，我憎恨探险家”，你全不放在心里。这位大旅行家，天南地北，深山密林都走遍，腿骨都快跑断了，回来所写的游记《忧郁的热带》(*Tristes Tropiques*)，开篇就是这句话。

你说他使人丧气，但这位“现代人类学之父”，是从科学角度来面对大自然的，他认为自然界的大文明，是被西方的文明毁灭的。结论是，“世界从没有人开始，也将以没有他而结束”。但这只是他作为学者的事业，他的憎恨你学不来。你的眼睛不时往外看，总有出发的愿望，你与外边山水有约。

当海上旅游业崛起，你就因利乘便跑地中海。生活在西欧，能够不泡地中海的海水么？你把脚丫泡进一个港口，就可以沿着第勒尼安海，或亚得里亚海，由北到南畅游意大利或希腊；再下伊奥尼亚海，进入爱琴海，穿过达达尼尔海峡和博斯普鲁斯海峡，抵达黑海；也可以切过东地中海南下，经塞浦路斯进入苏伊士运河，下红海，绕过阿拉伯半岛到波斯湾，到印度洋，继续望东走，可以去到太平洋区域的任何地方；向西边走，则切过北非，穿过直布罗陀海峡，直到大西洋，再越过大洋抵达美洲，北美，南美。以地中海为中心的路线，二三十年间，走过了多少旅客？你就这样跟着人流，碰碰磕磕走了好些地方。

一经进入地中海，地球上最大的内海，你既置身于现实的地理环境，也置身于神话故事的背景，或文学地理中。你在现代的空间前行，一个古老的故事在时间上将你推后，你被一掌推到故事的天罗地网，落到奥德修斯这个老奸巨猾的阴影里。地中海没有了他，就不成其为地中海了。但这个海对他不温情，他承受了超出常人的考验，威胁生命的险象一路环生。在西西里遇上独眼巨人，一个将神和人的法律皆置之度外的恶棍，他必须躲在公羊的长毛底下逃出生天；作为大英雄，在埃奥利岛呜咽着站在门槛外向风神哀求，被风神当场喝退；在三叉岛上，为吃掉神牛被雷击；走经美人鱼的要命海岸时，被捆缚在桅杆上；戈佐岛上被海仙卡吕普索痴缠七年，身不由己，赔上多少呜咽和眼泪，才得以脱身……看，地中海东西四千公里，他一个人就把它填满了。地中海走不出奥德修斯的阴影，就像欧洲文学走不出荷马的阴影。你到处遇上这个以复杂的性格来对付复杂环境的古老英雄，这个特洛伊的刽子手，但丁将他在地狱中火烧的罪人。《奥德赛》第一歌指出："这是个诡计千端的人"。然而，当你乘着巨轮，在乌头风白头浪中如履平地时，你忽然想揶揄一下那个老奸巨猾，看，你九年漂泊，要尽机巧计谋，留下同伴的尸体，留下眼泪和啜泣，在风起风落中历尽沧桑，而我们走一趟，边走边上岸参观，十天八天就走完了这段路程啦！你还屈指细算，好像比他走得更远。地中海以外的黑海，直布罗陀外面的大西洋，《圣经》的故事背景西奈半岛，还有中东、波斯湾，再回头向北走，就有冰岛、北冰洋，地球最北的城市施皮茨卑尔根，他不曾到过，而你作为现代人，有机会涉足。

然则，任你走遍天下，你不会有所改变。都说，一头驴子出发，不会变成一匹马回来，更不会变成奥德修斯。这倒没有什么，你天生为驴，就安于做驴，蠢驴、笨驴都是驴，都是你自己，为什么要变成一匹马？不是马，就不会走马看花。蠢驴看世界，新鲜好玩的事物就多了，就没有内尔夫人的高调调，也没有列维-斯特劳斯先生凉风习习的憎恶。呀，真有趣，兰波当年不会知道，他被母亲当众掴掌的地方，现在上头竟起了一座"兰波博物馆"；长期以来大家都认为，瞎子荷马以奥德修斯这个人物来展现他的诗意世界，现在迈锡尼的一座山丘，竟被证实为是《伊利亚特》故事的出发点。结论由德国考古学家谢里曼和后来的考古家拍板证实了。阿伽门农王的坟墓，他的金面具，他的妻子克吕泰涅斯特拉的坟墓，其他王族成员的陵墓，都先后找到了，出土了；可以作为历史佐证的大量陪葬物，安德洛玛刻

（Andromaque）公主的首饰，也重见天日了，你都亲临其境见识过，并拍下了照片。一个迷失在青铜时代、被认为是虚构的传奇故事，现在找到了物质证据，重新返回到历史的真实；荷马也得到了更新的深度，不单是“讲古佬”，也是个历史学家。怎么可能呀？当你相信科技将人类带向未来的时候，殊不知还可以将我们带回到过去，将传奇故事还原为历史。果然超出了蠢驴的想象能力！

“浮槎泛于海”，并非为“道不行”，这种思维再不是我们时代的产物。而地中海周围的国家，穷些富些，大抵是平常闲静的生活，黎巴嫩有过局部混乱，利比亚有过事故，局部地区有小冲突，但基本没有毁灭性的战事，没有饥荒，有的是经济起飞和繁荣的旅游业，旅游旺季，你就不知道每天有多少艘游轮浮在海面上。一艘十多万吨的新船下水，六七年就可以翻本，新下水的游船就越来越多，吨位越来越大，美国的一艘游轮竟达二十二万吨，载客七八千，旅游点也越来越多越偏僻。为了更好地捞银角子，东方国家的市场也开发了。你作为游客，还愁没有机会出外闯荡？

每次“浮槎”，既是远方，是天罩，是波涛，是神话，也是旅行家梅尔维尔、康拉德、迪雷尔（Lawrence Durrell）笔下的世界。与之平行的，还有万花筒般的现实故事。过去和现在、现实和梦想互相交叉、纠缠、呼应，你每走一趟地中海，就像把一部书逐页重新翻阅一次。史诗中的克里特岛、埃奥利群岛、埃及的法罗斯岛（Pharos）、墨勒亚海岬等地名，经历了数千年岁月，现在还是同样的名字。希腊为二〇〇四年奥运会的马拉松大赛，架起了一座二千二百五十米长的吊桥，将伯罗奔尼撒半岛的墨勒亚海岬和希腊大陆连结起来，大北风将船只封锁在海峡里的故事，从此结束。诗意和梦想也在这里打住了？不会，人类永远不会不做梦。现在西西里岛真正的独眼巨人，是不时爆发的埃特纳火山，它带来灾害的同时，也使农业大丰收；史诗中独眼巨人的无法无天，使人联想起现实中的意大利黑手党……世道在变，旧物替于新，但越是新旧嬗替，花样百出，产生于二千八百多年前的故事和远古的幽魂，越是参与当代人的生活，越是回响在文学和想象世界中。

古希腊时候，这个内海就是欧洲人的整个世界，现在则成为可以抵达世界任何一个角落的起步点，通过它可以去到任何海域、江河、内海和所有陆地。在这本书里，你试着说说地中海的故事，“海内外”一些国家的旅游见闻。“海内”篇，是地中海的神话与现实，是一个现代人跟着奥德修斯的脚印，以不同年月的旅次，沿着他走经的地方去度假。你让故事牵引着走，在人与神的纠葛中看热闹。从“海内”出发，便是“海外”各大洲了，是人行景行的寻踏山河。这部分的文字则让神站到第二线，让人站到前台上来，就有千古明君舜帝南巡，翻越五岭来到广东的丹霞山，与道俱化的故事；有初唐才子王勃在滕王阁上的“光照临川之笔”，及其扔到后人跟前的风骚；有土耳其以弗所的《圣经》和圣母马利亚的天与地、人与神的奇迹；有英国纳尔逊舍命直布罗陀的悲壮；有拿破仑成为阶下囚之后的坚忍庄重；有挪威乐圣格里格的“冬天过去，春天又来临”，有迪拜的苍茫沙海一片帆……至于黑海和它的清风，当人类历史上最大的一场骗局，在岸上最大的国家起于斯逝于斯之后，剩下来的，就只有黑海的阵阵清风了。

在浮江泛海的行程中，你尽管以自己的眼力和笔力能够抵达的地方，从过去和现在的万花筒世界中，以一个拾穗者的能耐，捡拾一点零星碎片。收获不重要。也不必担心变成一匹马回来。无论你跑过多少世界，如贺拉斯所说："那些穿越过大洋的人，改变的只是他头顶上的那片天，而不是他的人。"人是本性难移的，何况一头驴。重要的是，"我梦浮天波万里"，曾经涉足过远方，一个地平线以外的世界。在那里，一切梦想都可以扯起它的帆。我的梦也扯起了帆，一张让薰风鼓起的满帆，它把你带到你想到达的世界。

二〇一九年六月

地中海的神话与现实

特洛伊，从传奇故事还原为历史

在这期间，溃败的特洛伊人成群结队走到市中心，能够去到那里真是太侥幸了。城市塞满了一群群散兵。在城和城墙以外，他们不敢逗留太久来互相等待，辨认有哪些人在这场战斗中逃出生天，哪些人已经战死。

——《伊利亚特》第二十一歌

单是希腊这个名字本身，已经足以使人向往。它使你联想起一串熟悉的名字：荷马、苏格拉底、柏拉图……然后，又跟来一大串天神的名字：宙斯、普罗米修斯、雅典娜、阿波罗……三千五百年前的爱琴海岸，就有过那么样的一场人神共舞。这场热闹的舞会，舞出了西方世界最初的、却极其璀璨的文明，给欧洲造就了一个文化源头。几个在爱琴海边出现的异人，上无可承的学问，却一手拨开云雾，带领希腊人冲出愚昧的重围，开源创本，启百代之文慧，提供了伦理和实践原则的久远源泉。这样一个地方，还不值得你暂且抛开俗务跑一趟么？你揣上一本荷马史诗，阿迦门农王和勇士阿喀琉斯，就来伴你远行。

但，当你进入雅典城，一种幻灭感迎面袭来。不久前你去过意大利，古罗马遗迹的磅礴气势印象犹新，相信另一个同出一源的更古老的文明，会再次给你开拓视野。但意想不到，你眼下的雅典尽是些简陋的水泥板建筑，一似第三世界的中等城市；你看着郊区住宅周围的杂草堆中，混着塑料瓶、汽水罐……滚滚黄尘卷着碎纸、塑料袋直扑行人。你不禁打出问号：文化源头的记忆何在？辉煌文明的魅力何在？悠久历史的踪迹何在？你惊诧不已，还有什么幽思怀古？心想，你来迟了，一切已阵烟般消逝了。现在，只有从那些长满杂草的废墟中，从断裂残缺的大理石柱中，去想象一下昔日的繁华兴盛。

令人丧气的还有，就连那些断墙残壁，也不及当年亚历山大大帝征服过的西西里，更不如那里保存得好。要认识古希腊，还得到西西里岛去。赫赫文明一场，如何竟至于斯？你想缓和一下内心的失望，决定到博物馆去，希望在那里找回一点失去的文明碎片。就这样，行行复行行，你去到雅典国家博物馆。

然而，还是伤心话。像希腊这样一个从远古走来的地方，收藏在这个博物馆里的文物实在不算丰富。几经战乱和亡国，许多历史宝物被毁，或流失国外。大英博物馆就收藏了不少从雅典娜神庙搬回去的塑像、石柱、柱基、浮雕、墙饰；出浴的维纳斯，断头折臂的胜利之神，又移民到了法国卢浮宫。不过，闻名遐迩的阿迦门农王的金面具，还算收藏在这座建于十九世纪的希腊最古老的博物馆里。金面具关系到荷马史诗《伊利亚特》中的特洛伊战争，也关系到人类历史的一次伟大的考古。因此，它多少成为人类共有的宝物，也是这座博物馆的镇馆之宝。

玻璃柜里的金面具，手工十分精致，人物面部轮廓清晰，眉毛胡子一根根显出，技术十分先进，你不敢想象这是三千五百年前的制品。根据发现面具的地点和有关考古资料，专家鉴定这就是传说中的迈锡尼（Mycènes）和阿尔戈斯（Argos）国王阿迦门农的面具。这是他死后印下的面模，以黄金铸造而成。就是这位国王，公元前十四世纪带领希腊人，横过爱琴海去攻打特洛伊城，留下一个千古恒新的木马屠城的故事。

特洛伊战争是荷马史诗的主体，它精彩地记述了那场为期十年的战争过程。战争起因，一贯以来的说法，是因为一位绝世美人海伦，斯巴达国王墨涅拉俄斯的妻子，被特洛伊王子帕里斯劫走。但你不禁发问，就为一个半推半就地让人带走的女人，调动了千军万马，浴血山河，毁掉了一个城？或者，为美人而战只是一个借口，实质上是一场为钱财利益的殖民战争？史诗探讨了英雄的内心世界，尤其勇士阿喀琉斯的愤怒。尽管在公元前八世纪末期，希腊人已经开始奉祀史诗中的英雄，陶器中也出现了史诗中的场面，但长期以来，大家只把它当成瞎子荷马胡诌的故事，一个远古的传说罢了。现实中曾否发生过，谁也不能证实。

但特洛伊城被焚毁的故事，到了一个名叫海因里希·谢里曼（Heinrich Schliemann 1822—1890）的德国孩子的耳朵里，就不只是一个传奇故事。这个男孩子好奇心特强，出生于北部一座靠近丹麦的村庄，在那里度过童年，父亲是个穷牧师，从小培养他对古代历史的兴趣。十四岁辍学，在一间杂货铺里当小伙计，晚间睡到阁楼上，在一支蜡烛底下熟读《伊利亚特》和《奥德赛》，甚至能将其中一些段落背出。他梦想赫克托耳、阿喀琉斯和阿迦门农的战功，尤其，他相信这样一个惊心动魄的故事，不会来自虚构，一定有事实根据。他立下壮志，要从现实中架一道桥梁，一直通到那个梦一般的世界中去，要将故事的背景挖掘出来。他开始学习希腊文和所有印欧语。他在自传中这样写道：

我的父亲以强烈的赞叹口吻，给我叙述荷马英雄的战功和特洛伊战争的故事。而我，是固执地站在特洛伊人那一边。我痛苦地听着特洛伊城被完全毁灭的消息……当一八二九年，我收到日里写的那本《世界史》作为圣诞礼物的时候，想想我有多么高兴。我看着里头印着特洛伊大火的场面，从那些高大的城墙和塞尔门中，埃涅阿斯在肩头上掮着他的父亲安喀塞斯，用手牵着儿子阿斯卡尼……如果这么样的一道城墙曾经存在过，不可能完全被摧毁的……

他十分固执于寻找史诗中的世界，但考古需要巨额资金，日后挣钱就为实现这场大追踪。他从小伙计转当推销员，二十七岁创立了自己的一盘生意。白天买卖黄金、棉花、茶叶、糖等日用品，在巴黎投资地产，在美国投资铁路，是个炒股票的高手，晚上才是神圣不可侵犯的自学时刻。他绝顶聪明，语言和考古学皆自学成才，无师自通。除了母语德文以外，还能够流利地使用荷兰、英国、法国、意大利、西班牙、葡萄牙、俄罗斯、波兰等国家的语言。拉丁语、阿拉伯语、希伯来文也懂一些。古希腊语和现代希腊语是绝对精通的。四十岁成为大商家，开始拟订一系列考古计划，每天晚上阅读一大堆希腊文的文件，根据史诗的叙述，写下详细的考古计划。但所有人都不认为当真有个特洛伊城，或者特洛伊会在他所设想的地方，谢里曼被人当成白痴。科学界对他十分蔑视，认定他只会撒谎和造假。但他个性顽强，一意孤行，自信不疑，一心要成为英雄人物。四十六岁那年，他带着完善的计划，组织了一支四个工人的小队伍，在奥斯曼土耳其的希萨尔莱克一个土岗上着手挖掘，经过两天的试挖，果然挖出了几个花瓶、研钵和一些骸骨。他长久地把弄出土的宝贝，他的设想果然没有错，荒野茫茫，埋在地底的小小特洛伊，像低声向他呼唤，一找就找对了。不是洪福齐天，而是考古知识到家，做了数十年周详的准备工作，加上正确的推理。从他发表的文章来看，他的考古知识达到真正的专业水平，绝非一个业余考古学家。

一八七一年，大规模的挖掘工作开始了。他在那个山丘上画出一个四十米长、十七米阔的范围，向下深挖十米。很快便显示出地点找对了。但是刚好遇上滂沱大雨，当时的挖掘技术也不完善，以致把显露出来的遗迹破坏了不少。他没有气馁，在后来的二十年间，以超人的毅力和恒心继续工作，先后进行过七次挖掘，不怕山头上的蚊子、臭虫，不怕骄阳似火或倾盆大雨，也不怕附近山头出没的强盗。特洛伊城终于出土了，数以千计的首饰和花瓶，埋没了数千年后，终于重见天日，其中二百六十件纯金制品，后来命名为“普里阿摩斯（Priam）宝物”。谢里曼踌躇满志，他说：

我打开了一个新的考古世界。

特洛伊找到了，一个传说中的世界还原为历史。但这位大冒险家并没有到此为止。阿迦门农是从希腊什么地方出发去攻打特洛伊？是否能够找到他的王国，也挖掘出来？这位才气横溢、劲头十足的胖胡子，一不做二不休，开始另一场大搜索。一八七四年，他从奥斯曼土耳其折回希腊，以同样的事前周密准备的工作方法，踏遍千山万水，翻遍万卷书。老天不负有心人，有一天，他去到帕罗奔尼撒东北部的阿尔戈斯地区考察，骑马走在迈锡尼一个山丘上，突然听见马蹄声有异。这些来自地底下的异常声音，哪怕一点点，于他都有不寻常意义。专业的警觉使他立刻翻身下马来察看，几乎不敢相信老天对他的特别眷顾。挖掘后发现下面是一座古墓，何止古墓？就是他日夜思量的迈锡尼王城。迈锡尼遗址没有完全埋入地下，从高空往下看，还可以隐约看到大体轮廓，在此之前已经吸引过寻宝者，但他们对这片地方的过去和历史一无所知，只顾寻宝，没有多大作为。谢里曼就不一样，他的知识渊博，订下明确的目标和计划才开始发掘，揭起了这片地方的考古序幕。为方便工作，他跟一位希腊姑娘结了婚，定居在雅典。他在希腊那段时期，成为希腊史前考古的重要年代，他被誉为迈锡尼的考古之父。

我们参观迈锡尼那天下午，头上是典型的地中海蓝天，四月暖哄哄的风从爱琴海吹来，爱琴海距离这里只有十五公里，海湾由冲积岩叠成。旅游车将大伙载到杳无人烟的荒山野地，一伙人从车厢钻出来，跟着导游走向一个坡地。遗迹就在两座高山之间的一个丘陵上，面积三万平方米左右。西边入口的大门叫“狮门”，因为门楣上方的巨石刻有两只雄狮，是公元前十三世纪的巨石建筑。沿着狮门左右两边伸展的，一堵残缺的城墙，以巨石砌成，厚达五米，可以从垛口射出弓箭。进入王城范围，不见片瓦，只见断垣残壁，地上分布着或长或方的地基间隔，建筑物的格局仍在，可以分辨出门廊、厅堂、睡房、内院、水池等。有些地方据说是祭坛、马厩、储存食物的库房。后方接近高山的边缘地带，有一叠石级，直通向二百七十多米下的深谷。你设想这是为逃生而准备的秘密通道。

迈锡尼王城进口“狮门”

你在山头和住宅遗址里面，还找到一些管道的遗迹。证明迈锡尼人对生活有十分合理的设想，懂得将山头上的泉水引入家居的水池，甚至引到主人或客人的睡房里。城堡以外的山头，有些山泉一直流到今天。其中一道从岩石的裂缝中流过，穿过一条长廊，流入一个十八米深的天然地下池，供城堡饮用。为了把这道泉水纳入王城范围，特意将城墙向外扩展。城堡以外，周围岩石嶙峋，不易靠近。从这种地形监视下面的平原和各个方向的通道，直至十五公里外的海岸，可攻可守。由于地势优越，可以控制全希腊的交通贸易通道，因而发财致富，文化艺术突飞猛进，就有了所谓“迈锡尼文化”，它的物质文明使现代人惊叹不已。到公元前一二五〇年，这个地区和它的人物跟特洛伊战争扯上关系，海伦就在海岸上半推半就被帕里斯带上船；那场千军万马的越海远征也从那里出发，阿迦门农王带领十万大兵，指挥一千一百八十艘战船，去攻打特洛伊。迈锡尼成为荷马史诗的出发点。但亚历山大大帝之后的希腊，经历了长期的式微，尤其被奥斯曼帝国占领后，所有白玉般的大建筑，如雅典娜神庙、宙斯神庙、海神波塞冬神庙，直至偏远地区的露天剧场，无一不被彻底破坏，从此一蹶不振，迈锡尼也逐渐被埋入地下，这段历史最后被彻底遗忘，史诗的真实性被湮没，反而被当成一个虚构的故事。

谢里曼在迈锡尼的最大发现不在丘陵上的王城废墟，而在丘陵脚下的五座古墓里，这是阿加门农王、他的妻子和几个王族的陵墓。他挖出大量黄金制品，各种皇冠，金玺、印章、金环、戒指、首饰，大小形状不同的兽头酒杯、高脚杯、双耳杯、单耳杯、平底大口杯，还有残缺的壁画。其中有一件十四公斤重的黄金家具，既显

阿迦门农王陵墓入口

示了这里是王族生活的地方，也证实了史诗的描述：“迈锡尼盛产黄金”。最珍贵的是那件大名鼎鼎的阿迦门农王的金面具，在第五号坟墓室出土。就是这个王，带领希腊人渡过爱琴海去攻打特洛伊，这场三千五百年前的跨海远征，成为荷马史诗的序幕。

谢里曼这位古希腊考古的奠基者，像哥伦布或者英国的罗伦斯上校，是个伟大的冒险家，一个非常成功的历史人物。可惜他声誉欠佳，以致在考古方面的划时代成就，在当时没有得到应有的重视。你不能说他不是一个仁慈的人，但更多时候表现自私、狡诈、言而无信，即使朋友也掠夺。因此，人家对他的考古成就提出异议就不足为奇了，甚至有人认为他的出土文物都是伪造的。他曾经三番五次提出，把放在德国老家的“普里阿摩斯宝物”赠送给希腊当局，每次都被拒绝了。直到一八九〇年去世，雅典国家博物馆才接受了一批首饰。二次大战苏军占领东德，把普里阿摩斯二百六十件宝物全部掠走。不动声色地秘密收藏了五十年，直到一九九六年四月，才在莫斯科普希金博物馆展出。希腊要求归还宝物，当然徒劳无功，只好悔不当初，再三拒绝谢里曼的馈赠。

在谢里曼之后，一百三十多年来，考古学家纵横交错的工作，与谢里曼的发现互相印证，互相肯定。一再证实他没有作假，所出土的宝物都是原件真品，尤其拿来和新近在土耳其出土的古物对照，发现属于同一个系列。现在再没有人否认他对古希腊历史的贡献。他找到特洛伊和迈锡尼，证实了荷马史诗的真实性，把一个传说中的世界还原为历史。

传说和历史也像自然世界，有它们的沧海桑田的经历。于我个人而言，荷马史诗太美，谢里曼寻找特洛伊的故事实在动人。每当我打开史诗，便驻足在谢里曼竖立了百多年的里程碑前，为人类这场伟大的考古感到欣喜，里程碑上头写着：

谢里曼找到了荷马史诗中的特洛伊。

一九九六年十二月

二〇一〇年三月修改

地中海上的仙源

> 赫尔墨斯在岩洞里面找不到奥德修斯，原来他坐在海岬上哭泣。这位大度的英雄每天坐在那里流泪，呜咽，悲伤摇撼着他的心。他扫视着贫瘠的海洋，将泪水洒到上头。
>
> ——《奥德赛》第五歌

赫尔墨斯奉宙斯之命，到海仙卡吕普索的山洞，命令她让奥德修斯上路，继续他的漂泊旅程。那是在特洛伊战争之后的回程路上，奥氏的船队离开三叉岛之后，遇上风暴，所有船只被击成粉末，他被抛上了沙滩。海仙卡吕普索把他从海滩上救起，挽留在仙洞里长达七年。马耳他岛的居民认为，这个仙洞就在他们的戈佐（Gozo）岛上。

你在地图上找到的马耳他岛，不会大于一颗雀粟。有的干脆不标示，比例太小了。电视、报章上，平日难得看到它的新闻。但今年五月上旬，竟一时成为世界目光焦点，因为萨科齐刚登上法国总统宝座，就到那里去度假。为什么去马耳他？据他说，有一回他提到地中海国家时，忘记了它。今回接受一位朋友邀请到那里度假，作为一种补偿。新总统的选择，于马耳他人是个漂亮的飞吻，但法国的反对派就找到话题了。你们看，这位总统出炉伊始，就乘着富豪的豪华游艇，在地中海上兜风，好不风凉水冷哟！萨科齐回答说，我没有撒谎，我没有遮掩，我不会道歉，我度假没有破费国家一个铜板！

又有人说，当年拿破仑到马耳他时，是个将军，回来后就做了皇帝啦！刻薄话？抬举？今回总统一声不哼。

这场热闹怎能没有记者的份儿？他们一直追踪到马耳他的蓝礁湾，偷拍了一张照片发回来，舱面上只见萨科齐和他的小儿子。第一夫人呢？在也不在游艇上？他们夫妇之间闹别扭，早已经不是秘密了。

这么一来二去，全世界的眼睛果然都望向马耳他。萨科齐的补偿愿望达到了吗？

荷马史诗中称之为奥吉吉（Ogygie）的小岛，经专家确定为马耳他。就算没有闹哄哄的新闻，本身已不缺少分量：人类文明史的分量，地理位置的分量。还有故事，刀光剑影或浪漫柔情的故事。在我们的纷扰世界中，有多少人知道这个小岛存在着五千六百年前的巨石建筑？有多少人知道这些神殿，比埃及金字塔的出现要早一千年？笔者也是到了岛上才知道的。面对格刚吉亚神殿（Ggantija）一块块高达八公尺的巨石，谁有本事去推测它的开采和建筑方法？在没有金属工具的情况下，如何在岩石山里凿出整座线条优美而平滑的伊波日神殿（Hypoge）？如何在墙壁上凿出精美细致的浮雕？为什么持续了一千一百年的史前巨石建筑，到公元前两千五百年突然煞住了？你百思莫解。神殿里面的七千副人骨会知道，但他们不作答。

当我们的游船在首都瓦莱塔停泊时，还未上岸，但从甲板上一眼望去，该城的独特风格，中世纪的古朴味道，已经显露无遗。沿着海岸伸延的赭石城墙，墙头里面古老而簇新的楼房，在碧海青天之间，像一颗沧海遗珠。无休无止伸延的城墙，是小岛在历史上自我保护和对外抗争的证据。三百一十六平方公里的小岛，像小王子的星球，再远也不会远到哪里。你乘着旅游车，眨眼间已环岛一周。然而，它位于地中海中央，距离西西里九十公里，北非二百八十五公里，是大西洋通向东地中海和印度洋的要塞，地理环境决定了它的命运。公元前五千年，西西里人就乘着木筏和最简单的木船，携带了种子、家畜和火石登陆，在肥沃的土地上种小麦、大麦，养羊，制陶。以后呢，像十字路口上的客栈，打伞的去，戴帽的来。公元前三世纪的迦太基战争中，已被罗马人袭击，被迦太基人占领。为控制地中海，罗马人也曾将它据为殖民地。突尼斯人、奥斯曼土耳其人、诺曼底人、法国人、英国人，脚前脚后接踵而来。总之，可以来的人都来过了，都留下了痕迹或永志难忘的伤痛。一五五一年，奥斯曼土耳其人驶来九十条船，载了一万个士兵来袭击，戈佐岛全岛被洗劫，岛民开出投降条件：放走在城堡里的四十个精壮男人。但投降结果只留下四十个老人，六千人被带走，贩卖到中东、北非各地当奴隶。后来很长一段时间，所有村民都必须到城堡里面过夜。

一七九八年，拿破仑远征埃及，路经该岛，要求在海港停泊船只，进行补给，但被拒绝了。正处于蹿升时期的拿破仑发起虎威，顺手将它收拾了。他入住一座王宫，小试牛刀，在岛上实行了一系列改革：解放奴隶，废除宗教审判，取消贵族封号，全面开放新闻自由，释放政治犯，改革教育制度，等等。他的民法和教育制度一直沿用至今天。这个侵略者睡过的床，使用过的桌椅至今还保留着，住过的王宫现在成了外交部。然而，他在岛上只停留了六天。

尽管马耳他不断被东方和西方拉来扯去，不断沦为殖民地，但传统上以欧洲文化为主流。建筑物沿用欧洲风格，连摩尔式建筑也带上欧洲味道。但这一回，你决定放弃对那些城堡啦回廊啦教堂啦之类的兴趣，只满足于置身地中海的中央，满足于无处不见的青天碧海，满足于不看报纸、杂志、电视的时光，满足于远离世界的一天。一路上只有一个迫切愿望，尽快渡海到戈佐岛去看卡吕普索的山洞，荷马笔下的仙洞：

> 当赫尔墨斯去到那里，只见她的住屋旁边燃着一大堆火，远远可以嗅到烧得劈劈啪啪响的雪松和崖柏的气味，整个小岛香喷喷。她在岩洞里面高歌，一边以黄金梭织布。洞穴周围长着一片茂密的大树：桤木、意大利杨、香柏，上头栖息着翅膀阔大的鸟儿，还有猫头鹰和吵吵嚷嚷的乌鸦，它们以海为生，到大洋中捕食。
>
> ——《奥德赛》第五歌

有史以来，地中海有好几个国家争着与卡吕普索攀亲，认定她的仙洞在自己国家里。希腊人不用说了，奥吉吉就是希腊的奥吉吉啦！西班牙宣称它在佩雷吉尔（Peregil），摩洛哥说在雷拉（Leila）。其实两个地名同指直布罗陀海峡一个小岛，北纬三十五度，西经五度，两个国家在二〇〇二年七月在这里发生过一场冲突。我不关心这些争执，当我去到佩雷吉尔的时候，我相信仙洞就在佩雷吉尔，不会在别处；去到雷拉时，又相信仙洞就在雷拉，不会在别处。但这个直布罗陀海峡的山洞，目前已成了走私客和偷渡客的据点。边境上的铁丝网、围墙、录像机、巡逻艇，都不能阻吓那些男人、女人和小孩“奥德修斯”，他们偷渡的路程甚至比奥氏的还要长。除了摩洛哥本土以及从黑非洲来的偷渡客，还有东方人，他们穿过巴基斯坦和伊朗，到土耳其上船，由东到西横过地中海，抵达直布罗陀后，跳入海里游向山头，进入岩洞。白天躲藏在里面，入夜后就从山洞出来，乘着小汽艇、越野吉普车或大卡车，登陆西班牙，再进入欧洲国家。世道的改变，使荷马这个浪漫情节带上嘲讽味道。

现在我来到戈佐岛，又相信仙洞就在我脚下。仙源在何方？问荷马？荷马只是天主的使者。但马耳他拥有史前文明，海湾上的岩洞特多，多姿多彩。洞里别有天地，有的山洞可以划船穿过，直抵

蓝色之窗（马耳他戈佐岛）

另一边海域。而它的“蓝色之窗”之美，你不会在别处看到。马耳他人有理由相信仙洞在他们的岛上，专家有理由鉴定仙洞是在戈佐岛上。爱尔兰不缺少海，但戈佐的海好像特别湛蓝，特别吸引人，不久前，一双爱尔兰男女到那里举行潜水婚礼，主持婚礼的神甫，也一起跳到水里。

你站在戈佐北部的山头上，前面是哈姆拉海湾，湾上伸延着金黄色的沙滩。海水下面筑有一条海堤，是当年为防止敌船靠岸建造的工程。海湾以外，无边的大洋碧波淼淼。奥德修斯经过三叉岛时，他的部下不守训诫，吃了太阳神阿波罗心爱的牛群，阿波罗一怒之下向宙斯告状，宙斯以霹雳闪电将他们的船击成碎片，只有奥德修斯一人抓住一截桅杆，漂浮了九天九夜，最后被巨浪抛上戈佐岛的海岸，卡吕普索从仙洞的天窗里看到，赶紧走到海滩上把他救起来。

故事将你带入山洞，你不能再以荷马的描述来衡量了。岩洞算不上阔大，你沿着仅容一人通过的入口，扶着栏杆踏着岩石级往下走，忽然，锦缎般的蓝天，就在头顶阔大的天窗外豁然大亮，蓝天底下，汪洋浩渺几近虚无。如此洞府如果没有一个故事，实在太可惜了！你发现荷马没有着眼这里的海景，赫尔墨斯去到山洞，只看到山洞旁边燃烧着松柏篝火，然后是：

> 在拱顶的边缘，有枝叶茂盛的葡萄园，长满成行成列的一串串紧靠着的葡萄。四道泉水以澄澈的波浪流着，再穿过长满绿油油的香芹和紫罗兰的柔软草地。

这个公元前三千六百年已经存在的史前洞穴，眼下显得干燥阴冷，拱顶和石壁不渗水。石室左方有一条黝黑的通道，入口隐约出现一个人影，你稍稍吃了一惊，卡吕普索？奥德修斯？霍然，黑暗中出现一束光，一支蜡烛蓦地点燃起来，藉着烛光，你看到持烛者是一位青年，专门给进入通道的游客递上蜡烛，赚点蝇头微利。你接过蜡烛，别有一番心情，继续深入通道，影影绰绰看到尽头处有一两个更为狭窄的入口，继续前进？到此为止？那时，有游客秉烛弓身退出来，说里面没有什么，已经到尽头了。洞府里没有葡萄，没有泉水，也没有草地。但作了一回仙洞客，体会了一回追逐传奇的况味，还求什么呢？

仙家世界，原来就是一支忽远忽近的歌。即使离开了荷马的描述，这个悬挂在梦想和现实之间的世界，一个海边的脆弱岩洞，经历了五千六百年时间的损磨，还有狂风、暴雨、地震、海啸，曾经有过怎样的沧海桑田？崩塌过多少回？你更不能指望凡人的肉眼可以看见卡吕普索，这个肩背上压着地球的阿特拉斯神的女儿，以一个女人十倍的热情来爱奥德修斯，给他献上一切，许他长生不老，许他成仙，希望他留下来长厮守，但奥德修斯辜负了她的深情。到底是特洛伊战争的大英雄，他要的是身经百战后的英雄得胜归。经过长期的苦战和浪迹，也想念家乡和妻子了。他每天坐在海岬上流泪，容颜憔悴，他没有船，没有桨，没有人为他掌舵。最后宙斯亲自干预，海仙深知无法抗拒命令，在旅者之神赫尔墨斯面前发了一场很大的脾气，将宙斯数落了一番，对奥氏也埋怨一番，说："就为想念你祖先的国家和家园就要走，是真的吗？……马上就走？……不管如何，再见就是啦！……"于是，二十棵大树被砍下来了，以四天时间做了一条船，用麻布为他做了一张帆。第五天，奥德修斯的船就离开了小岛。

仙洞的东边是蓝礁湾，导游引我们登上高坡，居高临下将萨科齐遨游的海域指给我们看。马耳他人果然将一个人物的到临放在心里，甚至不曾忘记侵略者拿破仑。但萨科齐是萨科齐，永远不会成为拿破仑，我们的时代不需要拿破仑。从高坡上你也看到，由三座山丘和三个村落组成的戈佐，只有两类建筑：古朴的中世纪城堡城墙和簇新的当代赭色洋楼。大抵厚实雅致，不缺少栏杆、廊柱、阳台、图案，是欧洲十八九世纪黄金时代的风貌。戈佐人要求高质素生活，对外界的喧哗扰攘不屑一瞥。生活在高坡上的人知道自己身在何方。海岛到处静悄悄，不见酒吧，不见咖啡座，生活像一时打住，不再发生任何事情。时间也不重要，时钟白白从一走到十二，又白白周而复始，只有按时敲响的教堂钟声告诉人们，时光还在行进着。三万居民中，只有一千人每天乘搭渡海班船到马耳他岛工作，其余在岛上从事旅游业和农牧业，自给自足，甚至拒绝与马耳他之间建一道桥梁，全不在乎自己的地方浅窄，不怕环境孤立，“最好的香水是装在最小的瓶子里。”他们说。

流连到傍晚时分，我们乘轮渡从戈佐岛赶回到瓦莱塔港，及时返回船上。游船启碇时，船长拉响汽笛，例外地长鸣三响。在这样一个空旷的海面，整列群所有岛屿都会听见的。停泊在瓦莱塔的外国大船，一时也闻声响应，纷纷长鸣，雄浑悠扬的汽笛声此起彼落，静静的海天顿时热闹起来。你这才想起导游刚才提及，当天是九月二十一日，是马耳他的国庆日。被英国统治了一百六十多年后，到一九六四年取得独立，才有了自己的国庆日。我们的游轮，就在向主家国致意的汽笛长鸣中，离开了这个仙家的国度。

仙界不是不可登临，只是没有人愿意留在里面；成仙不是不可能，唯是所有人宁可选择世俗的沧桑。且不说奥德修斯拒绝长生不老，拒绝成仙，晋武陵人无意中闯进桃花源，最后还是离开了。南阳刘子骥闻之，欣然前往，未果而终。“春来遍是桃花水，不辨仙源何处寻”，寻到了又怎样呢？

二〇〇七年九月

西西里，与火神共舞

这是一个森林密布的岛屿，在那里，野生的羊群无休止地繁殖。永远没有一个人的脚步去打扰它们，永远没有猎人去追捕，……没有犁耕，没有家禽来争夺这个岛。终年不用耕耘，不用播种，没有人烟的岛，只作为咩咩叫的羊群的牧场。

我们的怪人就在那里有一个洞穴，独自生活，放牧他的山羊，永远离开人群，不跟任何人来往，只想怎样作恶。

——《奥德赛》第九歌

今年四月底，我们登上了西西里的埃特纳火山，在海拔二千米，山风呼啸的山头上，歪歪倒倒绕了半个死火山口，相机、帽子、眼镜几乎被掀走，连忙躲进礼品店。整顿好衣衫再出来，山头所见，可谓相当新颖难忘。返回巴黎后，五月十一日，电视新闻报道，说埃特纳发生了地震式爆发，东南麓喷出了岩浆和可燃气体，挟带着暴雨般的火山石和火山灰，将山麓重重掩盖。于是，你发挥了一下想象力，假设你刚好迟了那么十来天登上埃特纳……

西西里这个紧贴着意大利靴尖的小岛，经历了神话、历史和文化的千旋百转后，长期以来保持着静默，只有埃特纳的爆发不时制造新闻。到二十世纪中，“黑手党”、“教父”的火辣事件，将这个自然现象的新闻也掩盖了。产生于十九世纪的黑手党原是氏族组织，以保护孤儿寡妇为口号，后来从事贩毒、走私、勒索，插手公共建筑，其猖獗程度直至谋杀政客、大法官。它使西西里人受害，使游客却步，给文人以话题。以《维加达的歌剧院》等为代表作的西西里作家卡米勒利（A. Camilleri），以这个题材写了不少作品，因为在现实生活中，他见识过刻骨铭心的事实。一天，他在一间酒吧里喝一杯，突然窜出几条大汉，从大衣里掏出手枪，三个人当场倒卧血泊。“还来不及害怕，我先就发了狂，我对我的故土和发生的事情，产生了刻骨的仇恨！”

西西里是古希腊和古罗马人以精细的手工镶嵌起来的西方文化沙龙，虽说目前已经繁华散尽，只在社会的烦扰中静听自己的呼吸，但在文明史上的分量不减，可以跟希腊一争高下，既然它曾经是古希腊的城邦国。十八世纪开始吸引文人的视线，成为他们的游览重地。歌德在《意大利之旅》中写道：“没有西西里，意大利不会在你的精神上留下任何形象，是它，成为打开一切的锁匙。”这句话没有夸张，它的阿格里真托城的“神庙谷”，博物馆收藏的丰富雕塑、绘画和艺术品，都是古希腊和古罗马文明的见证。因为经过数百年奥斯曼的统治，希腊本土古迹的破坏，到了尺椽片瓦的程度。都说，要更好地认识这两个国家的古代文明，必须到西西里去。

你到过罗马、威尼斯、佛罗伦萨……而西西里呢，你数度经过墨西拿海峡而不入，直至看到布法利诺（G. Bufalino）的文字：“去登上这个在波浪里浮动了数千年的三角形岩石方舟吧！它逃过了多少风暴，它从炮火中残存下来……将一部希腊字典放进你的口袋，你将会遇上维纳斯，她从水中冒出，希望跟你聊天……”

想象一下吧，跟维纳斯聊天！然而，当游轮在首府巴勒莫靠岸，乘汽车穿过平民区，你看到的都是简陋的水泥板楼房，阳台晾满衣物，栏栅的单薄，直教你相信被狗一拱就会塌下来，你捏了一把汗。就在这样的木栅栏后面，一个胖婆娘用扫帚从阳台上将垃圾挥出。而你，正憧憬着从水中冒出的维纳斯……

但你对这一切可以视而不见，同一个城市里，不也存在着古罗马和迦太基留下来的，竖满圆柱的王宫大殿和大小雕像么？只有在罗马才会看到的高达四楼的大喷泉么？巴拉丁小教堂就是罗马、拜占庭、摩尔三种建筑风格糅合起来的精品。还有阿拉伯文化留下的马赛克教堂、殿宇、花园，西班牙的巴洛克和哥特式大楼，法国波旁王朝留下来的古堡，都令人目不暇接。多少个世纪的多种文明交叉走过，城市的景观可谓多姿多彩。有些西西里人，还固执于过去的贵族生活方式，夫妇二人住在一所中世纪的住宅里，拥有二十个房间。地震警告紧急撤离，还不忘换上白衬衫，打好领带，才从容不迫优悠典雅地走下楼。

西西里跟希腊一样，不管生活的轮子转成怎样，大家依然守着过去的神话。河神阿尔菲俄斯爱上了水泽仙子阿瑞托萨，从希腊的帕罗奔尼撒一直追到西西里，西西里就有了河神。但现在河神不尽忠职守，当你乘着旅游车走经内陆时，眼见的河流都干涸了，或变成坦露着河床的潺潺小溪，很快就会彻底干涸。山头原野，蓝天碧海之间都是铿锵的日头。但你首先嗅到的，是泥土气息，它比任何地方都更强烈。无论你从巴勒莫去“神庙谷”，或从墨西拿城到埃特纳火山的路上，漫山遍野，除了黑土还是黑土，在黑如墨的大地中，一切都不一样。荷马如是描绘：

> 不用操劳，无需播种，土地供给他们一切，大麦、小麦、葡萄，还有大串葡萄酿成的酒，这一切是宙斯以雨水为他们灌溉的。
>
> ——《奥德赛》第九歌

据说今年没有掉过一滴雨水，小岛依然绿意不减。从斜坡直至一千米高的山巅，种满橄榄、杏仁、开心果、葡萄和柑橘树。果实累累的柠檬树、橙树随处可见，你不知道是人工种植还是野生。事实的确如此，西西里的一切都是埃特纳火山所赐。

这座欧洲最高的活火山，像一个大舞台的布景，到处都可以看到它。它的基底直径达四十公里，山头上分布着大小二百个火山口，大山小山重重叠叠向上攀升，直至海拔三千三百五十米，最大的火山口直径达二千五百米。埃特纳是这个三角形岛屿的统治者。那天，我们从墨西拿出发，两个多小时后，汽车向上攀升，一个你从未见识过或想象过的世界，粗鲁地闯进你的视野：远至天边，近在眼前，尽是一片黑色的汪洋大海，黑浪滔天。一条条庞大的夹杂着火岩和浮石的黑泥流，浮在山脊或山坳间，那是新近从小火山口喷出，热度达摄氏一千度的岩浆冷却后凝结而成的景观。地衣、金雀枝和火山区特有的野树野草，零星地，疏浅地，以无穷的勇气存活在山野间。

汽车在海拔二千米的山坳停下，距离最大的火山口还远。你走出汽车，狂风迎面袭来，呼吸被窒息了，或者说，你根本无法呼吸。从山脚到山上，气温骤降了十五度，你连忙从背囊掏出风衣、帽子、围巾，但狂风使你没法穿戴，弓着身子钻进礼品店，将衣帽穿上，甫出门，又被掀下了。你紧抱着衣衫，弯腰曲背攀向附近一个火山口，企图绕着它走一圈。歪歪倒倒，步步为营，最后扶着一块高墙似的火岩，望向火山口底部，不见植物，只见黑色或褐色的火山灰和浮石。你知道底部被冷却的岩浆堵着，里面还是活动着的世界，能量一旦储够了，岩浆会像开香槟那样冲出来。你在嘶叫着的狂风中摇摇晃晃，双手紧握着的相机，也被吹得抖动不止。绕着火山口走一圈，实在是个奢望。一种恐惧感骤然而至，地球的运作是神圣的事业，怎能容人偷窥？你决定中途放弃，鸣金收兵离开火山口，下山。已经看到火山口了，还求什么呢？找个背风地方拍拍照片吧！

到参观完毕，汽车绕着山路下山，你从不同角度看到了埃特纳最高峰的多种面貌：或脖子上缠着灰云项圈，或淡红的飘带从肩上流下，或斜坡冰雪覆盖，像穿上白色的大理石外衣。可没想到，十多天后它会发生强烈的爆发。其实自远古以来，岩浆就不断喷出，坡上有三公里宽的岩流永不凝结，一米以下就红通通，因为有二百多个小火山，不断喷出白炽的岩流。古代走经海岸的船员，看见山头喷火，竟相信到了地狱的入口。古希腊抒情诗人品达罗斯(Pindare)，为它创造了一个拥有一百个龙头的怪物迪费，宙斯将它制服，压在火山里面，但它继续从里面喷火，永远在喷火。

但，荷马的独眼巨人波吕斐摩斯的故事，才是这个岛屿的最重要支柱。当奥德修斯的人马离开了忘忧果的国度，被风吹离了航道，去到一个森林密布、山羊遍野的海岛时，他们带上好酒和食物，去拜访波吕斐摩斯，无法无天的独眼巨人。他住在海岬上一个山洞里，放牧羊群，帮助火神赫菲斯托斯为宙斯炼制霹雳。奥氏一行人去到山洞，对巨人表示友好，说："现在我们在你家里，向你下跪，希望得到你的善意接待。"但独眼巨人傲慢无礼，表示他不会害怕任何人、任何神祇，甚至宙斯："我不会放过你和你的同伴，不，我不会把宙斯的恨放在心上，如果我喜欢这样做的话。"说着果然活吞了他几个同伴。还是奥德修斯出的奇谋，等他肚饱酒醉，用烧红的木桩弄瞎了他的独眼，得以躲在公羊的肚子下面逃出生天。痛苦得发狂的巨人，向父亲海神波塞冬告状："啊，波塞冬，你听着，如果我当真是你的儿子，如果你当真要这个父亲的称号……"海神自然是听到的。当他们逃离小岛时，巨人在火山脚的岩壁上拔出巨石，击沉了奥氏大部分船只，折损了他一半人马。西西里人有鼻有眼地说，这些巨石还留在海岸上。这也是《奥德赛》的著名章节。海神从此对奥氏仇恨入骨，使他在返回故乡伊萨卡途中险象重重，承受了可怕的考验，比起在特洛伊城墙脚下严酷得多。

埃特纳火山总在行使它的权力，"当埃特纳打喷嚏，西西里就发抖"。六十万年不断喷发中，使周围的小岛连结成西西里岛。火山灰变成漫山遍野肥沃的黑土，小岛曾经是罗马帝国的面包篮。一九八九年那回爆发，岩浆威胁着一座村庄，当局出动直升机投下水泥，将火流收窄，再用炸药改变它的流向，使这座村落得救。当时驻北大西洋公约基地的美军，也参加了救援工作。二〇〇一年的爆发，将南坡的缆车轨道摧毁，将北坡的松林烧光。但从古到今，生活在火山周围的人，知道别处有生活，却宁可将自己的命运与火山相连结，在火山灰中生生不息。绕着埃特纳周围，反而集中了五六百万人，成为地中海岛屿人口最稠密的地方。意大利一半蜜糖生产于火山脚下，坡上有的是华丽的大院大宅，红顶白墙的簇新村落，不时在车窗前出现，一派富裕安乐的气象。

公元前八世纪，它的富饶吸引了许多希腊人去殖民，建立了跟雅典和迦太基鼎足三分的锡拉库萨城，许多历史名人的故事在那里发生。柏拉图尝试在那里建立他的民主共和世界；阿基米德废寝忘餐钻研他的数学和力学，仆人眼看他脏成一只猪猡，好歹把他拖入浴室，不一会他跑出来大叫大喊："我找到了！"原来他在浸入浴缸时，发现了浮力定律。当罗马人进攻西西里时，他设计了一种光学武器，利用聚焦镜在太阳下点火，以焚毁罗马人的木制战船。还有哲学家狄奥克莱斯（Diocles），倡导立法，以文字写下法律条文，等等。你觉得这个小岛所承载的文化与文明的分量，简直是超重了。

丰富的神话，从野性的自然深处发出的力量，果树的四季飘香，丰富的历史和文化故事，西西里人都拥有了。但他们不快乐，对着三角形外边的三面大海默默沉思，永远感到忧伤失落。只有在充满激情的嘉年华会上，才将自己的兴衰、烦恼唱到歌曲里。"我们这辆破车！"为岛上缺水？为火山的无常？为非洲的非法移民不断拥入？为黑手党横行？事实上长期以来，西西里人就活在黑手党的阴影下。街角有一间不起眼的小超市，周围的商贩或普通人，每年要向里面的老板缴交一笔保护费。十七年前有人在报纸上刊登："亲爱的敲诈勒索先生，我不再向你交保护费了！"不久他就在大街上被枪杀。政府终于采取了强硬措施。十多年来，总共逮捕了二千五百多人，今年初也逮捕了一个匿藏了数十年的头目。之前，侦缉部门做了大量精密工作，在他们出没的森林安装了二三百部隐形照相机和录像机，录下他们在散步中的对话，又进行电话监听。在确凿证据面前，终于将他们定罪。

布法里诺对西西里人如是描画："被命运决定在几个大陆、各种文化之间起铰链作用，性格上充满计算、本能，以及欧洲的理性，非洲的魔性。脸庞上要经受连续而强烈的表情，就像作家皮兰德娄（Pirandello）的人物，一切都可靠，一切都不可信。我们西西里人，真的使某些企图以单一的用语，来概括我们的矛盾而复杂的各种鲜明个性的人感到失望。"

行走在一千种格调、一千种颜色的国度中，你自以为认识了一切，其实只抓住了一两个印象：午夜走经只有二千七百米宽的墨西拿海峡时，你登上游船十二楼的甲板，一边是墨西拿城，一边是意大利靴尖上的勒佐卡拉布利亚，你从甲板上往下看，游船上的灯火把两个城市的灯海连成一片，一似银河落九天，轮船穿过海峡时，就像冲着千颗万颗星星，形迹在虚无缥缈间，淡然超尘地横渡着银河。数分钟后，回头看那渐行渐远的灯海，仿若从一场航天的长梦

地中海进口墨西拿海峡（意大利西西里岛）

中归来。

另一回是白天通过海峡，都说九月是无风的季节，但海峡阴沉而云蒸雾绕，急湍的水流使十一二万吨的巨轮摇摇晃晃。

> 我们绕过暗礁，可怕的卡律布狄斯（Charybde），还有怪物斯库拉（Skylla），我们就去到上帝的家，去到可爱的太阳岛上。
>
> 《奥德赛》第十二歌

这里的潮涨潮退，每六个小时水流改变一次流向，在狭窄的海峡里引起急流、漩涡、激浪。到了荷马的口里，这种现象就变成了故事：意大利靴尖这边，有六个狗头的怪物斯库拉。太阳神的女儿喀耳刻劝告奥德修斯："斯库拉不会死！一种永恒的邪恶，可怕的祸害，一头难以攻击的怪物！用武是白费功夫的，最可靠的对付办法是逃走。"西西里那边有海仙卡律布狄斯，每天三次鲸吞海水，三次喷出浪涛，"当她鲸吞海水时，千万要离开，能摇动大地的神也不能将你从灾难中救出"：

> 当我们望向卡律布狄斯那边，生怕我们会在那里葬身，斯库拉已经从船底将我们六个臂力最好、最强壮的同伴掠走了。
>
> ——《奥德赛》第十二歌

荷马曾否到过墨西拿？但他一定拥有一张腓尼基人的精确地图。十九世纪法国哲学家勒南（Ernest Renan）在游记《西西里二十天》中写道："不是开玩笑，虽然斯库拉和卡律布狄斯不再淹死人，但流势相当猛烈，以致明显地改变了一条穿越海峡的大蒸汽船的航道。"

你站在甲板上看着两边陆地迎来别去，水里没有怪物，没有海仙，海面有的是越来越大众化的大小游轮；海底有鲸鱼、逆戟鲸、海豚、金枪鱼作季节性的迁移，还有北大西洋公约军事基地的潜艇；

海岸没有战事，没有英雄，没有独眼巨人的无法无天、被弄瞎独眼的痛苦，也没有他在狂怒中抛出的巨石，有的是火山的飞灰，西西里的忧郁，以及从非洲偷渡到欧洲的移民。他们躲在西西里的山林、洞穴中，这是荷马年代挤满了山羊的地方，等待银河落九天时分，穿过狭窄却波涛汹涌的海峡，登陆意大利，再向欧洲大陆进发。一个二十一世纪的说不完的新“奥德赛”的故事。

二〇〇八年五月

如是，美人鱼落起了泪

你首先会走近美人鱼。她们会迷倒所有靠近的人。但忘记警惕去听唱歌的人简直是疯子，家里的妻子和孩子将永远不会看见他回来。因为美人鱼以清新的歌声将他迷住。而他所停留的草地，沿着白骨残块累累的海岸，人体在腐朽。

——《奥德赛》第十二歌

一

自从一七一四年，《伊利亚特》第一次翻译成法文诗歌出版以来，连同《奥德赛》一起，先后被翻译过四五次。最近一次是二〇一〇年十一月，布吕内（P. Brunet）重译《伊利亚特》后，把它搬上了舞台。与此同时，美国作家马松（Z. Mason）写了一部《奥德赛遗留的歌》，给《奥德赛》写了四十四章“变奏曲”。当然，比起乔伊斯的《尤利西斯》的工程可要简单得多了。“尤利西斯”布卢姆在都柏林转悠一天所走经的地点，是奥德修斯在地中海走经的相应地点，发生过一个大体相应的故事。奥德修斯就这样变成尤利西斯来到我们的现代生活中。特洛伊的木马屠城，先后在世界各国搬上银幕有过多少回？二〇〇四年由美国华纳录影公司出品的《特洛伊》，还采用了电子复制技术，将士兵一个个，将队伍一队队地复制，也将横渡爱琴海的战船一艘艘、一列列地繁殖出来，密密麻麻铺满了海面。当年的阿迦门农王，永远不会想到他所带领的出征队伍，会如此千军万马，如此壮观。荷马史诗这条从古代驶来的船，到了我们的电子时代，依然一帆风顺，现代的眼睛看得懂，现代的耳朵听得清。所以，你去到爱尔兰的埃奥纳岛，导游小姐竟指着海滩上的卵石，说是美人鱼哭出来的眼泪，这又有什么奇怪呢？奇怪的是，这种黑心肝毒心肠会落眼，泪滴还这么大！

这种卵石你在地中海和诺曼底海滩都见过，巴掌大小，颜色以褐色和黑色居多，跟埃奥纳岛的大抵一样，但它们没有故事。而埃奥纳的石头，竟成了美人鱼的眼泪，编派得真别致。不过，只要你看看周围环境的荒寂，杂草丛生中的修道院废墟，前面一望无际的汪洋大海，你会觉得，如果没有一个故事，是可惜了些。果然就有一个。据说，公元六世纪时候，一位名为圣哥伦邦（Saint Colomban）的爱尔兰教士，曾经在这里创建了第一所修道院。跟其他一些在英国，爱尔兰、苏格兰和冰岛一带的海岛上的传教士那样，他习惯每天都写些笔记和旅行札记，后来都收集在古老文献《凯尔斯经》(*Book of Kells*）里。这位教士有一篇文章，记载了关于美人鱼的故事。有一天，一条美人鱼来到他传教的海岛，遇上一位教士，爱上了他，哀求给她一颗灵魂，就是说，要求跟他结婚。这位教士表示疑虑，知道这些人与鱼的混合物，即使与男人结了婚，一经月光照射，就会变得邪恶，从人间溜走。他提出一个条件，要她离开海洋上岸生活。但鱼又怎能离开水？她没有答应，也没法答应。分别时人鱼哭成个泪人，然后潜入海底，永远失踪。就这样，她的眼泪变成了埃奥纳岛海滩上的卵石。作为教士，大抵禁欲，不食人间烟火，居然写下这种带泪的缠绵故事，可见美人鱼拥有怎样的魅力，这个虚构的动物，怎样参与了现实生活，甚至参与了教士的生活。

不知为什么，这些半人半鱼，不人不鱼，老跟爱尔兰的修士过不去。据一位名叫圣布朗当（Saint Brendan）的教士记载，有一回他跟几位修士乘船穿越大西洋，途中遇上一条美人鱼，混身上下长满了毛，威胁地绕着他们的船游来游去，时紧时慢，不离不弃，就是紧追着不放。圣布朗当为摆脱这条怪物，高声喝道："让我们的船在上帝的手中行走，他会保护我们。"他与修士们一起下跪祈祷，直至怪物消失。但整整一天，不时听见从海水深处传来咕噜噜的埋怨声。

二

美人鱼这种动物已经够空幻，连荷马也不曾给它一个具体的形象，何来眼泪，何来咕噜噜的抱怨声？你知道美人鱼会唱歌，以甜如蜜的歌声来引诱男人，使他们入睡，然后把他们杀害。这些黑心肝还会流泪，会跟踪，会抱怨，你不曾听说过。都说美人鱼的故事史前已经流传，荷马第一个付诸文字，让它在太阳神的女儿喀耳刻的口中第一次出现：

> 我们在一个溪峪中看到一座美丽的建筑物，在一片纺织声中，我们听到一位仙子清新的歌声。
>
> ——《奥德赛》第十歌

住在那不列斯海湾上的喀耳刻会唱歌，还是个神通广大的魔术师，她将奥德修斯派上岸去寻找补给的同伴们变成了一群猪。奥德修斯得到消息后，向赫尔墨斯求救，获得一枝神奇的药草，上门找喀耳刻，破了她的魔法，解救了同伴。喀耳刻知道命运之神要她爱上这个男人，遂以女神之尊向他求爱，让他住在宫殿里。一年后，他对故乡和妻子深深思念了，便婉转地向喀耳刻提出回家的要求。喀耳刻知道天主要继续磨炼他，她无法挽留。但离开之前，让他到活人去不到的冥府走一趟，向先知忒瑞西阿斯的阴魂询问前程。他乘船到了冥府，见到了先知，得知自己还有灾难要经受，要“国王变乞丐”。还见到死去的母亲、阿迦门农王、勇士阿喀琉斯、西绪福斯等亡魂。返回海湾后，她以六天的宴会来为他饯行。当战船启程时还特别嘱咐，说他将会经过美人鱼居住的海岛：

> 她们会迷倒所有靠近的人。但忘记警惕，去听她们唱歌的人简直是疯子，家里的妻子和孩子将永远不会看见他回来。因为美人鱼以鲜艳的歌声将他迷住。而他所停留的草地，沿着岸边白骨残块累累，人体在腐朽。……你要不停地走过！用蜂蜡揉成团，塞着你的同伴们两只耳朵，他们当中任何人都不能听见，如果你愿意的话，在战船中只有你一人可以听，但必须站在竖立桅杆的地方，手脚都被捆绑到桅杆上，才好来欣赏听歌的快乐。一旦你要求他们将你解开，就让他们再给你多捆一圈！

荷马写了那么些统治天上、地下的神，那么些轰天动地的大英雄，还腾出心思去写几条小鱼哩！故事来自他的想象？来自古老的东方传说？来自腓尼基水手的航海见闻？总之，她们以悦耳的歌声来迷惑路经的水手，将他们引诱上岸，听过她们唱歌以后就让他们死去，海岸上就白骨累累。这种动物会唱歌，能满足听觉，但视觉方面则是零，荷马只道出 sirène 这个字，没有给你任何具体形象，这是一个听觉的故事，而非视觉的故事。既然专事迷惑男人，自然是女性。但脸是怎样的？头是怎样的？身体、手脚又是怎样的？有没有尾巴？与什么动物相像？听了歌的人怎样死法？迷迷懵懵地死去？被撕碎？被啃掉？没有任何文字表述，后人无端得了个无穷的想象空间，获得了最大的自由发挥的机会，每一代人就凭自己的想象，根据时代的需要和风气，来把这个动物的故事不断再创造。

你曾经在意大利一间博物馆里，看过一个公元前六世纪的古希腊陶器花瓶，瓶绘上的 sirène 应该是最初的、最古老的形状，但不是人鱼，而是人头鸟。据说生活在海岛和岩石上。以什么为生？人头鸟身，没有长嘴，怎样捕鱼？荷马没有说明。到罗马时代，发展成为带翼女身，能歌善弹，依然是鸟爪。再下来就变成女身鱼尾，生活在海洋里，中国人后来将 sirène 翻译为美人鱼。既然拥有女身，就成为诱惑的象征，诱惑的工具不只是歌，还有身体，但下身是鱼尾，谁也拿她没办法了。因此，美人鱼也被看作不可能的爱情的象征。

再下来，又为她们配上用具，手握镜子，一边唱歌，一边以黄金梳子梳理金发。活动习惯也有了，总是三条鱼一起出现，一个唱歌，一个弹七弦琴，一个吹小号；名字也有了：帕尔特奈佩（Parthénopé）、勒科斯（Leucosie）和利日（Ligée）。她们手中的武器就是歌，产生的颤抖和悦耳的旋律，成为一种使人震慑的语言，一种刺激听觉的曲调。究竟迷惑人的，是美妙动听的旋律还是歌词？主要是旋律，但对奥德修斯来说是歌词。当他的船靠近卡普里岛时，奥德修斯一丝不苟地执行喀耳刻的嘱咐，让同伴们将他捆在桅杆上。那时候，澄澈如水的歌声响起来了：

来这里呀，来我们身边，普天下都歌颂的奥德修斯，阿哈伊亚（Achaie，古希腊一个地区）的光荣，停下你的战船，来听我们的歌……

开始时候，奥德修斯还记得喀耳刻的吩咐，知道美人鱼是心怀恶意的歌者，愉悦、温柔的歌声后面隐藏着背叛和杀机。但当她们唱道：

从来没有一条船穿过海峡而没有听过我们的歌。听过歌以后，他们的知识丰富了，开开心心地走了，因为我们知道一切灾难，所有在特拉奥（Traod）、阿尔戈和特洛伊地方的，神使人蒙受的灾难。我们也知道养育人的大地上所发生的一切。

旋律没能征服奥德修斯，但当他听到特拉奥、阿尔戈和特洛伊等地名，关系到他曾经苦战过，并且使他成为大英雄的地方，再没法抵挡了。他皱起眉头，叫同伴们为他松绑。但他们只执行他的第一个指令，将他再绑紧一圈，继续划船尽快向前行进，越过卡普里岛的海域，远离了歌声，远离了诱惑。

美人鱼的力量来自声音的迷人，任何女性的声音都不能超越它，因为它拥有一种凡人以外的神圣本质。但对奥德修斯这个身经百战、拥有丰富阅历的大英雄，就不是悦耳的歌声能够将他征服的。美人鱼抓住他对知识的好奇心，对过去的战功的怀念，尤其是抓住他苦战过的战场，引以为荣的光辉过去。幸好有喀尔刻的嘱咐在先，美人鱼才没有得逞，最后他成功地越过了危机四伏的海岛，成就了一位智者的形象。

三

就这么淡淡一笔，只有声音，没有形象，这个处于动物之上、人类之下的混合动物，自从遇上奥德修斯之后，故事就层出不穷，逐渐进入史诗以外的文学世界，进入绘画、雕塑等各种艺术层面，直至普罗大众的生活。公元前五世纪，古希腊人就将人头鸟刻在坟墓上，象征飞翔的精神，让它们陪伴死者，用歌声和手中的乐器给他们安慰；古埃及人则把它作为离开了死者身体的精神，把它画到墓室里。后来发展为女身鱼尾后，则被看作海底的神圣动物，她们的故事就出现在古代书籍的手抄本当中。不管这种动物是否上帝的造物，反正她居然出现在《圣经》里，尽管是从贬义角度出发，但不是所有动物都可以记入圣书的。《以赛亚书》第十三章写道："美人鱼和魔鬼在巴比伦跳舞。"因为基督教的禁欲，教士将她们作为声色淫欲的象征："逃避癖好，就像逃避神话中的美人鱼……"又说："魔鬼最坏的诱饵是女人，这个女人就是美人鱼。"中世纪时候，教堂和修道院的柱头和十字架上，经常刻着她们的塑像，不过这是作为一种告诫，也作为奢侈的象征。古罗马的金属钱币上，刻的不是恺撒大帝或奥古斯都的头像，而是美人鱼。比起帝王们，她们更讨人喜欢。

四

美人鱼被认为是带来死亡的动物，她们的歌声跟死亡连结在一起，但并不招人讨厌或使人感到恐惧，反而给每一代作家、艺术家带来灵感。历代大学者，无不为她们记上一笔，从不同角度着眼来解释这种动物，以及她们的所作所为。古希腊哲学家普罗克洛斯（Proclus）认为，听了她们的歌会死去，因为她们的歌声将人的灵魂从约束中解放出来，进入到永恒美的国度，而这个国度，只有死亡才能抵达。七弦琴是最理想的释放灵魂的乐器，它发出的乐声，就像七个星球旋转时的颤动声音。古罗马学者西塞罗（Cicéron）将她们比作智者："并非她们甜如蜜的声音，也非她们的歌声将水手留住，起作用的是她们丰富的知识。"奥德修斯不是只有听到阿尔戈和特洛伊等地名的时候，才产生动摇么？诗人奥维德（Ovide）对她们无限怜悯："而你们，阿谢洛奥斯河（Achéloos）的女儿们，拥有处女般的面孔，又怎可能混身羽毛，长着一双雀鸟的爪子呢？"莎士比亚也来了一手美人鱼，让她骑在海豚背上，唱着柔美和谐的歌，连粗暴的海水也平静起来了，几颗星星疯疯癫癫跳跃着，来听海的女儿唱歌。

即使从贬义角度出发，也并不深恶痛绝。但丁的《神曲》，在"净界"的第十九章写道，有一天他与诗人维吉尔在爱情问题上谈到深夜，然后闭起双眼深沉地入梦。黎明时分，梦见一个妇人，说话诘屈聱牙，目光斜视，脚曲手断而脸色苍白。但丁说："我看着她，好像阳光温暖了我的被夜气冰冻了的四肢。我的目光使她的舌头灵活了。她的身体直立起来，双颊泛起红光。"唱起了引诱男人的歌："我是温柔的美人鱼，经常使水手在波涛中误入歧途。我使听歌的人得到大快乐。我的歌曾经骚扰过奥德修斯的行程。"那时候圣女刚好出现，将她的肚子指给他看，他嗅到腥臭气味，感到厌恶，连忙打住，才避免了诱惑。醒来已日上三竿。入睡后遇上美人鱼，要说的是，当人的理性沉睡后，欲望就不受控制，特别容易被引诱？但所谓沉睡，含义应该更广，不一定指真正的睡眠，光天化日之下，理性也可以丢失，或处于沉睡状态。到诗人海涅的笔下，索性把人鱼收归德国所有，变成了莱恩河上的洛列莱，美人鱼已经是现代人了。

她手持黄金梳，一边梳理长浪般的金发，一边唱歌，成为音乐和性感的象征。但习惯上还是让她与死亡连结，以歌声迷惑水手，使他们翻船。但人家唱歌给你听，却不一定黑心让你翻船，你自己不曾掌好舵，能够怪谁呢？

五

记得大约七八年前一个日头沉沉的夏日，我们从德国科隆附近的一个古老哨所下莱茵河。一路上青壁巉岩映水，游船同时逍遥在垂直与水平之间，游客优哉游哉，不知人间何世了。当游船宣告接近洛列莱河段的时候，游客纷纷走向船沿，抬头望向青峰，只见上边巍巍然出现一座暗色石像，那就是坐在青石之上的洛列莱塑像。没有催魂慑魄的歌声，也没有黄金梳子，来自世界各地的游客，反而自己陶陶然醺醺然地，以各种不同的语言，各怀心事，喃喃唱起了《洛列莱》：

> 不知什么缘故，
> 我心里充满悲哀，
> ……

荷马史诗提到的地点很多，一部分名称沿用到现在，如塞浦路斯（Chypre）、苏尼翁（Sounion）、伊萨卡（Ethaque）等等，其余大部分需要专家重新考证，比如卡吕普索的洞穴、忘忧果的国度等等，究竟在什么地方。但出现美人鱼的区域，紧接荷马之后的希腊诗人赫西俄德（Hésiode），很明确地指出在意大利。地理学家斯特拉博（Strabon）和诗人维吉尔，则说是塞壬半岛对着的卡普里岛（Capri）一带的海域。现在的卡普里，已经成为旅游热点，正因为它是美人鱼的故乡。当年王尔德对这个小岛情有独钟，倒不因为传说中那几条鱼，而是认为它的自然之美超越了神工鬼斧，任何描述都显得软弱无力。所以，古罗马的第一代皇帝奥古斯都，也在岛上起了一座行宫，认为这里是忘忧之地。行宫遗址现在还保留着，虽然已经破烂得所剩无几。而海岛上的绿树和山石之间，散落着许多豪华府邸，混迹在古代的行宫和教堂遗址当中。

如果你从荷马时代来想象这个美人鱼的故乡，一定会感到失望。由于那里气候温润，仙人掌、夹竹桃长成了大树，高达三四层楼。美人鱼没有了，歌声没有了，白骨累累也没有了，代替了这一切的，是名牌货商店琳琅满目，游客如云，繁荣得你目不忍睹。那天你到了该岛，从游船上岸，第一眼看到的，是几个警员将两个女子从人群中带走，因为她们将旅行团使用过的缆车票，向游客兜售。幸好美人鱼已经投海死了，就在我们昨天经过的海域上。否则，恐怕她们也不愿意生活在这种闹嚷的环境中。但她们没有被人忘记，缆车站、通衢大道、横街小巷、店铺的墙壁，到处出现这个故事的浮雕，有铜质的，也有石雕的。所反映的画面，大抵是捆在桅杆上抵抗引诱的奥德修斯，或者是把弄着七弦琴、吹着小号或梳理金发的美人鱼。你乘缆车抵达最高点索拉罗山丘，那里是繁花盛放的奥古斯都公园，居高临下，可以看到塞壬半岛，东南海面，就是我们的游船昨天下午经过的，从前美人鱼出没的海域。海面上有三座泡在海浪中的石山，据说是投海死后的美人鱼变成的。

记得昨天下午，当游船接近这海域时，船长通过播音器向乘客宣告，说即将进入美人鱼的海域。煞有介事得紧，就像真的一样！但，你涉足地中海，能走得出瞎子荷马的阴影么？你能不装傻扮懵、自欺欺人么？其实这就是人所需要的一个梦想世界，与现实生活平行的精神世界。乘客都从船舱成群成队拥出，纷纷登上甲板，你也忙着在栏杆旁边找个好位置，以方便拍照。播音器正在播送着美人鱼唱的歌，歌声飘荡在以水、以云、以故事、以梦想织成的空间里。歌唱家已经很卖力模仿人鱼的声音了，吐出如此清音，也难为了她。可惜不是柏拉图称之为“以太般的清音”，你不感到迷惑，装不出感动的样子，你的耳朵迟钝了，你不用被绑到桅杆上，其他人也用不着。吸引大家的注意力的，是海面上三座在白浪中出现的石山。在寻找金羊毛的故事中，主角阿尔戈诺特遇上美人鱼，快要被她们的歌声迷住了，全凭诗人奥费的齐特拉琴的美妙音乐，把歌声掩盖，才将船员留在船上。美人鱼因为引诱不得逞，羞愤地投海而死，身体被抛在卡普里海域，变成了三座石山，就是我们所看到的形状别致的岩石。自然环境与故事情节真的很搭配，搭配得天衣无缝。

卡普里海边的三座美人鱼岩石

当年的特洛伊英雄埃内（Enée）来到这个海域时，美人鱼没有了，只看到三座石山泡在海水里，周围咆哮着愤怒的浪涛，他也感到失望了。就这样，我们进入到双重或三重的故事背景中，石山逐渐由远而近，由小变大，随着游船走近，角度逐渐变换，你看到其中一座正中间有一个洞口，像一道敞开的大门，一条小船可以宽松地通过。时间在过去，景物在变换，晚霞渐落，视野不再清晰，三座岩石由近而远，由大变小，美人鱼歌声渐弱，海风一阵比一阵强，甲板上的人群兴意阑珊，陆续返回到舱内，准备换衣服吃晚饭。上下数层的舱面一时人影稀落，是大节过后那种平静。三座石山在暮霭茫茫中消失了：

不知为什么，

我心里充满悲哀，

一个古老的故事，

使我永远难忘怀……

美人鱼投海而死，是金羊毛故事的情节，另一种传说，是因为勾引奥德修斯没得逞而投海，这些都不是荷马的原意，但都是投海而死。鱼会淹死在海里么？

而安徒生的《小美人鱼》则是一首动人的悲歌，他将坏女人变成一个纯洁、良善、多情的少女，美人鱼的声誉从此改变了，且享誉千古，因为这是一个有关道德的故事。这条小鱼不安于海底宫殿生活，只想嫁给一位王子，得到一颗灵魂，过人间生活，但必须付出罪恶的代价。在罪恶与善良之间，她选择了善良，最后溶解在海浪里，成了道德模范，得到一颗永恒的灵魂。荷马以后，她们都希望得到灵魂，但必须与男人结婚，于是就有了她们跟爱尔兰僧侣的故事，可终究还是一个不可能的爱情故事。

史诗的故事人物中，阿喀琉斯，阿迦门农，奥德修斯，巴托克，都是轰轰烈烈的英雄；还有几个大美人，海伦，卡吕普索，喀耳刻，瑙西卡，都耗尽了瞎子荷马的笔墨。唯有这些小鱼，使用的是淡薄而简约的文字，只在第十二歌中略为提及。谁敢承望，她们的名气之大竟超越了轰轰烈烈的故事，超越了那些英雄、美人。无论你把她们当作人，或者当作鱼，她们的名声都是世界性的，无论东方西方，从学人到民间，有谁不知道美人鱼？你走经河边，见一老翁在垂钓，你问："钓到了么？"回答："我钓了一条美人鱼。"村野老叟也随口说出美人鱼，但有多少人能够说得出那些英雄、美人的大名，知道他们的故事？人鱼的名声尽管有好有坏，戕害男人是她们的大恶，但博学、雄辩、歌声柔美，是她们特有的本事。传说中，连半人半马怪物，也为听她们唱歌忘记了吃草，因而饿死。在文人的眼里，她们是文学艺术的缪斯，也被指为肉欲的象征；因着对男人的诱惑，也将她们比作神女。历史上，那几条鱼不断骚扰着文人的想象，也骚扰着艺术家的想象，当她们演变成人身鱼尾，手握镜子，一边唱歌一边梳理头发的时候，形象比任何事物都美丽，因此也成为画家们落笔的对象。奥德修斯的战船走经卡普里海域，被捆在桅杆上听歌的戏剧性场面，就不知被多少画家、塑刻家反映到艺术品里。在卢浮宫展出的，鲁宾斯为玛丽·美第奇王后所绘制的生平组图中，其中一幅是描绘她从意大利乘船到法国，下嫁亨利四世的盛况。海路上就有美人鱼护送。这组连环油画完成于一六二一年，属于早期将美人鱼入画的创作。十九世纪有德拉佩（H. Draper）的带尾巴的人鱼《奥德修斯与美人鱼》；二十世纪有贝利（L. Belly）

表现人体美的《美人鱼》。但自从英国现代画家沃特豪斯（J. W. Waterhouse），一九〇一年画过一幅以黄金梳子梳理金发的《美人鱼》之后，这些人鱼就以现代人的形象，大规模地进入到现代生活的各个层面。

渔民、沿海居民、航海家的想象，经常被这种动物骚扰。哥伦布的航海日记提到，曾经在非洲几内亚海岸遇见美人鱼。这位航海家果然这样天真？还是一场白日梦？十九世纪英国海岛的岛民，简直是得了美人鱼癖，报章上不时刊登她们出现的消息，甚至有人肯定看到她们坐在海滩上梳理头发。直至一九八九年，美国《太阳报》还敢于报道，说佛罗里达州的渔夫捕了一条美人鱼，还会说话的呢！但最后把她放走了。北欧的海员则无条件地相信这种动物的存在，说她们生活在某处的深海，风暴前以高歌发出警报，天晴时就哭泣，预告天气比天文台还准确呢！如果男人遇上人鱼，拒绝相好，她会施展魔法，把他永远囚禁在一个浓雾封锁的孤岛上。我们眼下的生活，不也被那些半人半鱼、不人不鱼参与了么？印刷品、明信片、广告画、迪士尼的动画片、电视剧，无不充斥着她们的形象。还有闻名世界的丹麦美人鱼雕像，……而这一切，就来自荷马的惜墨如金的一小段文字。

都说荷马史诗是欧洲文化的源头，开源创见，下启百世之文慧。而它的 sirène，不也带来了一场美人鱼文化么？通过这个故事的纵向横向发展的脉络，我们会明白，所谓创见立新，所谓开启文慧是怎样的一回事，有怎样的演绎轨迹和过程。美人鱼从荷马时代到现在，外形和性格都在不断发展变化，到今天已经失去了恶魔的特性。翅膀和爪子都没有了，只保留了黄金梳和镜子；危险性没有了，威胁性不复存在了，再不跟死亡连结在一起，还懂得为爱情而流泪呢！安徒生的小人鱼成为道德模范后，这部著作和作者的世界声誉，被推上了最高峰。

在当代人眼里，美人鱼是女人的象征，有动人的歌声和美丽的身体，继续骚扰男人，也继续骚扰汪洋大海，骚扰现实世界。她们永远不会消失，因为女人永远存在。没有了她们，失掉多少话题多少梦！时代嬗替，而那些远古的幽魂，连同那几条不人不鱼，却永远显得真实而清晰，有着恒新的永久魅力。大家将她们紧紧抓住不放，因为从她们身上看到了自己的天数。

二〇一四年四月

奥林匹亚，永恒的是精神

在奥林匹斯山上，远离一切打扰的诸神，有他们永恒的住所。风不会刮它，雨不会浸它，山上永不下雪。苍穹时刻万里无云，山巅之上冠着一圈白光。诸神就在上边过着安乐快活的日子。

——《奥德赛》第六歌

奥林匹斯山位于希腊东北部，最高峰达二千九百八十一公尺，终年积雪，希腊人相信诸神就在那里升座。高高在上，远离人寰，却比住在天宫更方便管理人间。

荷马《伊利亚特》第一章，就描述诸神在山上有自己的宫殿，相互间经常吵吵闹闹，在特洛伊战争中，各有算盘，推波助澜。平常人的喜怒哀乐、心机、计较、嫉妒、眼红，诸神一样不缺。他们跟人联络、对话，到人间服务，帮助他们一把，或给以惩罚，或决定他们的命运，作为神，甚至跟人生孩子。

这个山头本是万神之神宙斯的御座所在地，其他神被接待到山头上居住是一种殊荣。有幸在那里落脚的十二位神仙，宙斯给他们分配权力。于是就有了太阳神阿波罗、海神波塞冬、美和艺术之神雅典娜、猎神阿耳忒弥斯、风神埃奥利、火神赫菲斯托斯……看，天上地下的权力，都让他们瓜分殆尽了，留给我们人类的，还剩下些什么？只有向他们礼拜的分啦！大家为他们在人间建筑行宫，山下就有无数的神殿。

二百公里外的伊利斯（Élis）是著名的敬神中心之一，供奉诸神之神宙斯。礼拜宙斯的父亲克洛诺斯的仪式，公元前二千年就开始了。祭神的地方只有祭司才能入住，而人对神的敬意，只能以仪式或奉献来表达。希腊人称宙斯为“奥林匹斯的宙斯”，因此围绕伊利斯崇拜地建起的居住区，就以奥林匹亚（Olympia）为名。希腊不同的城邦，有不同的庆祝事件，为农事，为神祇，为英雄，皆可庆祝。在仪式中，经常组织竞赛活动，作为助庆；而城邦之间不断的战争，也必须培养具有战斗力的健儿，这个地方就逐渐发展成为体育运动的中心。

经历了三千多年历史，奥林匹亚这个地名既没有消失，也不曾更改，反而成为全球性的名词。有谁没有听说过“奥林匹克运动会”(Olympic Games)？今年，这个跟荣誉、美感、力度、速度连在一起，有壮观的开幕、闭幕仪式的竞技运动会，还第一次在中国举办呢。

但，如果你到了奥林匹亚，就会发现，竞技会的弧度、力度，节奏的尽善尽美的大展现，跟发源地的状态相比，反差太大了。福楼拜当年到过以后，如是说：“厚重的墙壁、大件头石块留下的痕迹，凹槽圆柱遗下的地基，这就是奥林匹亚留下的一切。”

当你穿过阿尔菲俄斯河上的一道桥，进入奥林匹亚时，你看到的，除了地基还是地基，除了断柱还是断柱，一路断石残垣遍地，荒草埋径，当年的华丽衣冠已成史迹，虽然你不觉得碍眼，因为时间有功，将颓垣断石梳理成一种残缺美。建筑物是零，残墙断柱沉睡着，睡出了一种另类风景。

而导游在你耳边口舌生花，向你描绘宙斯神庙，当年的世界七大奇观之一，里面的宙斯坐像如何高达十二点四米，如何使用象牙、黄金、贵重金属雕刻组成；你眼下那片石砾、柱头，当年是怎样的白玉为堂的神殿；山头上如何拥有三千座美轮美奂的雕像；还有战车场、赛马场、体操场、田径运动场等三十五大建筑。而你相信，任凭导游说得怎样天花乱坠，也不会吹破牛皮，只要你眼量一下遗迹的宽广地基，看看倒卧地上，或依然直立，直径几达一米半的柱子断块，看看残石上的精雕细琢，遍地的金粉玉屑，你可以想象当年的气派，史无前例的希腊鼎盛时期的气派。你相信，人类的黄金时代的确存在过。

第一次奥运会在公元前七七六年举行，只有一天，只有一个大约二百米的短跑项目，只有一个冠军。两个多世纪后，改为每四年一次，为期五天，从夏至第一个满月期间开始。这个神圣的月份开始前数月，伊利斯城就派出传令使到各个城邦宣告消息，所有军事冲突得马上结束。入选的运动员必须提前一个月住进奥林匹亚，前五七二年开始集中到伊利斯城，他们从希腊和海外殖民地西西里岛、小亚细亚等地区源源而至，由教练训练一个月。

运动会第一天是开幕式，向宙斯拜祭，献上一头猪。运动员向神发誓已经接受了一个月的训练，以诚恳严肃的态度来参加运动会，严格遵守纪律。第二天和第四天进行比赛：长跑、短跑、跳远、急行军、掷铁饼、标枪、拳击、摔跤……最引人注目的是由四匹马拉着的战车赛。第三天必须要安排在满月那天，一早举行重大仪式，向宙斯献上一百头牛，由裁判官、官员、贵族、群众组成的队伍，浩浩荡荡向祭坛进发。第五天给胜利者颁奖，在群众的欢呼、喝彩，抛出鲜花和树叶的狂热中，裁判官将橄榄叶桂冠戴到他们头上。橄榄叶采自一棵传奇的橄榄树，它是由半人半神赫拉克勒斯从极北携带回来的。颁奖后，为胜利者举行盛大宴会，各个城邦的代表团，官方邀请的客人皆成为座上客。

这个免费观看的竞技表演，吸引过一些显赫人物，如哲学家柏拉图，抒情诗人品达罗斯，还有政客、艺术家、历史学家、演说家等。诗人在会上朗诵诗歌，雕塑家宣传他们的作品，同时试图从运动员身上取得艺术灵感。

罗马帝国时代，为了迁就选皇尼禄来参加，曾经将运动会推迟两年，并且专门为他拆毁了运动场正门附近的家宅神赫斯提的神庙，建了一座别墅，遗址一直保留到现在。在这个公元前六十七年的奥运会上，尼禄亲手颁发了六个奖项。

运动会的得胜者，在群众的欢呼喝彩中，只获得一个橄榄树叶桂冠，没有金钱和物质利益，但诗人为他们写胜利颂歌，可以根据他们的意思来写。雕塑家为他们造像，放进神殿。据古罗马作家老普里尼的记载，塑像并非完全是胜利者的模样，而是根据“美”与“好”的原则进行雕塑，精神和身体外形都必须是模范，不骄不躁，态度谦虚。底座刻上胜利者、教练和代表的城邦的名字，以及得奖项目。后来历代雕塑家都仔细研究过这些强壮、健美而和谐的躯体塑像，用以借鉴。为迎接得胜归来的健儿，有的城市拆掉部分城墙，让他们体面地还乡。在斯巴达，国王召见他们到面前表演。他们日后在文化活动中享有相当权利，也负责一些宗教任务。城邦分享他们的光荣，给他们以回报。一如诗人品达罗斯所说，得胜者“一辈子回味那种极大幸福的甜蜜”。

女性不参加奥运会，而以天后赫拉的名义，另外组织女子运动会。这是最古老的女性体育竞赛，每四年在伊利斯城组织十六位出身世家的未婚女子参加，与奥运会时间相距不远，但不冲突。获选者先织好一块头巾献给赫拉，放到她的雕像上面。主要项目是跑步，出胜者可得到橄榄树枝一根，也将她们的雕像放到赫拉神殿里。这种雕像大英帝国博物馆收藏了一尊，可以看到当时女运动员穿的运动衣是一件未及膝盖的紧身衣，露出右胸，也有些瓶绘，画的是过膝裙子。

男性运动员裸体参加比赛，既因为当时崇尚人体美，也是古希腊精神的一种表现：放下身体以外的一切，来跟同类较量，重要的是精神胜利。古代的雕像和陶瓷瓶上的绘画，都反映了裸体运动的实况。二〇〇四年在雅典举行的奥运会，盛大的入场式表演队伍中，穿上紧身衣的裸体队伍，将你带回到古代奥林匹亚运动会的气氛中去。

运动会持续了一千一百六十八个年头，到公元三九三年，罗马皇帝提奥多斯（Théodose）一世颁布法令，禁止各种非基督教的礼拜仪式，宙斯神庙被关闭，奥运会停办。公元二六七年山谷遭到赫鲁利人的劫掠，开始走向式微，公元六世纪的两次地震，将建筑物彻底毁坏。宙斯神庙被倾泻的山泥掩埋，阿尔菲俄斯河被抛出河床，挟带着泥浆泥石掩盖了山谷部分地方。现在挖掘出的状态，大体是两次地震后的局面。那些串成石柱的柱块，直径大多超过一米，直

古奥林匹克运动场进口

至一米半，你两手平行，还未达到直径的长度。这里随处可见一串串花岗岩柱子断块，像骨牌效应般倒卧地上。石块中心的连接孔，据说是以方形木条作为轴心穿过，以避免石块移动。这些重量动辄以数吨计的石块，“是如何将它们串合成一根直立的石柱的?”有人问。导游说：“我问过宙斯，他没有回答。”

这片遗迹由德国考古学家负责挖掘，正门于一九六〇年才找到，工程还在继续。运动场正式入口建于公元前三世纪，面向日出方向，已经挖掘出来了。它呈圆拱形，直通体育场。体育场只出土了一部分，如跑道、起跑线。裁判席位置已确定，但相连的，能容纳两万人的观众席还掩在泥土里，成斜坡形状，上头绿草丛生。建筑极少使用大理石，只就地取材，采用花岗岩，能容纳二十人的起跑线是例外，以白色大理石铺成。

运动会停止了一千五百多个年头后，几位热心人士在法国男爵德顾拜旦（P. de Coubertin）带头下奔走，于一八九六年四月恢复举办。第一届现代奥林匹克运动会在雅典举行，既然是现代，许多事物跟古代不一样。冠军奖品除了橄榄叶桂冠，另加金牌一个；亚军得桂树叶冠和一个银牌。为纪念公元前四九〇年，一位希腊士兵自马拉松奔跑了数十公里，将战胜波斯的消息带给雅典，设立了四十二公里的马拉松长跑项目。

一九三六年在柏林举行的奥运，德国学者迪埃曼（Carl Diem）是大会的组织者，他提议，为了将奥运历史延续，跟古代奥林匹克维持永久关系，不管在任何国家举办运动会，火炬必须直接来自奥林匹亚。那一年的大会开幕，第一次采取了这个仪式。从此，奥运会就以点燃圣火为先声。点火的祭坛在赫拉神庙前，仪式就在这里进行。一队穿白色古装长裙的女孩子，站在祭坛周围，其中一人打扮成女祭司，手持一面金属镜子，在太阳底下聚焦取火，把盛在器皿里的燃烧液体点燃，再点着火炬，交给一位跑步运动员，再经过无数人接手，送到雅典，再传送到举办国。

这个始于公元前数百年的运动会，是跟古希腊文明一起诞生的。随着时日的推进，许多事物跟着改变。到了今天，仪式多姿多彩，项目不断增加，纪录不断刷新，每一届都出现光辉熠熠的新星，奖励方式也有所改变。一九三二年在洛杉矶举行的奥运，开创了给冠军升国旗、奏国歌的先例。运动会的赛事现场，最初由报章、杂志报导，然后电台广播，到目前的电视直接转播。一切都在变，不变的只有具象征意义的火炬，迪埃曼先生的提议颇具真知灼见。

古奥运会一开始就规定，参加者要非罪犯、非背信弃义者。比赛开始之前，向宙斯宣誓严格遵守纪律。违反纪律被认为是对人的不敬，对神的亵渎。运动会提倡诚实的较量，健康的竞争，保卫现实生活中的合理价值。当传令使到各城邦宣告运动会的开幕日期，同时也宣告“神圣休战”开始，所有军事冲突马上停止，所有政见争执，所有地区的不和，都必须放下，为期三个月。运动员不怀任何敌意，来到一个共同的地方参加竞技。当年好战的斯巴达城邦，因为违反命令而被拒于运动会外。

古希腊人不单只把运动作为娱乐，而且作为培育身体、精神和各种优良品质的手段。在无休无止的战事和争执中，为了这个共同价值而暂时放下各执己见，一起缔造一段普天同庆的日子。也许在这样的日子里，大家最容易明白，不管政见如何分歧，都不应该不共戴天。他们将对运动的热忱发展为合理竞争精神，运用到日常生活，以及物质和艺术的创造中。运动会的得胜者，国家给予极大的荣誉，而得胜者则要像火炬，将希腊的精神发扬光大。

那天，你作为游客在奥林匹克走了一遭，满眼的断柱石砾，却不使你感到失落，反而使你连想起前朝金粉的富丽堂皇，一如面对目前式微的希腊，你依然感到它的精神的魅力。事实上，古希腊精神直至如今还是西方世界取之不尽的源泉，一如阿尔菲俄斯河，在奥林匹亚流了三千年，又经历过两次地震的破坏，目前河水还在山谷下面流淌。山谷以外远山如黛，谷内安静，绿树成荫，据说当年长满了梧桐和野橄榄树，风光独好，就连神祇也选择来这里落脚，自然适合于人的欢乐聚会。曾经有千把年时间，这里是全球最大节日的地点。不同政见、不同地区、不同种族、不同信仰的人在这里普天同庆。原来人的共同情感，共同爱好，共同的价值观，是可以超越一切分歧的。

笔者对那个点燃圣火的祭坛颇感兴趣，问导游雨天怎样取火，怎样维持圣火途中不熄灭，扮女祭司的女孩子是否要很漂亮，等等。可能她认为你问得太愚蠢，不值一答，干脆说："这又有什么呢，我年轻时候就扮过女祭司啦！"

二〇〇八年三月

埃及海底的双城遗韵

在波涛汹涌的大海中，有一个小岛，名叫法罗斯（Pharos）。它在埃及的前面，当船在清新的微风中顺风行驶，一条空船一天时间可以驶到。

——《奥德赛》第四歌

一七九八年，拿破仑远征埃及，但运气欠佳，他的战船东方号（Orient）在亚历山大的阿布吉尔海湾上，被英国的纳尔逊击沉。一九八四年，热衷于海底考古的戈迪奥（F. Goddio）来到阿布吉尔湾，目的是寻找东方号。他运气不错，第一次下水，就证实了海底那堆木板正是那艘战船，这给他极大的鼓舞，一往无前的海底考古生涯就这样一锤敲定。

有一天，他在当地一间餐馆吃饭，一个埃及潜水员告诉他说，当地渔夫不时在网里捞到一些粉红色的大理石碎片，似乎，可能，恐怕，有一个神秘的城沉落在这一带水底。戈迪奥一如当年寻找特洛伊城的谢里曼，对考古有一种狂热，似乎，可能，恐怕，几个字马上调动起他猎犬般的嗅觉。他虽然冲动，却很冷静，没有当场一头栽下水。第一次下水成功给他的经验是：在掌握充分材料之前，决不穿上潜水衣。寻找各种有关资料，仔细阅读，研究地形，是事前的必修课。他既粗犷，也细致博学。当初是怎样一下子就能确定那条船是“东方号”？因为从文献中知道，这条船的宝号曾经一再更改。东方号是拿破仑时代改的，之前的法国大革命时期，它叫“无短裤党号”(Sans Culottes)，而建成时的原名是“皇储号”(Dauphin Royal)。那天他在水里看到一大堆厚木板，上头布满水草、贝壳、烂泥，他用手逐一拨开，忽然发现船身某处镶着一个铜牌，上头刻着“皇储号”。宝号一再更改时，被忽略了拆除。东方号就这样一下子找到了。

今回他也从资料入手，仔细翻阅了公元前五世纪的希腊旅行历史学家希罗多德（Hérodote）的有关书籍，公元前一世纪的希腊地理、历史学家斯特拉博（Strabon）的《地理概论》，这些典籍提到埃及的地中海岸两个城市，克诺珀斯（Canope）和赫拉克利翁(Héracléion)，两个城的地理、历史和生活都有所记载。还有一本《希腊人笔下的埃及三角洲》是他的枕边书。当年埃及的文明高度发展，对地中海的倚重极少，但不妨碍亚历山大大帝从地中海闯进埃及。公元前三五三年，他在马其顿大获胜利后，轻而易举地拿下了法罗斯岛。这个岛长期为希腊海员认识，是个停泊站。地理环境的荒僻，使它变成传奇故事的背景。《奥德赛》中，海神波塞冬的儿子普罗泰，在那里拥有一所房子，当斯巴达王墨涅拉俄斯带着妻子海伦返回希腊伊萨卡途中，曾经在那里住了一天。运送他们回国那艘船的船长克诺珀斯（Canopos）死于该岛，为了纪念他，小岛易名为克诺珀斯。但是希腊诗人斯特西科罗斯（Stesichorus）在一首诗中说，王子帕里斯带到特洛伊的，只是海伦的幻影，真正的海伦留在埃及，直至墨涅拉俄斯回国，取道埃及把她带回国。因着这些传奇故事，亚历山大大帝特别想将该岛建成港口。小岛面积不大，要大规模发展，必须向内陆伸延，亚历山大港就这样建立起来了。克诺珀斯和赫拉克利翁两个城市，就从荒凉的海岛上冒出。后来还开凿了运河，船只可以驶进尼罗河，直接进入埃及丰富的贸易市场。他甚至有意将此处作为远征西方的基地。

所以，这几处地方，既有埃及本土的法老传统，也带有希腊文化和神话的因素。亚历山大大帝企图将它们变成希腊的地方，一片诞生于埃及的希腊领土，不属于埃及。从亚历山大的承继人托勒密王朝开始，先后一千多年时间，这里的人气旺盛。到公元八世纪，两个城在海啸地震中同时沉落海底。

二十世纪三十年代，曾经有一位埃及王室成员的考古学家杜迅（Omar Toussoun，1872—1944）潜入水底视察，有一些小发现，但没有进一步的下文。到戈迪奥手里，才开始真正的寻宝打捞。他早年专攻经济管理和统计学，职拜联合国和法国外交部经济顾问，只因为结识了一些考古学家，对大海的梦想忽然冒出。原来他的祖父是横渡大洋的冒险家，发明了双体船，虽然最后葬身大海，却不妨碍戈迪奥决定抛弃一切，回到祖父的海洋世界中。

一九八五年，他组织了“欧洲海底考古协会”，集中了一批考古学家、潜水员、档案保管员、地理物理学家等，都是顶尖学者，他们使用最先进的水深测量仪和超声波定位器，取得海底凹凸起伏和异常状态的资料，从而推算古物的位置。这支队伍首先出发到菲律宾海域打捞沉船，勘探的海域甚广，直至中国的海上贸易必经之路。二十年间，捞起了十四条沉船，其中包括圣迭戈号（San Diego）这条宝船。从此戈迪奥以打捞专家闻名于世，但这只是初试锋芒，真正的丰功伟业是历时十二年的埃及寻宝。这次海底考古，找到两个已被世人遗忘的古代重要城市，确定它们的海底位置，将它们逐件逐块打捞起来，重新送回到大家的记忆中。

二〇〇七年夏天在巴黎大皇宫展出了这些古物，总共四百九十六件。其中有三个五米高的粉红色花岗岩巨像、狮身人面像、黄金首饰、古罗马雕像、花瓶、武器、护身符、墓碑、金币、铜制品、金属货币、象形文字、石碑等。所覆盖的年代，从公元前四世纪的托勒密王朝，直至公元八世纪阿拉伯人统治的时代。这批古器重获生命的同时，也将我们送回到远古世界中。每捞起一件古物，就像在拼图游戏中找回一块图片，使我们重新了解这段长达一千二百年的埃及历史，尤其托勒密王朝的帝王与平民的生活、政治、宗教、商业以及文化艺术。

其中吸引观众视线的狮身人面雕像，是在亚历山大市沉没了的一个港口捞起的。根据斯特拉博记载，埃及女王克娄巴特拉的行宫就在那里，所以在那一带打捞起来的物件，都属于王宫的，这座狮身人面像将法老王的头镶上狮子身，这是最古典的埃及风格，但人面却有希腊人的面部特征。谢拉皮斯神（Sérapis）的花岗岩雕像高达四米半，鼻子笔挺，头发浓密卷曲。其他雕像除了尼罗河神，大多是希腊人物，如托勒密王后，恺撒大帝和克娄巴特拉所生的儿子小恺撒等，所有艺术品毫无例外带有希腊风格。

在赫拉克利翁打捞到一个少见的庞大石碑，高六米，重达十五吨，是公元前二世纪竖立的，上头刻有三十四行象形文字和一篇希腊文，内容有关政治，为托勒密八世歌功颂德，还有各方各面的法例，地震把它碎成数块。另一块黑色大理石碑，上面的铭文证实赫拉克利翁就是汤尼城（Thonis）。前一个是希腊人叫法，后一个是埃及名字，以前只知道希腊名字，竟以为汤尼城失踪了。

最引人注目的展品，是一座黑色花岗岩女身雕像。二〇〇一年从水底捞起。比自然人体稍高。一座被海水浸淫冲击了一千二百年的石像，还能够保留下来是一种奇迹，虽然头、手、脚都缺失了，但这种缺失反而使她成为一个谜。丰盈的体态韵致横溢，一袭贴身薄纱长内衣，双乳袒露，肚脐、下腹、双腿，从蝉翼般的薄纱中冒出，旺盛的青春魅力灼灼逼人。她的美，蜉蝣一瞬的脆弱美，带有一股冲击力，手法几近色情，使人梦想，却不让人亵渎，是典型的希腊大时代作品。她是谁？埃及女神伊希斯（Isis）？一位王后？一位公主？一个女奴？不知道。小憩后起床？晚凉新浴？俯视脚下为她整装的人？不知道。你只看到一个从浪花深处冒出，以炽热的青春来唤醒你的美感的纯粹艺术品。二十世纪你面对的是维纳斯，二十一世纪又来了一位黑女神？专家最后鉴定，她是托勒密二世的风流王后阿西诺埃（Assinoé），公元前三世纪的作品，非常杰出的艺术品。事实一再证明，艺术没有时代的先后之分。

展览馆还展出不少巨幅照片，播放录像带，反映戈迪奥和工作组在海底的操作情况。据说，这两个陷落的城市的范围，周长十一公里乘十公里，面积比巴黎还大。如何确定打捞物件的位置？知识、思考、研究、行动、耐心，皆不可或缺。海底操作的规律与逻辑推理，都离不开偶然性和特别机缘，成功往往靠运气。为增加可能性，只有将勘探面积扩大，避免聚焦于某处地方。海湾不深，但污染得几近饱和，东边的水流挟带着尼罗河的淤泥，阿布吉尔城的下水道又将一整片海水弄污了，水底视野几近零度。气温升高时，细菌和微生物迅速繁殖，对人体产生危害。在这种恶劣环境下，学者们坚持了十年，进行过十二次海底搜索，终于证实了斯特拉博和希罗多德两位希腊学者的描述的真实性，发现了两个古城的遗迹，把在水底躺了一千二百年的文明打捞起来，给它们以第二次生命。

法国与埃及的文化渊源，始于一七九八年拿破仑远征埃及。虽然在阿布吉尔港对英国人的海战中失败，却给埃及带来了重要的影响。前总统纳赛尔在一九五三年出版的《革命的哲学》中说，拿破仑远征埃及"摧毁了蒙古人铸造的枷锁，新思想产生了，新地平线在我们面前展开了……就这样，我们走出孤立，与欧洲和文明世界重新挂钩，成为复兴时代的开始"。

十九世纪，法国学者商博良（J. F. Champollion）成功解读了罗塞塔碑的象形文字，今回戈迪奥的海底打捞，在人类的文明史上，都是伟大的贡献，也是两个国家文化合作的成果。据估计，目前打捞起的古物，只是极少一部分，就像大餐前的一碟小菜。大量的工作还在后头，不知道还会给我们带来多少古老的新视野。

二〇〇七年三月

谁来主宰，只有风

我们去到埃奥利（Eolie）岛。伊波特斯（Hippotés）的儿子，诸神宠爱的埃奥利，在那里有一所房子。这是一个浮动着的岛，古铜般的海岸，不可摧毁的石墙，将它整座包围着，一块平滑的岩石尖直指向天。

——《奥德赛》第十歌

一进入到埃奥利群岛的海域，耳边就风声呼啸不断，这是风的世界。烟波浩渺，淡紫色的烟霞罩着半壁海日，远远几座山头在水里隐约浮动，像仙山，不像人间。你想起“海客谈瀛洲，烟波渺茫信难求”，“云霞明灭或可睹”。说布景，说一幅画，都不是，只是一种意境，一种幻觉。一些远古的人物和故事，就挟带在呼啸着的海风中，来给你入耳入心。一部厚实而多姿多彩的书，已经在你面前打开了。在这个由风神埃奥利居住、统治，并以他的名字命名的群岛，只有风来给你叙述关于风的故事，它与奥德修斯的命运难解难分的故事。你来到这里，目的地是零，你到了风的世界，你的目的地是风。

当奥德修斯一行人到西西里岛一个山洞，去拜见独眼巨人波吕斐摩斯时，无法无天的巨人活吞了他几个同伴。巨人明言，同样的命运将落到其他人身上，只是迟早的事罢了。老谋深算的奥德修斯只好再出奇谋，等巨人肚饱酒醉，用烧红的木桩把他的独眼弄瞎，躲在长毛公羊的肚子下面逃出生天。你奥氏要逃就逃吧，偏要报出大名，承认自己是“特洛伊的劫贼，伊萨卡的汉子”。愚蠢？不甘埋没？勇于担当？反正严重后果跟着来了，独眼巨人向父亲海神波塞冬告状：

> 噢，大地的主人，噢，戴着蓝天的神，噢，波塞冬，你听着，如果我当真是你的儿子，如果你想要父亲这个称号，就为我让他永远回不了家，这个奥德修斯，伊林（Ilion）的抢劫犯，他，这个莱尔提斯（Laertes）的儿子，他住在伊萨卡！如果命运让他与他的家人重逢，回到他的祖先的国家的高楼，至少要让他在借来的船上长时间受罪，回到家里还要遭受不幸！

原来神仙的气度并不比凡人更宽。天下父母心，波塞冬这个敢于跟宙斯作对的神，从此对奥德修斯恨入骨髓。他的恨一路追逐着他，使他在回家路上阻障重重，险象环生，一再徘徊于死亡边缘，一再流浪，归期一再拖延。每一程的漂泊，就像风向仪般被风撞击，撕扯，搓揉，承受的考验更甚于在特洛伊的城墙脚下。如果《伊利亚特》的主题是表达勇士阿喀琉斯的愤怒，《奥德赛》要说的是波塞冬对奥德修斯的恨。

奥德修斯到达埃奥利群岛，得到风神埃奥利的热情接待。作为宙斯任命的风的总管，住在非里科狄岛一座死火山上，宫殿在海拔七百七十四米的山峰上。他有本事制造任何狂风和龙卷风。而火神赫菲斯托斯，蓬头乱发，只穿一件无袖短衣，在炼铁坊里忙忙碌碌，这个人神共存的埃奥利群岛是一个火山群岛，由十七个小岛组成，其中七个有人居住。当游船进入到这一带海域时，你用鼻子嗅嗅，就能嗅到空气里渗透着轻微的硫磺味。据说有一条法律，从八月一日到九月一日进入该海域，每人要缴纳税款一个欧元，为什么？不知道。现在是四月，我们省下了这个欧元。你眼前的海景，不会在别处看到，这是传奇和神话中的海，使人又着迷又害怕。怪不得这一带海域一早就进入到希腊人的想象世界；儒勒·凡尔纳的《地心之旅》的队伍，也从这里经过。

埃奥利群岛的海岸奇形怪状，温润的气候使植物繁茂，火山活动造成的怪石所形成的特异风景，也别具风格。拉封丹如是描述："一切如朔风，一切如熏风"，反差很强烈。十七个小岛分布疏密均

传说中风神居住的火山岛（意大利埃奥利群岛）

匀，从战略而言，它们有可能将墨西拿海峡和蒂勒尼安海封锁起来。除了斯特龙博利（Stromboli）定期喷出岩浆和气体，由四个火山组成的维尔加诺山，也是不断喷出气体的活火山，连山脚下的沙滩也是黑色的火山石，游客可以在这里洗一个含硫化物的泥浆浴。六百六十二米的阿里科狄是座死火山，它的原始粗犷和野性，直叫你感到时光的倒流。每星期只有两次用船只给岛民供应淡水，使用煤油灯多于电灯，交通工具是骡子，既搬运食物也载人。在以矮墙头支起的梯田上耕种，过着鲁滨逊式的生活。居民的祖辈为逃避海盗，都避到山顶上居住。

七个有人的小岛中，利帕里（Lipari）面积最大，略具小城规模，拥有一间博物馆，最珍贵的是收藏着一座保护者圣巴蒂黎米（Bartolomeo）的全身雕塑，以四百公斤的纯银铸造而成，每年抬出一次在岛上巡游，祈福保平安。圣人手持宝剑，要把龙卷风的尾巴砍掉。风与阳光造就了岛民的独特性格，在历史的偶然性和现代社会的变迁中，依然生活在自己的风俗和传统里，渔业逐渐转变成旅游业，使他们不快乐。海岛到处山岩峭壁，人口稀少，间或有小汽船在小岛间来往。冬天气候恶劣时，会有几个星期跟外界断绝联络。居民以捕鱼、种葡萄、酿烈酒为生。一九四九年开始的考古挖掘，证实利帕里岛的文明史可以回溯到公元前十八至公元前十四世纪，史前的村落是他们骄傲的宝藏，还有公元前四世纪的塔楼，中世纪的城堡，一直保存到现在。能够给人现代感的东西，只有为数不多的汽车。面积最小的巴拿雷亚岛只有三点四平方公里，从前曾经是面积最大的岛，两千年前一次火山爆发，大部分山头沉落了，变成了微型小岛。目前鱼类和珊瑚，就在那个沉落了的世界中大量繁殖。

如果你以荷马时代的眼光来看地中海上的小岛，简直是个大傻瓜。到达撒丁岛、卡普里、马耳他之前，凭你闯荡江湖的经验，已经不会把它们想象得太原始荒凉，抵达后所见，仍远离所想。港口上竖立密密层层的楼宇告诉你，现代化无孔不入；沿岸马路的车流喧嚣声，使你失去寻找世外桃源的最后希望。但这里的小岛是个例外。你想找片只见海鸥飞翔的海岸？没有高楼遮挡，举目可见的大洋？你可以在这里找到。不远，就像打开后门，在你的屋角后面，这就是地中海上的埃奥利群岛。

群岛中扮演重要角色的是活火山斯特龙博利，它的底座深入到海底，高达二千四百米，呈三角形从海面冒出，它头戴火冠，脚泡蓝色海水，每二十分钟从山顶喷出岩浆。那天船长一早通知，说下午五时将靠近斯特龙博利。未到四时，游客都集中到甲板上了。随着游船行进，云蒸雾绕的火山逐渐移近，形状随之慢慢清晰。山尖上，淡红和紫灰烟雾袅袅不断，一溜接一溜沿着山坡滚下，落入海面时，戏剧性地溅起一团白烟。原来这是五个火山口向上喷出的岩浆，裹在烟雾里，从一千多公尺的顶峰滚下。岩浆、石砾和浮石形成的火流，夜间就像一条火龙蜿蜒而下，顶峰上一阵接一阵喷向夜空的白炽星火，明明灭灭，烟花般诡异。再靠近，可以听到爆炸声，嗅到强烈的硫磺味。你设想这是地球诞生时候留下来的、从未熄灭过的第一把火，是地球的火种，火源。定期喷出的岩浆和浮石，向你提醒它的存在，将你带回到混沌初开、最原始的自然场景中，去看大自然的操作。

埃奥利群岛别名“飘移的岛”，指的是多少个世纪以来，在不断的喷发或沉落中，形状和体积的不断改变吧？而荷马说它是浮动着的岛，是因为被海水包围，云烟四起么？你第一眼看去像幻觉，像海市蜃楼，美得强烈而不寻常，美得神秘诡幻，美得野性而教人不安。大仲马曾说：“我在斯特龙博利火山上，经历了我一生中最不寻常的一夜。”你所看到的火山麓，山坡嶙峋，状貌原始，斜坡直落海面。但上头居然有一座白色的小村落，远远看去像悬挂在斜坡上。靠在活火山口上讨生活的岛民，毕竟需要一点勇气。一九五〇年，意大利名导演罗西里尼，拍过一部电影《斯特龙博利的忧郁》，描写岛民生活的艰辛。够了，受够了，走吧，但又留了下来；走吧，走吧，总也离不开；走吧，走吧，一代，两代，三代……

这里三个星期之前发生大爆发，居民被疏散到别处，现在不知他们是否已返回家园。二〇〇二年十二月底那一回，在火流经过的斜坡上，出现了一个新的岩浆喷口，使一大片山脊剥离山头，直冲落海，掀起了八米高的巨大海浪，波及好些船只和住宅，幸好没有造成伤亡，但荷马笔下“*一块平滑的岩石尖直指向天*”的景致从此消失，该岩石已经堕进海里。

斯特龙博利山顶的火饰是渔民的风向仪，风暴前夕，峰顶乌云密布。古罗马作家老普林尼曾经提到这座火山，他说根据火山的烟可以预知三天内的天气；夜晚喷出的星火出现某种形式闪动，三个小时内会起风；火山的声音能够预示三天后的坏天气，例如龙卷风。

埃奥利群岛的守护者圣巴蒂黎米，要用利剑将风暴和龙卷风的尾巴砍去，砍得了么？有火山的不断爆发，就有不断的风暴。火山热气和外界空气接触，冷热两股气流发生冲撞，空气剧烈的旋动带来山摇地动的风暴。一八二五年在米兰出版的一份文献记载，在离火山口三十米的海面上，发生过一次龙卷风，海岸上的树木植物被连根拔起，附近海面上的船只，玩具般被抛离水面，造成了一场大灾害。但是，岛民把风暴的可怕后果化成美丽的传说，由于在维尔加诺和利帕里之间的海沟发现了船只的残骸碎片，岛民用来作为奥德修斯到过那里的物质证据。刚好在维尔加诺岛上，近期又发现史前的坟墓，该岛古时候可能是一座坟墓山。如果风神埃奥利仍在，它统治的可怕风暴不是别的，只是亡魂的叹息而已。

乔伊斯将风神埃奥利比作专门印刷“风”的总编辑，是指荷马胡诌乱扯吧？十年特洛伊战争后，奥德修斯带着十二条船，从特洛伊班师回希腊，只要横过巴掌大的爱琴海就可以到达，但他在地中海漂泊了九年。如果指荷马是个牛皮大王，不如说乔伊斯涉足地中海时，不曾遇上风暴，如此而已。

“圣人在那里制造奇迹，风神在那里制造风。”所以地中海有各种风：由西北部吹来的大北风，强烈而风向不定，防不胜防，冬天不时横扫群岛；从东南面撒哈拉沙漠吹来的西科罗焚风，破坏性极大；从大北吹来的波雷大北风，会给地中海带来寒流；还有格列加尔，利比西奥……寒流与暖流相遇，龙卷风就产生了。所有风的特点，是风向会突然改变。

你作为游客，有过一回难忘的经历。那天夜里，当游船进入埃奥利海域时，尽管脚下的大船达十二万吨，但风大，浪大，却非风神发怒，而是正常航行。夜间你躺在床上，听着一个接一个巨浪敲击船舷，震动着门窗和衣柜门，巨轮醉酒般摇晃着，浴缸的挡板向两边滑动，发出嘎嘎声响。轮船以外，传来两种不同声音的对话，风声尖利，凌厉，紧迫，声声紧追不放；水声低沉无奈，似有难言的隐衷，唯有掀起巨浪来敲打，来发泄。一双怨偶无休止的争吵使你无法入睡。披衣起床，拉开门帘隔着玻璃门看海，在航灯的强烈照射下，船舷卷起一堆堆雪亮的白头浪，忙迫地哗啦啦往后隐退，给你带来了无名的恐惧。航灯以外，是万古长夜，黑如墨。航灯，黑夜，一个绝对的黑白世界。一切存在皆失去标识，连同内心的反照。一切皆是疑问，一切皆是答案。这种时刻，又怎能不想起风神，不想起三千五百多年前，奥德修斯划着木桨船，身不由己地漂流？只是不知道，是荷马记载了现实世界的情景，还是现实按照荷马的脚本来扮戏。

地中海的风，只有奥德修斯才说得清，风的章节特别多姿多彩。风神的宫殿在哪里？大家一致同意在斯特龙博利，荷马早有暗示。当奥德修斯从西西里去到埃奥利群岛，风神埃奥利热情地接待他。作为风的总管，可以发指令于任何风，随意将风平息或刮起，将狂风的通道堵塞。大权在握，却诚恳正直，盛宴接待来客，历时一个月。道别时候，在十二个儿女面前，送给他一件珍贵礼物，那是一个牛皮袋子，嘱咐他告诉同伴，切勿半路将袋子打开。但水手们以为风神送的是好酒，或者金银财宝："快点，咱们看看！这个礼物究竟是些什么东西，看有多少金子银子藏在里面。"坏主意占了上风。航行到第十天，趁奥氏打瞌睡的时候，他们爬到桅杆上将风袋打开，随即狂风四起，船失去控制，离祖家越来越远了，被吹回到出发地埃奥利群岛。原来风神把所有反方向有害的风禁闭在袋里，袋口以银线密封，堵绝任何疏漏，只留下送他们回祖家的顺风。百般无奈的奥氏回到风神那里。今回他只敢站在门槛外，垂着头向风神叙述同伴们的疯狂如何坏了事，呜咽着求助，大英雄经历了一生中最窝囊的时刻：

可恶的同伴们给我带来了这场灾难，尤其是，也因为我那可悲的瞌睡。朋友们，请你们助我一把，我很知道你们的威力。

今回风神认为是命运不帮助他，说：

你尽快从我的海岛溜走吧，废物！我再没有权利给你照顾，或护送你，你这个幸运之神所憎恨的人！……溜走吧！……回到神的愤怒中去！

作为伊萨卡的国王，经历了十年特洛伊战争，他的机智灵巧，战无不胜，天上的神地下的人都知道了。太阳神的女儿喀耳刻第一次见他就说："你就是那个足智多谋的奥德修斯么？"特洛伊之战就倚重他的奇谋百出，直至木马屠城，之后，他和阿伽门农王班师回伊萨卡，横过爱琴海就到了，但狂风骤起，被吹到与特洛伊同盟的喀孔涅斯人的海岸上；南下经过帕罗奔尼撒半岛的马累亚海角时，被波雷大北风封锁在海峡里；进入忘忧果国度之前，遇上九天九夜的风暴；因为同伴吃了圣牛，惹怒天神而在风暴中沉船，漂浮了九天九夜，被巨浪抛上岸，被海仙卡吕普索救起，在仙洞里过了七年。从仙洞出来后，又在海上遇上两天两夜的狂风，将他亲手造的木船打翻，桅杆折成两半。整个漂流过程被风暴一再折腾，超出了人所能够承受的灾难。风，使他身不由己地浪迹了整个地中海，没有风，就没有《奥德赛》。风起风落，就是奥德修斯的命运。

命运是什么？一种自身以外没法控制的因素，宙斯也管不到。希腊神话中，宙斯是万神和众人之父，一切自然现象的主宰，是统领天上、地下的君主。但拥有最高权力的不是他，而是命运之神。每一个人的命运皆由三个女神掌管：克洛多（Clotho）手拿纺纱杆，从一个人的出生开始，纺织他的命运；拉什西斯（Lachesis），一边转动纺锤，分派每一个人应得的份额，一边将生命之线逐渐卷起；最后由阿特洛普（Atropos）决定死亡，负责剪线。她们的主宰是不可逆转的。人从生到死以及一切，就由这三位命运女神决定。神或人皆不可能与她们作对。她们的律法统治着天上地下。所以，当奥德修斯被其他人的劣性坏了事，风神认为命运已作出决定，因此不再给他帮助。你想探索《奥德赛》，以风神命名的群岛是一个入口。这里的风已超越了语义学上的风。每一个人都有自己的命运，就是说，有自己的风。真的是这样吗？你问荷马，他不给你回答。

二〇〇七年六月

伊萨卡，最后的目的地

瑙西卡：“陌生人，看来你既不蠢也不坏，你知道的，宙斯从奥林匹斯山分派幸福，既给卑鄙的人，也给高贵的人，这是他想给每一个人的。如果他给了你这些不幸，你就必须承受。”

——《奥德赛》第六歌

一

今回乘的是歌诗达船公司的游轮，从威尼斯启碇，停泊过巴厘城之后，沿着亚德里亚海的海岸线走。何尝不是沿着《奥德赛》的韵律走？即将抵达奥德修斯漂泊的最后一站科尔富（Corfou）了，正要举起手来叩响古城的大门，那时候，岸上传来消息，希腊左派政府导演的全民投票，通过了对欧盟全面赖账。更精彩的表演还有，向欧盟要求继续借贷。同行朋友阿勒斯马上提议说：“到科尔富后，咱们找一间星级餐馆饱餐一顿，然后对老板说：‘咱们一致举手通过不给钱，你老板先减价百分之三十，二十年后再清还余数，但明天再来吃，后天也来吃，下一回到科尔富还要继续来吃。’如何？”队友们一致拍掌通过。大笑。当今世界，国家可以不要国体，个人可以不要面子，只要银子。有了一个话题，这段海路就显得特别有生气。

七月欧洲进入夏季，按照希腊的纬度，位于地中海东南部的地理环境，应该开始炎热了，但出人预料，早晨七时，阳光底下甲板上的气温只有二十度，阳光煦和，凉风阵阵。科尔富岛已经出现，越走越近越清晰，你再次想起刚才的笑话。但是，要进入希腊这个国度，最好不要打从现实这道门，而要打从历史或神话的大门。管他的赖账与借贷，你更关心的是奥德修斯，和这个海岛的故事。

根据史诗的叙述，当奥德修斯从卡吕普索的仙洞出来，经过十八天的航行，看到远远海面上一片陌生的土地，他所渴望的陆地，那时候，怀恨在心，一路对他穷追不舍的海神波塞冬，挥起手中的权杖三叉戟，召来了乌云滚滚和狂风巨浪，把他的船打成齑粉。奥德修斯的守护神雅典娜及时来救援，让他在好心女神琉科忒亚的帮助下，逃离破船，泅游到一个小岛的海湾上。那时节，他身上光成一条虫，爬上高山，躲进一片茂密的橄榄树林里，以松厚的落叶做了一铺床。一个经历了长期风浪折腾的人，精疲力竭，心里有多么高兴！他躺倒在床上，抓了几把树叶撒上身，合上眼睛……远了，烈火中陷落的特洛伊城；躲在公羊的长毛底下逃出山洞；站在门槛外向风神的哀求；为避免听了美人鱼的歌出事，被捆缚在桅杆上；卡吕普索七年的痴缠，所有刻骨铭心的一切，都远了！十年战场上的赫赫英名，又十年的巨浪，沉船，雷殛，电光，被翻腾的波涛推到沙滩上，一切的一切，都在沉沉大梦中结束了，消逝了。他所抵达的地方，就是史诗中的科尔斯尔（Corcyre），现在称为科尔富。

游船抵达海岛之前，你从船的左方可以看到阿尔巴尼亚的海岸，隐约可辨的白色海岸。作为地中海沿岸国家，它贫穷落后，了无生气，默默无闻，总在世人的视听以外。只因为它跟希腊有过同样的命运，被奥斯曼统治了数百年。苏联和东欧解体后，铁幕后的国家成了吸引游客的新焦点，俄罗斯、捷克、匈牙利、立陶宛，直至克罗地亚、罗马尼亚，但你找不到游览阿尔巴尼亚的路线。本来先在那里停站，再下科尔富，可谓顺水顺路，可以多走一个国家。当下到处都在制造旅游点，阿尔巴尼亚却被置之度外，为什么？没有可供一游的景点？交通、酒店设置跟不上？你疑惑未了，领航汽艇已经拖着一条白浪驶近，领航员登上了大船。你返回舱房，准备登上奥德修斯光溜溜躲在密林中沉睡的科尔富。

这个岛离他的故乡伊萨卡只一箭之遥，但他的浪迹天涯就在这里结束。女神雅典娜与海神波塞冬对着干，一路护卫着他，当奥德修斯在密林中入睡，她给也在睡梦中的瑙西卡启示，要她明晨到林下的河边去。她是费亚斯王国（Phéacie）的公主，国王阿尔喀诺俄斯（Alcinoos）的女儿，美丽的瑙西卡。次日，她带领侍女们到流经山脚的河流，为她的兄弟们洗衣服，然后在水边嬉戏。少女们发现了奥德修斯，惊讶地尖叫起来，叫声把他吵醒。他连忙爬起来，抓起树枝、树叶来遮掩身体。少女们吓得惊逃四散，瑙西卡却敢于直视，因为雅典娜的启示给了她胆量。两人相对，一方“天神般美丽的面孔”，“白臂膀的处女”，一方“高大英俊的客人”，无论哪一方，都不会无动于衷。他向她叙述如何经历了二十天海难来到这里，请求给他一身蔽体的衣裳，指引他进城的路。“看来你不蠢也不坏”，公主决定救助这位陌生人，给了他一身王族的衣裳，把他带到母后那里，穿戴停当，再带到父王面前。国王看出客人的高贵，为他举行盛大的晚宴，请来一位歌手，唱了一曲关于特洛伊英雄奥德修斯的歌。他默默听着，想起战死沙场的同伴，流下了眼泪。国王不知因由，问他是否有亲人死在那场仗里，他承认自己就是奥德修斯，并且叙述了如何参加特洛伊之战，战后如何带着十二条战船班师回国，如何经历海上种种不幸，现在只剩下他一人来到这里。最后向国王表示，希望返回故乡伊萨卡。

二

科尔富岛被认为是古代的费亚斯王国的所在地，从古到今都不缺少故事，因为它跟荷马史诗有关，也因为它是交通要冲。从古代开始，该岛的历史就像油页岩，千重万叠，打满了每一个入侵者的脚印。古罗马军队，伊庇鲁斯人（Epire），安茹人（Angevins），哥特人，一直到一八〇七年的拿破仑。拿破仑退位后，科尔富成为大英帝国的保护地。在乱糟糟的历史中，希腊文化、拉丁文化和巴尔干文化都在那里打下烙印。西方的文化与文明，就通过这个小岛来影响东地中海。到了近代，第一次世界大战，塞尔维亚军队向那里退却；第二次世界大战，被意大利军队占领，一九四四年重新归还希腊。科尔富被称为“亚德里亚海的直布罗陀”，是海上霸业的中枢地点，兵家必争之地。拿破仑占领期间曾经表示，宁死也不会放弃这个海上十字路口。

现在的科尔富是爱奥尼亚海的旅游中心，十万居民大多从事旅游业：酒店、餐馆和商店。各种类型的酒店集中在两座山丘之间的埃尔莫尼斯海湾之上，尤其东边的卡诺尼（Kanoni）半岛的住宅区。斜坡上建起架空索道，将游客送上“瑙西卡公主酒店”的房间里。小岛还拥有商港、军港和飞机场，北大西洋公约所有演习都在那里举行。

你通过证件检查，跟着队伍上岸，登上旅游车，从码头出发进入市区，这就来到了荷马的费亚斯国度。你到处碰上奥德修斯和瑙西卡公主的大名，大道、广场、咖啡座、餐馆。你希望追踪着他们的身影，来见识这个名气很大的小岛。奥斯曼从来没有本事把它征服，所以没有遭受重大破坏或改变，现在岛上有威尼斯贵族的城堡，有法国卢浮宫附近的里沃里大街（Rivoli）风格的建筑，有英国式的圣米歇尔宫和圣乔治宫。奥斯曼色彩的建筑物基本绝迹。

你最关心的是，奥德修斯从什么地方登岸？据荷马描述，阿尔喀诺俄斯王的宫殿居高临下，面向一片汪洋大海，从王宫的城墙上，可以欣赏两座山丘之间的“向两侧展开的港口的美景”。埃尔莫尼斯海湾上的巴勒奥半岛，的确被两个海滩环抱着。西岸上的海滩伸延着金黄色的细沙，成为吸引游客的地方。假设这位大英雄倒霉蛋从那里登陆，爬上山丘，躲进修剪过再长出嫩芽条的橄榄树林里躲藏起来，甫躺到树叶上就困惫不堪睡着了，真的再合理不过。荷马时代，橄榄树是一种神圣的植物，虽然曾经被葡萄种植挤掉，但很快恢复旧观，现在罗巴平原上，依然长满了百年的橄榄树，出产希腊最优质的橄榄油。

但你眼下所见，荷马的描述和你的设想对不上号。尽管没有从地上拔起的大楼，大多是四五层的红瓦顶房子，小家碧玉的斯文姿态，终究还是一个二十一世纪的城市。你也不能指望在城市边缘，拐个弯儿，就可以看到树林、山石、荒草，一抬头就看见汪洋大海，头顶上盘旋着海鸥。你只见车水马龙，到处停泊着旅游大车，车窗前标示着团队的号码，一群群操着各种语言的游客，跟着高举旗号的领队走。有个别旅客走失了队，在人群中叫嚷着乱钻乱闯，你爱莫能助。

再见了奥德修斯，再见了瑙西卡公主，再见了阿尔喀诺俄斯国王。河流呢？瑙西卡带领侍女们去洗衣裳的河流呢？你乘车走经的地方，皆不见水流。海岸的陡峭岩壁下，有的是土耳其玉般的澄澈海水，西岸有的是巉岩乱石。数千年的沧海桑田，环境改变了？放眼周围，没有描写中的黄铜围墙、黄金大门、银质的过梁，也没有镂在贵重金属上的健美男子，或动物塑像。为奥德修斯举行盛大晚宴的宫殿呢？这座王宫有“铜质的门槛”，“蓝色珐琅质的檐壁”，现在你连败瓦也找不到一片。你猜想当年矗立着宫殿的地方，眼下只见一座面向海湾、外墙抹着厚重石灰的庞大的建筑物，那是一座隐修院。

你企图踩着故事人物的脚印走，到头来你得叫自己明白，既可以放任自己做梦，也必须脚踏实地，梦想与现实要像身历声那样两边走，像爱丽斯那样善于将镜子穿透。既然考古界和文学界都承认荷马的故事是历史，既然这个瞎子是个岛民，甚至可能是伊萨卡人，他就有机会接触过走天涯的海员，从他们那里得知各个海岛或沿海地域所发生的大事，他笔下的故事就有事实根据。那么奥德修斯的历程，就超出了所谓精神历程，而是现实的历程。特洛伊存在过，迈锡尼也存在过，那么费亚斯王国也应该存在过。所以，企图挖掘出费亚斯王国的王宫，跟企图挖掘出亚历山大大帝的坟墓一样，一直以来是所有考古学家，尤其是希腊考古学家的大梦。寻找和挖掘工程从来没有停止过。

科尔富人很在意跟荷马故事的关系，孩子们在学校期间就开始读《奥德赛》，有些古老的读书会，定期朗诵史诗的章节，喜欢弹齐特拉琴，跳舞，就像当年的费亚斯人在宴会上弹琴、唱歌、跳舞。科尔富人是出色的水手，也具有审美意识，是享乐主义者，喜欢寻欢作乐。音乐、跳舞、诗歌是他们的文化生活的中心，出了不少音乐家、作曲家和作家。他们绝对相信自己是费亚斯人的后代。但如何证实科尔富就是荷马笔下的科尔斯尔？二十世纪最初三十多年进行过考古挖掘，不曾找到瑙西卡公主宫殿的遗址。小岛东北部的沙利海湾上，有一个阿尔喀诺俄斯港（Alcinoos），这是跟故事的唯一联系，而且相当准确，说明他们很早就认识这个国王，甚至很崇拜。但如果把它作为证据，首先要弄清楚在什么情况底下命名的，从什么时候开始，是否从古代一直流传下来。

考古学家认为证据在蒙雷堡（Mon Repos）这个地方。蒙雷堡的法文原义是“憩园”，这是一座宫殿般华丽的大宅，一八二八年由当时统治科尔富岛的英国总督所建，以“寻乐园”(Casino）为名，廊柱，露台，周围绕着月桂花和叶子花。一八六四年希腊独立后，市政府把大宅送给国王，更用现名。国王很喜欢这里，自掏腰包买地，把花园扩大到近三十公顷，当今英国亲王爱丁堡公爵一九二一年在这里出生。蒙雷堡的确是考古宝地，附近曾经出土过一座猎神阿耳忒弥斯的神庙，后来另外两座神庙也出土了，其中一座就在花园里。这些大发现使研究者满怀信心，相信这些出土的神庙属于阿尔喀诺俄斯宫殿和古城的一部分。考古学家德皮纳（Depina）说：“可能它下面覆盖着最初的城区。我们找到迹象，正等待证实。”

然而说易行难，谁有权去挖王室物业的地皮？一九六七年，希腊军人政变，王室流亡国外，行宫由市政府接管。一九九四年，希腊正式废除王朝，没收所有财产，其中包括蒙雷堡。王室不甘损失，开始了一场漫长的官司，一直打到欧盟人权法庭。二〇〇〇年，由十七位法官组成的审判团判决希腊政府有权保留这些财产，但要给予赔偿。就这样纠缠数十年后，等到有可能得到赔偿的时候，蒙雷堡已经变成博物馆，花园向公众开放，成为最受人欢迎的自然休闲地方。在全球环保潮流中，谁敢提议把地挖翻？何况希腊政府阮囊羞涩，靠借债度日，瑙西卡公主的宫殿不会明天就能重见天日。

三

历史是由生活每一个阶段组成，类似的故事、人物、背景就在不同时代，以不同面貌出现。你看不到瑙西卡公主的宫殿，但看到奥地利王后伊丽莎白的行宫。这位生活在十九世纪下半叶的奥地利著名的王后，以西西（Sissy）这个名字为大家所熟识。她的悲剧命运，她的美丽、忧郁、任性，使她成了欧洲的女神，成为当代的文学、电影、电视取之不尽的题材。跟瑙西卡公主相比，谁更美丽？但肯定比瑙西卡更特立独行。作为哈布斯堡王朝的王后，却不安于宫廷生活，与王室关系日渐疏离，随心所欲，甚至养下私生女，与王太后的关系日渐恶劣。英国王后得知她的处境后，赠给她一条游艇，从此她到处旅行、漫游，走遍地中海的海岛。一八六一年春天，她来到当时由英国人管治的科尔富，入住到蒙雷堡华宅。离开奥地利宫廷严格的礼节，轻松愉快极了，科尔富的绿色使她如鱼得水，一住三个月，五月份离开，六月份再次回来。因着对古希腊文明和神话故事的倾心，索性离开奥地利，到科尔富建起一座行宫，以特洛伊英雄“阿喀琉斯”命名。王后寻找的是一个远古王朝的梦？小

勇士阿喀琉斯石像（希腊科尔富岛奥地利西西王后行宫）

岛科尔富从古到今都在叙述着一个远古的故事，因着西西的驾临，又多了一个近代的故事可以叙述。手持宝剑、头戴盔甲的阿喀琉斯的巨型白色大理石像，就放置在花园的入口处，成为游客拍摄最多的景点。阿喀琉斯宫的建造，是阿尔喀诺俄斯王宫的重现？王后西西的出现，是瑙西卡公主的再生？两者都是冥冥中历史的巧合？

奥德修斯在阿尔喀诺俄斯王宫里一夜饮宴，次日国王为他准备了一条船，里面装满了金银财宝、三脚铜鼎、食物和盔甲，把他送回故乡伊萨卡，科尔富脚尖的一个小岛。船到岸时，奥氏还在大梦中，水手们不忍把他唤醒，将他连人带礼物一起，搬到一棵橄榄树下的山洞里，再动身返回科尔富，却因此触怒了海神波塞冬。既然他有本事摇撼大地，掀起狂风巨浪，自然有本事惩罚人，反手间就将水手们和船只都变成了石人石船。经过了这番石化，《奥德赛》接近结束。奥德修斯在大梦中抵达浓雾弥漫的故土后，还必须经历一番先知忒瑞西阿斯的预言，“国王变乞丐”，在儿子的帮助下，将追求他的妻子珀涅罗珀的人杀死，夫妻相认团聚，此是后话，也是尾声。

阔别二十载，历尽人与神的冲突，历尽自然力量的发作，历尽世界秩序的超尺度的疯狂，还拒绝过仙子、天神、公主的深情诱惑，甚至一直去到地狱。承受这一切考验，就为返回故乡伊萨卡？伊萨卡是怎样的一个地方？只是一个小得可怜的小岛，只有二十公里长，五公里宽。周围绕着水晶般澄澈的海水，反射着金黄色的水光，峭壁上挤满密密重重的松柏，总是笼罩在浓雾中，西北风会忽然刮起，很神秘。像世界最深的深处。现代人还未找到可靠的物质证据，证实它是奥德修斯的故乡。但荷马认定是他的故乡，你能不认定是他的故乡？从前和现在的考古证明，远在公元前三千年，小岛已经有人居住，它有足够资格成为一个古老的故事背景。一九三〇年，一位爱尔兰考古学家邦东（S. Benton），曾经在波利海湾上一个山洞里，当地人称之为“奈阿狄仙洞”，找到十二个三脚铜鼎，根据史诗的描述，奥德修斯从科尔富返回伊萨卡时，费亚斯国王赠送的礼物当中，就有三脚铜鼎。到伊萨卡时，海员将沉睡中的奥氏连同礼物一起送进山洞，跟史诗的描述相吻合。长期以来“仙洞”用作祭祀仙子，同时祭祀奥德修斯，走经的海员会将船泊到岸边，到山洞里献上一束花。但经过科学检验，认为十二个铜鼎属公元前八至九世纪的产品，比奥德修斯时代要早两三个世纪，这个检验结果大煞风景，给大家兜头一盆冷水。奥德修斯是伊萨卡的国王，那么他的宫殿呢？也必须翻出来。在斯达费罗城的一端，发现过一些建筑物的残骸与围墙，以及马赛克和陶瓷的碎片，甚至发现奥德修斯的侧面雕塑。却又被认为，这是从公元前八世纪以来，手工业、商业活动所留下的痕迹，不能证实宫殿的存在。你再次将悬疑挂起来。

当年奥德修斯的王国由伊萨卡、赞特、律卡德等几个小岛组成，王宫就不一定在伊萨卡。律卡德有一个大名多尔费尔（Dorpfeld）的人，曾经当过考古学家谢里曼的助手，顽头顽脑，自信而固执，花费了一辈子在岛上挖掘，企图找到宫殿，要证实律卡德才是真正的伊萨卡，但未果而终。既然史诗已从传奇返回到历史，不再是以美丽的辞藻建造起来的美丽故事，那么费亚斯王的宫殿，奥德修斯的宫殿，都必须从地底翻出来，才是个交代。以现代人的万能，又有什么不可以？不妨耐心等待。

伊萨卡也是一个象征，是一切努力和一切梦想的终点站，象征人的一生追求。如果每个人都有自己的《奥德赛》，就有自己的“风”，自己命运的主宰；有自己的“伊萨卡”，自己的最后目的地。目的地带你上路，没有它你不会出发，上路后你就向着它走去。当你抵达终点时，人生的经验丰富了，智慧了，明澈了，但，已到“夕阳西下”时分。所以，不如将“伊萨卡”揣在怀里，以最慢的脚步向它走去，就像奥德修斯，用十年时间从特洛伊返回希腊。历程与步调是永恒的，目的地只是幻觉，奥德修斯不是在大梦沉沉中返回到祖家的么？

二〇一五年八月

东方是东方

帆自苍茫沙海来

——黑面罩底下的中东

一

你在报纸上看到一帧发自伦敦的照片，一位头戴高礼帽、身穿燕尾服的男士，一似十九世纪的英国绅士，臂弯吊着一位丽人儿。请勿弄错，这是迪拜酋长穆罕默德和他最后一位妻子，已故约旦王胡辛的女儿，在二〇〇九年六月访问英国的照片。这位中东王子，真叫人惊绝。

那时，迪拜在全球经济萧条中，风雨不动。传来的讯息，继续喧天哗地，高楼继续从沙漠、海洋上纷纷拔起。大西洋城从海底重新冒出来了！因着速度太快，楼房像动物在风暴中乱飞，偶然落在自己的位置上，遍布街头，各自变了形，扭向天，扭向地，扭向自己，就是不怕摔倒？世界最高的哈法利塔、棕榈岛、世界岛、太阳城的耸人听闻不在话下，计划中还有依靠风力发电的摩天楼，每一层可以按照住客的意愿旋转，还有风中烛火大厦、钻戒酒店……一个规模更大、野心更大的迪拜世界，正在风风火火进行，单是范围内的酒店，就超过五十家。

你抗拒不了诱惑，被半挟带去到阿拉伯世界，你从前有点害怕的世界。那边的黑袍、黑面罩女人，暗影般飘动，你在明，她在暗，你不知道里面藏着怎样的谜。还有阿里巴巴和四十大盗，腰间亮晃晃的刀剑；阿拉丁神灯，使你如愿，又弄得你家宅不宁的灯神；沙漠中的兵刃相接，烟尘中的商旅队伍……中东世界，就是别样深沉，每一件事物，都包裹在神秘莫测之中。你现在就去中东，去沙漠，去踢一脚漠上的沙尘，看会否踢出一个一千零一夜的故事。

到达迪拜那天，天微明，你站到游船的甲板上，望向雾中的新城，用鼻子嗅嗅，有点科幻味。从船上下来，走到大街上，无须叫“芝麻开门”，大门已经打开，新的信息铺天盖地而来。远了，神灯、大盗；远了，摩西的神迹；远了，沙巴女王和所罗门王的故事！一幅幅超现实的壁画，似形象非形象，某种抒放，某种大自由，从富裕、奢侈和梦想中冒出，就像石油从海底冒出。你想抓住一种语言，一种信息，不容易。你跟随队伍进入“阿拉伯塔”，中国人称之为“帆船酒店”的地方，“我在什么地方，外星球?”有人问。“你到了future。”有人答。乘电梯直落水底餐厅，对着数百种鱼类进餐，包括大白鲨。前几年，据说

迪拜地标帆船酒店

是乘“潜艇”下去的。一顿饭分别到四个餐馆吃，从地底吃到顶层。你住帐篷，前面有私家泳池，后面一片金色的沙漠，可以看到日落日出，可以坐在沙堆上钓鱼。说是泳池，却一直向外泛滥，浮着几座凉亭，周边有棕榈树，可以一边游泳一边看猎鹰表演。城内有滑雪场，夏天气温达摄氏四五十度的滑雪场。看，从魔术帽里掏出来的，是大白鲨还是兔子？

我们的时代，可真是个颠覆的时代。农艺师将季节颠覆，春花、秋花冬日放，兰花雪中绽，山茶盛暑开。一间暖房，再没有了春夏秋冬；不必是气象学家，也可以将天气颠覆，要晴要雨要雪，只管向天打炮；女人的地位被人妖颠覆，有的人妖美得直教女人不知该怎样活。酋长国向沙漠颠覆，将沙漠的地平线关起来，重新炼就一个，像沙漠中古代人的记忆，现在就由建筑师付诸实现。建筑在这里是艺术，也是游戏。既是实体，也是错觉。错觉又唤醒了更多的错觉，沙漠上就有一幅奇大无比的超现实壁画。漠上的子民从沙漠一步就跨入了电子时代，沉溺于新颖时髦的野心是明摆着的，但其抒情和大自由，却使最麻木的人也振奋。

古希腊文明的诞生，来自神话。要为宙斯、雅典娜和海神波塞冬建个神庙，要为所有吵吵闹闹的诸神，在奥林匹斯山建一个落脚点。所谓来自神话，实际是来自人的精神，来自古希腊人自己的经验，对大自然的感觉对生活的理解。而迪拜人、阿布扎比人，不需要经验和感觉。阿布扎比人拥有他们称之为“黑金”的石油，国旗上的黑色就代表石油，黑金为他们改变一切。迪拜石油很少，十九世纪一个贝都因部落到那里落脚，以深海采珠和走私为生，这就是迪拜人的祖先。现在的酋长穆罕默德，是该部落酋长拉希德的次子，生于一九四九年，经历过艰苦年代的生活，没有电，没有淡水，没有电话，没有道路，夜间以煤油灯照明。所有人打赤脚，男人只用一块布围着下体，孩子无衣蔽体，终年赤裸裸。以咸鱼、椰枣、米、骆驼奶为生，没有肉和菜。医生、护士，医院？从未见过，生病就去采草药。到二十世纪五十年代，一百二十五公里外的阿布扎比发现了石油，与另外五个酋长国创建了阿联酋，迪拜就以得天独厚的港口位置，经济开始慢速发展。一九九九年拉希德去逝，由长子马克图姆承继，但能干的次子穆罕默德，实际上已经是迪拜的真正老板。二〇〇六年长兄去世，穆罕默德坐正了王位，开始大展拳脚，要改变迪拜，来一个新飞跃。迪拜很少石油，但穆罕默德有想头，他要给自己国家树立形象，吸引资金，目标就指向地产、金融、高消费旅游。围绕着海湾做计划，有了计划，就可以借贷，发行债券，外国资金闻声而来。他卖出更多的是海，而不是地。缺乏人才么？可以向世界各地罗致，西方国家的专家、技术人员、建筑师、行政管理人员，印度、巴基斯坦、斯里兰卡的劳工，就轮番源源而入。目前外国人占全国人口的80%。萨科齐的前妻塞西利亚的再婚丈夫，也曾受聘于迪拜。资金、劳力、技术全是舶来品，都源源而来了。穆罕默德的想头决定一切。他的想头，也叫人惊绝。

从前到沙漠的人为探险，现在到沙漠的人为猎奇，迪拜的聚焦镜就对准人的猎奇心。人怕平庸，不爱千篇一律，于是城市建设就在“最”字上头做文章，世界最高的建筑，造价最贵的大楼……千方百计摘取一个“最”字，于是，科幻小说莫及的最疯狂的建筑应运而生，海湾成为建筑艺术的博览会，成为最前卫的建筑师天马行空的试验场。他们不属任何流派，是绝对的新派，只管写意，不求认可，以星外建筑的不可捉摸来逗人，像中了魔法，跳起扭摆舞、肚皮舞。

你看肚皮舞，就是看人家怎样发抖，怎样打颤。那些钢筋水泥建筑，就以发抖、打颤来吸引你。其实没有一种风格不带思想，风格既是臀也是心，形式跟内在分不开。这个城的野心就像肚皮舞娘，抖起一身肥肉来取悦观众。取悦是一码事，唯真正的美的创造，是对一种审美观的肯定，真正的美可以标志一个时代。一切只是风格，但风格也有不雅的、粗野的、矫情的。迪拜的风格不能说平凡，但“最”不能跟“好”、跟“美”画等号。这里的“最”字只能使人惊奇，或惊喜，只道出某种天真，某种出轨，像投合儿童口味的迪士尼，像投合赌徒出轨出格的愿望的拉斯维加斯。真正的美，可以平衡野心，平衡极端，显示出内涵与精神。你不知道迪拜美不美，但迪拜的形象几年间脱颖而出，海湾变成最富梦想的投资、旅游、购物和高消费的天堂。西方的老城，都有自己的故事，留着前朝灰烬，但这里没有，一切都是浮浅的，道不出其深厚，就随手拈来一个“未来主义”。未来？每一时刻都是现在，过去，未来，谁有权利将未来攫为己有？

帆船酒店由英国人设计，哈法利塔由美国人设计，大西洋城酒店由欧洲裔的南非人设计，既然计划大多落到西方人手里，堆砌起来的，自然是西方世界。酋长殿下也有他的气度，西方就西方呗，还企图比西方更西方、更先进、更尖端。一九六六年他留学剑桥，开始了他的西方梦。出手也豪迈，尝试大胆直至挥霍：大理石来自意大利，沙滩的细沙来自摩洛哥，石头来自富芝阿拉（Foujiarah），空调公共汽车站，空调沙滩，想得到！为绿化环境，维持一棵树的经费，每年达三千美元。要多少棵树才能绿化一个城市？外界气温高，自来水过热，怎么办？有办法，海水淡化后，将自来水人工冷却，再输送到各家各户。酋长国机场廊柱林立，大理石地板出现清水般的倒影，旅客在电脑上自行 check-in，自行 book 位，自行送行李过机检查，柜台没有职员。

二

谁敢承望，五十年前，这里只是一片沙海？芝麻开门！门打开后，尽是些黑金，黑金引导他们一步跨越了现代，走到了 future。如是说。

如果迪拜的新事物出现于西方，你的震动可以是零。问题在于，迪拜以半个世纪时间，跨越了千年，甚至数千年。从摩西到现在，沙漠有什么变化？西奈沙漠就一成不变。你经地中海进入埃及的塞德港，沿着苏伊士运河下红海，绕阿拉伯半岛走经亚丁湾，到阿拉伯海，沿途你不断上岸，你很想知道沙漠是怎样的赤土千里。日前沙漠上的贝都因人，住的是帐篷或以棕榈叶、棕榈干、茅杆搭成的房子，捡骆驼粪作燃料，一家子的衣服就搭在一根木棒上，用单峰驼驮着陶瓮到山脚去汲水，这一切恐怕跟摩西时代一个样。山有多远？望山跑死马！那天我们在西奈山头刚停下车，马上有不少孩子跑过来，兜售在沙漠中捡到的石头、四脚蛇，或以贝壳串成的小玩意，有的干脆伸手行乞，用手指指嘴巴，以示要吃饭。你认识了什么叫绝对贫困。

在那个世界里，有的人依然孤独闭塞，见了游客像看见地狱。走路不以公里计算，而是看走了多少天；气温不以温度计计算，而看人家穿了多少件长袍；时间不用时钟计算，只看日落日出；太阳一下山，沙丘的轮廓一经抹去，帐篷或茅屋里，一家人就围着骆驼粪火堆打发一个星夜。迪拜那边是抓紧时间冲向前，这里是忘却时间慢慢走，你不知道哪一个才是真实的沙漠世界。

你从西奈走到迪拜，就是通过了一条时光隧道，走过了数千年历史，从远古走到现代，甚至未来，从贫穷走到富足，甚至奢侈。奢侈，当数帆船酒店为最。沙海，碧波，一片帆，波斯湾一带特有的风帆。但这片帆有帆无舟，以沙海为舟，陆地行舟，经历了数千年陆地行舟的艰苦沧桑，来到这个海湾抛锚下碇，永远停泊在那里，象征性地代表了迪拜和中东世界走过的传奇路程。

曾任阿布扎比工商业局副主席的法谦（M. Al Fahim）先生，写过一部作品《从贫到富——阿布扎比的故事》，这是一部以阿布扎比

贝都因小孩

烤薄饼的贝都因妇女，以骆驼粪作燃料

为首的七个酋长国的概况和历史。一九六二年的阿布扎比，只是一个渔村，房子用椰枣树杆、棕榈叶搭成，只有几户大商家和酋长，才拥有以泥或黏土建的房屋。村里没有医院、医生、学校，没有水电和卫生设备，饮用沙漠上咸涩的井水。男人赤裸上身，没有鞋，没有头巾，留长头发，用来遮盖脖子，以免被太阳灼伤，这就是阿拉伯头巾的来源。骆驼是唯一的交通工具。所谓鱼市场、商场，只是在沙地上摆地摊。男人捕鱼，女人拿到地摊出售，或交换日用品。孩子不上学，终年裸体，年纪很小就参加劳动，男孩十二岁就要潜入深海采珠，补贴家用。这种历史悠久的职业，即使对成年人也很残酷。采珠的人夏天离家数月，乘采珠船出发到距离阿布扎比五十公里以外的海域，冒着鲨鱼袭击的危险，没有任何潜水设备，潜入二十公尺的深海。屏息呼吸支撑两分钟，只够采十二只蚌，回到水面吸气一分钟，再潜入水底。每天工作十二个小时，晚间还要开蚌。采珠船空间有限，人多，晚间睡觉转个身也不容易。由于长期潜入深海，耳朵、脑袋、皮肤都生病。迪拜和沿海的部落，情况也一样。

法谦先生既谈过去可悲的贫穷，也谈到他们的无知。直至二十世纪六十年代，苏丹们还拒绝在他们的“王宫”里安装电灯，怕危险。王宫是以泥和黏土建造的。一九六三年他到英国，惊奇得不亚于登上月亮。那时候才知道什么叫礼貌，学会说“谢谢”“劳烦你”。偶或采得一点石油，一桶桶放在地窖里，却不知道它的用场，不知道可以带来财富。到六十年代世界经济发展，进入消费社会，石油用量激增，占世界石油藏量百分之七的阿布扎比，说富就富起来。南瓜变成马车。“我们所完成的改变，使我们在不到一代人的时间当中，从贫到富。”他不无骄傲地说：“我们不用在海里洗澡，而是在舒适的大理石浴室里沐浴。浴室拥有好些镜子，连罗马皇帝见了也会羡慕得脸色发白。”

你来到阿布扎比的“酋长国王宫”，一家阔大无朋的豪华酒店，五年前落成，建筑用的大理石来自意大利。左翼是国宾馆，右翼留给普通游客，游客部分拥有三个大堂。墙壁，地板，天花板像清水般闪亮，气派迫人，去年被评为世界最好的钻石五星级酒店。同行朋友说：“这个地方我会再来。”得了，这就是人家想听的话。你没有脸色发白，而且你已经准备好日后再来这里“剪羊毛”，这不就是说游客是准备好让人家剪毛的绵羊么？事实上，你感到眼花缭乱，被眼前景象紧咬着不放，想后退，却沉浸了进去。我来了，我看了，但我日后还要再来，还要再观光，还要再吃以整套银餐具端上来的三明治。

你自愿来剪毛是你的选择；迪拜美不美，不必斤斤计较，大胆尝试过就好，失去分寸也无关紧要。将沙漠王国设计成今天的面貌，你以为不需要想象力、勇气和魄力？将沙漠和海湾变成好奇心的目标，有谁尝试过？普希金曾经讥笑圣彼得堡为海底之城，大伙担心威尼斯陆沉，人家偏要在海上建一个彩虹般的世界，谁有这种胆识？眼下迪拜经济触礁，不必大惊小怪，引起全球股市下泻，是你们犯了过敏症。世界经济都撞到墙头上，为什么迪拜特别该死？银子、财富也会耍脾气，也喜欢跳肚皮舞。酋长说："长着果子的树，是要让人扔石头的。"

如果在沙漠中你的汽车轮子下陷，你就绝对被困，要将汽车烧毁来发出求救信号。迪拜也要烧掉自己的车么？帆船酒店要变成日里戈（Gericault）名画的"梅杜萨之筏"么？

三

挖油，卖油，眼睛盯着的是钱财；为日后不再挖油、卖油的时代铺路；起摩天楼，建扭摆楼，眼睛还是盯着钱财，但，也有喷射出某种东西的强烈愿望。除了硬体建设，酋长们正在积极引进普通法，寻求法治。多名英国著名的法学家，被聘请往迪拜，成为上诉法庭及仲裁法庭的法官。上上下下，执法甚严。经济危机时期，有些外国人周转不过来，不得不逃亡，把汽车开到机场，留下纸条"I am sorry"就飞走了，因为开空头支票要入大牢的。使用人才不拘一格，公务员用黎巴嫩人，警察用也门人。阿布扎比有二百多个外国使馆，因为有二百多个国籍的人在那里工作。经济、文化一把抓，与巴黎卢浮宫合作建起博物馆，与美国博物馆签订交流协议。女人出国旅行或工作，再没有像伊朗和沙特阿拉伯的约束，不用丈夫批准。政府鼓励她们就业，上班不准戴头巾，男女同工同酬。过去清真寺不让女人进入，现在新建的清真寺，为女人另辟礼拜堂。缠头巾、表面土气的酋长们，他们的开放，求变，接受新事物和新技术的胸襟，绝非你先前的想象。

挖油，卖油，苏丹们拥有多少银子？这是绝密。但当你走经阿联酋，或非阿联酋的阿曼、卡塔尔，第一印象是环境宁静、安详、清洁，发财不忘立品，紧抓教育事业，着重精神世界的开拓，果然是一副有教养人家的样子。迪拜邻居阿曼的海边有一个岩洞，旁边竖着一个木牌，上头写着："莫携走任何物件，除却记忆；莫留下任何物件，除却脚印。欢迎参观马尔奈芙（Marneef）岩洞"，这句话出自阿曼文化部长。你看见到处大兴土木，独立洋房、高楼、大小清真寺，纷纷从沙地冒出。中东世界在经历着一场飞跃，静悄悄地建设自己的天堂。苏丹要求沙漠子民放弃游牧传统，定居下来，因此将每个家庭必须拥有自己的房子写到宪法上。子民说，咱们没有银子起屋，怎么办？苏丹说，就无偿送给你们。子民又说，咱们不喜欢进城，不离开沙漠，怎么办？回答说，就在大漠上给你们盖房子。于是沙漠就出现了新型的海市蜃楼，独立洋楼春笋般冒出，每座面积在二百七十平方米左右，水、电、煤气免费，免交房产税。周边建起学校、医院、剧院和商场。至于沙漠的子民会将现代洋楼住成怎么样，你很想见识一下，但没有找到机会。无论如何，沙漠从此改变面貌，持续了千秋万载的贝都因人的传统世界，正在急速转变。

所有这些大事，都不是你最感兴趣的，你也不知道打一个喷嚏就使股市发抖的酋长大亨们，在家里是否还是用手抓饭吃，也抓鱼子酱？他们对沙漠的猎鹰、骆驼文化，依旧念念不忘。猎鹰不再打猎，就用作表演；骆驼不再是沙漠之舟，就交给印度人去看管，不时在大漠上举行骆驼赛跑。导游说，他们虽然发了财，却不忘过去的传统。从豪华的官邸到一般家庭，总辟一个席地而坐的帐篷式居室；冬天带孩子们到城外沙漠，在羊皮或骆驼皮帐篷里过上一两天，作为延续沙漠传统的方法。一步一回头，只为做给自己看。现实中，传统已经变形，还能够维持多久？年轻人思考未来的同时，也以 fast-food 为时尚，在电子游戏机前无日无夜地流连忘返。

不知为什么，你的眼睛和照相机镜头老对准那些黑袍黑面罩的女人，当初使你害怕的黑影。但三回两回，你发现从黑袍伸出来开车门的手，或抓着最新式录像机的手，指甲总是修得十指纤纤，涂得红红艳艳。对着录像机的眼珠子周围，总是用眼盖膏涂成个大黑圈。当她们提起脚跟上车时，铁钉似的三寸高跟凉鞋露出来了，脚指甲也有一番大紫鲜红。呀，她们不是受礼教约束的么？怎么可以这样？导游说，怎么不可以？黑袍里面，经常是袒胸露臂的呢！只要将长袍脱下，就是一个最时髦的西方女郎！天哪，这不就是黑面罩底下的中东了么？导游又说，如果她们还穿黑袍，经常只为方便，里面可能是一袭上街时懒得去换的睡袍呢！看，你当初真是笨得要死，人家黑袍里面的一袭睡衣，又有什么可怕的呢！

二〇一〇年一月

诗后的兰波

——兰波去到亚丁港

像亚丁港这样一个中东的小城，要敲开它的神秘大门，你可以用“示巴女王”(Saba) 这个名字。自《圣经》以来，也门被称为示巴女王的王国。但于我们东方人，这个工具不好使用。又说，三宝太监郑和曾于一四二一年到过亚丁，他在一份报告书中提到这个地名，又毕竟蜻蜓点水，年代久远。不如用兰波这个没有国界线的“地狱诗人”来作敲门砖。既然他的身后名声不断膨胀，亚丁港也因此沾光不少。一八八〇年，诗人就在亚丁港西面，当年英国人称之为斯蒂默海角（Steamer Point）的地方上岸，一八九一年，也从那里最后离岸返回法国。要挖掘这位叛逆诗人的流浪岁月么？这是一个矿藏。每一代作家都想从这段异国生涯中，挖掘出一点什么，好描出一个别样的兰波。

这个“臭男孩”，七岁时候，拖着两管鼻涕，就在教堂的墙壁上写“打倒上帝”。又喜欢在咖啡馆门前撒尿。在“世界咖啡馆”门前，他向世界撒尿。故乡夏尔维勒于他，是个“残酷的夏尔维勒城”。因为它有一个屠宰场，老散发出臭腥味和制革气味？因为他的军官父亲自行失踪，置他们母子五人于不顾？《地狱一季》中写道：

“这个家是个狗窝”。或者，什么也不为，憎恨就憎恨，这是他的自由，叛逆的自由，一个可怜人的绝对自由！他逃向文学，将憎恨炼成诗歌。阅读所有能到手的书，结果发现，前人的东西都是粪土！缪塞么？乏味至极。而他呢，要给所有人一点颜色看！小小年纪就逃去巴黎，想当记者，但被送进了监狱，警察将他送回来，让母亲赏了好些耳光。在学校表现得绝顶聪明，老师说：“从他脑袋出来的东西，绝不平凡，将是一个魔鬼或天使的天才。”这不难证实。十七岁，还是个中学生，就轮到他来改变古典主义！就轮到他成为象征派的代表之一！语言驾驭和思维运作上，熟练得像个杂技演员。仅仅五年的诗人生涯，为他日后跨世纪的名声铺好了路。

又将诗歌弃如敝屣。“尽是些洗碗水”。公社后他到巴黎，大家忙着从暴乱中恢复秩序，谁有心思去管一个惹是生非的诗人？惹是生非又有什么作为?《地狱一季》还得自费出版，由母亲资助，作为他十九岁的生日礼物。然后，就把诗歌扔出门外，在诗坛上遽然而辍，远走他方去了。《地狱一季》调子悲怆，出类拔萃，写尽少年时代地狱般的折磨与梦想，却不指望该书能够将他留在巴黎。魏尔伦在布鲁塞尔给了他一枪以后，他再无意留在故乡，有多远就走多远，远到回不了头。你当初跟踪这个人物，必须拿起望远镜，像跟踪一颗彗星。从二十岁起，他走遍欧洲：德国、瑞典、丹麦、意大利、比利时、塞浦路斯，然后是东方的亚丁、哈勒尔、埃及……

现在你可以放下望远镜，既然你来到亚丁港，在他当年登陆的地方上岸。据有幸留存至今的一幅炭笔画，你可以看到当年那一带地方尚未开发，连绵几座山头，没有楼房。英国人在亚丁的督府、几个国家的领事馆、沙啫船公司（Les Chargeurs Réunis）、仓库、三两间酒店、警察局，都集中在山脚下，以平房为主。气候四季如夏。你就在十二月天的摄氏三十三度底下，走上到处是印度人的香爱丽榭大街。当年印度人跟随殖民者英国人来这里，从此脚板生了根，不走了。眼下的亚丁港，虽非先进且具规模，毕竟跟一百三十年前不一样。如果还有不变的，就是不少男人依旧穿传统服装——短裙，腰间佩带短枪、剑或匕首，只为装饰，但从前是自卫。这可就是兰波当年看到的、你现在还可以看到的风光？

诗人到达亚丁港是八月，炎炎盛夏。气温如何？摄氏四十度，四十五度？你不能指望会再低一点。也门这个小国曾经南北分裂，北也门由穆罕默德王统治，南也门是“民主阵线”势力范围，实行公有化，一九八九年开始改变，次年南北也门统一。目前到沙特阿拉伯和迪拜找生活的人很多。当年居民上街要带武器自卫，现在的硫磺气味也不会少，是恐怖分子的训练基地。游客去到那里，警方也得出动警车，一路护着车队走。你问，兰波为什么要到这种地方？当年他写《醉舟》，是困在故乡里的一场想象大突围。他有两种视觉，总被幻觉牵着走。在他的“异国风光”里，有“充满赭石色的天空，森林被淹没在水里”，亚丁港可是这样的么？不，这是个沙漠国家，交通不发达，以骆驼为主要交通工具。一八八三年他写信回家说：“亚丁是个在火山岩上的城市，寸草不生。”看，无缰之马的想象碰到墙头上。

上岸后，他在烈日中到处找工作，只希望做一个普通工人，这是一个地狱诗人的诗意。八月七日，被挑选咖啡的巴尔代（Bardey）公司录用，作为工头，监督女工。咖啡贸易现在还是也门的经济命脉。公司由上校迪巴（Dubar）管理，老板巴尔代出发到红海的另一边，到非洲的哈勒尔去开发生意。十月老板回到亚丁，十一月六日，兰波就作为商行代理派驻哈勒尔城。不管当初怀着怎样的梦想，现在，哈勒尔、亚丁、非洲于他，只是贸易世界，走过很长的岔路之后所到达的世界。然后，就迷失在那里，挣钱成了他的另一个乌托邦。这是文人下海的先锋。

金钱为何物？从小生活在平民区，为缺几个钱，他从巴黎步行回故乡；为自费出版《地狱一季》，到处向人伸手；金钱为何物？当他远离亲属的时候，就必须数着口袋里的铜板过日子。《地狱一季》中写道："一旦我有金子，会活得悠闲而粗放。"给母亲或妹妹伊莎贝尔的信，谈的都是银钱。"我跟公司的合约将于十一月份结束，就是说，还有八个月的三百三十法郎的薪金可以领取，总数是二千五百法郎左右，那么，年底就有七千法郎存在银行里，还未将我个人名下的买卖算在里面。"银钱，成了他的另一道神谕。

从亚丁去到哈勒尔后，着手买卖咖啡、象牙、兽皮、黄金。作为最初去到哈勒尔的西方人中的一个，因利乘便，从里昂进口布匹、厨房用具、生活用品，但生意欠佳。一八八五年，他离开巴尔代公司，自立门户，投身到武器买卖中。那时，埃塞俄比亚发生内部冲突。他从比利时的列日市购买过时的枪支，准备以五倍价钱卖给肖阿（Choa）的国王。当时买卖武器是禁止的，他却有本事赶着一百匹骆驼，进入充满暴力的沙漠，潇洒自如得像当初进入诗歌世界。最后将三千枪支、所订购的工具和各种日用品，终于交到国王手里，这能不说是个谜团，是个奇迹？但交收时候，国王捋捋胡子，说他的两个合伙人曾经欠下他一笔债，不肯接受这个价格。呀，怎么就没想到人家这个点子上头去？他返回亚丁，向人家说："在这件事情上头，我赔了百分之六十的本钱，经历了二十一个月的千辛万苦，才从这趟可悲的生意上头脱身。”

亚丁港另一家大公司蒂昂（Tian）请他合伙。他再次一头栽下去，赴哈勒尔开设分公司，先后在那里逗留了三个年头。诗意早已丢得一干二净，唯固执于发财，怎能两手空空返回法国？巴黎的朋友告诉他，说他的作品被广泛接受，但他已饮过忘川之水，无意再做诗人兰波。

来去的贸易中，果然发了一笔小财，没准可以活得粗放了。其中一部分钱放在开罗一间钱庄里。一八八七年八月他为此到埃及，顺便给《埃及-博斯普鲁斯》报纸的总编辑写了一封长信，谈及那回贩运武器、途中的见闻、当时的形势、法国人在非洲的生意等等。这封写于八月二十日的长信，分成两部分，分别发表于八月二十七和二十八日的报纸上，成为他的文学之梦最后的回光返照。还是老习惯，喜欢走长路，他沿着尼罗河步行，一直走到卢克索，在一根神庙的柱上留下他的大名。数十年后，作家科克托发现了诗人的刻画手迹。

这条“船”没有纤夫了，“江河任我随意泛流”？但他给家人的信中，经常谈起生活的苦处：“我会在这些蛮族中死去，连消息也永远传不出去。”但他继续留下来，除了发财愿望，还有别的想头么？烈日、酷热、荒凉、饥渴、贫穷，别样的民风、地貌，都对了胃口？投合了他的波希米亚梦想？不错，我们习以为常的，他都憎恨，都逃避。流落异乡，这个白瓷异客，发现黑黝黝的哈勒尔人并不愚蠢，不比文明人更恶劣。“他们不算可恶，某些情况下，会表示感谢，表现出忠实，只要你对他们人道。”

有过结婚打算。兰波要结婚?“但，不要指望我的性格会少一点流浪味……世界很大，有着许多宏丽的地方，一千个人的一生都不足以用来游览……”

好像紧抓缰绳，无论选择道路或迷路，都是自己的路。但不，他的神话不让他发财，成家。另一条路在前边等着。他右腿患上了骨癌，不得不结束流浪生涯了。一八九一年，他在亚丁港上船返回马赛。进入医院一周后截去病腿。“一种不可言喻的折磨，需要所有信念和超人的力量”。挣扎了几个月，到最后时刻，还希望返回亚丁港。沙啫船票都购买了，他打算藉拐杖和义腿登上船：“告诉我哪一个钟点可以将我搬上船?”但次日就与世长辞，一个被诅咒的诗人的命运画上了句号，很圆满的句号。

还有一个小故事。他在亚丁、哈勒尔和马赛之间走动了十一年，积攒了约三百万法郎，一笔相当大的财富。但命运不让他“活得悠闲而粗放”，连在马赛入住的医院也是贫民医院。诗人十一个年头的奔波劳碌，只是诗后一场浓郁的长梦。逝世前交给了妹妹伊莎贝尔，并委托她将其中一部分遗产赠给他的哈勒尔仆人。这是一个土著，名字贾米，年约二十二三岁，文盲，会说几句法语，人忠实，服侍周到。伊莎贝尔苦于没法跟他联系，一八九二年二月十九日，给驻阿丁港的法国领事写了一封信，希望帮助她找到贾米，让他来领取三千法郎。调查结果是，兰波逝世不久，他也去世了，死于一八九一年的灾荒，也可能死于被抢劫。但已结婚，育有一个孩子。这笔款项后来如何处置，没有详细讯息。但一九三六年阿丁一个展览会上，有一个橱窗专门为兰波而设。里面陈列着这笔款项的签字收据，是一位主教和一位神甫代收的。也有贾米的继承人的收款签据。诗后兰波的拼图世界，又在遗忘中找回一块拼板。

但无论诗前或诗后，这个人都自由得像空气，来去任由。他的所想，所作为，绝非我们的所想，所作为。我们的秩序被扰乱了一下，喜恶也被颠覆了。这个人的人生跟我们的不一样。他不稀罕我们的世界。他抛弃文学，抛弃世俗，抛弃整个世界，进入了第四维，或者第 N 维的空间……

二〇一〇年二月

滕王阁心事

“滕王阁笔会”这个名字起得真好。在一个名阁举行会议，相信与会者都很高兴。中国名楼之中，“兰亭已矣”，岳阳进退皆忧，黄鹤一去不复回，唯滕王阁一千三百多年来，依旧“邺水朱华，光照临川之笔”，成为启迪百代文慧之地。这个帝子之阁，也领尽了现实世界和文学世界的风骚。

你打开南昌城区图，赣江抚河绕抱穿越，城内城外湖水融融；南昌以外，“襟三江而带五湖”，在在有多的是水。因着水，子安咏曰：“鹤汀凫渚，穷岛屿之萦回”。他从水得窥南昌的奥秘，为它创造了一个与现实平行的精神世界。这位初唐才子，成为南昌第一知己的同时，也为大唐诗唱的繁荣扔下了一块基石。若非那个名篇，赣江只是野鸭的一面镜子，南昌给人的概念不会这样丰富多彩，一如圣彼得堡的精神与面貌，有赖于普希金的《青铜骑士》。

因着水，就有了孤鹜长天，“渔舟唱晚，响穷彭蠡之滨”。这个千把年来，在世代人当中不绝如缕的吟唱，道出了炎黄子孙与自然同化的一份向往。冯唐、李广未获封任，焉知非为山巅之上，豁涧之间的呼唤更具说服力?

赣江两岸起伏的山岗平野，浩渺的川泽，就这样陶冶着生活其中的人，让他们感受自然的无言启示。如果说过去的文人，喜欢藉景舒情，托物咏志，于今依旧同一情怀兴感。唯每个时代的人总有自己头上的一片天，带有时代标记。在二十一世纪这片天空底下，一切讲究面对民众，见水思亲，触景生情的同时，经常得联系到一个现实法则，落实到日常生活，那就是，如何将水引给万人饮用，灌溉田畴。一如南昌，它有历史，有故事，有灵魂，有内心世界，有王勃这个“三尺微命”，却庞大得使人感到碍手碍脚的巨人，是具备了名城不可或缺的条件的。但这个还未足够，它还必需拥有一个可感知，可触摸，宜活宜居宜赏宜行的实体，一个现代的生存环境。你去到某文明古国，尽管遗迹处处，但河里浮着死马、死狗，街头巷尾堆着垃圾，乞丐保镖般贴身追随着你，你会感到丧气，觉得这是个失去了灵魂的国度，一场丢失了的文明。

一个兴旺的民族，是讲究清洁卫生的。古罗马的远征军，每征服一处地方，总是首先为居民筑渠引水，不惜从数十公里或一二百公里外引水进城，给居民饮用，维持环境清洁，供大兵和居民沐浴。公元前十九年，古罗马的第一代皇帝奥古斯都，来到法国南部尼姆城，发现水井、泉水极少，即委派他的女婿阿格里帕设法建造供水系统，从五十公里外的水源引水进城，筑了两个庞大美观的储水池。由于水渠必须跨过加德河，便筑了一条三层的美观、坚固、实用的高架渠，称为“加德桥”。该遗址既是古罗马文明的见证，也成为法国南部的著名景点。笔者不久前去参观过，印象极深。

当笔者走出南昌机场，发现所走经的路线都很清洁，视野内不见一个塑料袋，一个汽水瓶，或一角包装纸头，那时候心情颇感舒畅。后来看到心仪已久的庐山、八大山人的出家遗址、景德镇等地方也很整洁，心情更加愉快。一个城市的干净，并非只因为有扫帚划过，而是有着一城人的精神因素在里面。事后才知道，南昌被评为全国卫生模范城。

南昌人颇意识到自己的地理环境优越，文化遗产丰富，并为之骄傲。滕王阁上，就以“人杰厅”“地灵厅”来记载历史上出于当地的公卿名士和名川大山，地方志也为历代滕王阁诗文作了编纂，为该阁一再浴烈火而重生的历史作了记载，实际已是一种文化历史的心象。很少见到一个城市的人，这么津津乐道自己城市的好处，知道自己城市要的是什么。他们会告诉你，有十八万候鸟在滕王阁附近结庐；一位退休干部，如何拍摄白鹤各个时期的生活状况，获得国际大奖；秋水广场如何赢得海内外声誉，某些方面成为世界之最。南昌的作家、诗人、书法家、画家也特别多。笔者获赠的画册，诗集摞成厚厚的一叠。不论赠书题字，或随便留下通讯地址，字体大多形格兼备，可见书法相当被重视。对中国人而言，挥笔也成了一种文化求索。

自从开放改革以来，每次回国走动，皆发现大小城市仿如严冬后的早春，高楼大厦春笋般从地上拔起。这种思想、文化、经济的大综合，自有它的诱人魅力。南昌也不曾瞠乎其后。因为到处水光溶溶，建筑物也显得特别多姿多彩。俯仰这片天地，在千万广厦中，在湖阁交映、云烟怡目处，你想起杜甫的“安得广厦千万间”，想起李密《陈情表》的“凡在故老，犹蒙矜育”。原来宏文、词章的理义精髓，天地大美的无言教化，往往通过人的精神脉络，直抵人格的最深处，化育出一颗面对世人的心，一片怜孺惜弱之情。文章、山水的有情世界，可在于斯乎？

在千万广厦中，有商业大楼、住宅大楼、政府大楼、银行大楼的同时，如果也拥有足够的“老吾老以及人之老，幼吾幼以及人之幼”的养老院、幼儿院、孤儿院，有为教育事业这个“国本”准备了足够的学校，有扶危救急的医院，有“医者父母心”的医疗队伍的话，那么，南昌、滕王阁则既拥有了历史、传奇和自然环境的一切优越条件的同时，也拥有了我们这个民族最深沉的一份心事。相信已经拥有了。

二〇〇六年九月

天上的神　地下的人

——拜访圣母马利亚故居

二〇〇七年五月，《费加罗报》发布了一个消息：耶路撒冷的希伯来大学宣布：在距离耶路撒冷十公里一个山丘上，发现了犹太王希律（Herode Agrippa）的坟墓。在这个名为希律堡（Herodium）的山丘上，有一座古城堡，那是当年希律王所建造的。

你认识希律王，是因为《圣经·新约》有所记载。《马太福音》第二章说，三位占星术博士，在一颗异星的指引下，去到耶稣的出生地伯利恒，在马房里发现了小孩和母亲马利亚。博士们寻找小孩的起因，是因为希律王听说，那个在异星照耀下出生的孩子，将来要成为犹太王。他心里不是味道，派遣三位博士去寻访，说如果找到了，他也好去拜访一下。其实他害怕被新的犹太王代替，想除灭孩子。后来博士们得到天主的指示，不再回去见希律。希律大怒之下，下令将伯利恒一带两岁以内的孩子杀尽。约瑟和马利亚就带着初生儿，在天使保护底下逃往埃及。

这段《圣经》故事，既有地下的人，也有天主、天使、异星，是一个浮在空中的人神共舞的世界。现在发现了故事中的国王的坟墓，一个传奇故事的物质证据，传奇就从天上回落到地下来。

《圣经》这部出版史上销量最大的书，故事穿插于人与神、现实与梦想之间。即使教会学校，修女教师也非常慎重，回答学生的问题时，没有说都是真的，只是说，《圣经》是一个非常美丽的传奇故事。

你从近六七百年来的绘画、雕塑、教堂里的壁画中，看过圣母马利亚无数的面孔。头顶光环的圣母与圣子逃往埃及的情景，从古到今，不知有多少名家画过，达·芬奇就画过。二〇〇六年，十七世纪的法国画家普森（N. Poussin）的《逃往埃及》出现于法国拍卖市场，拍卖价在一千五百万至二千万欧元之间。为防止这幅古典主义名作流到外国，法国人从上到下来了一次总动员，最后如愿以偿把它留在了法国。

虽然历史上耶稣和马利亚都实有其人，但都被神圣化了，你把

圣母马利亚故居（土耳其伊兹密尔省）

他们当神而不当人。但有一天，你去到土耳其的伊兹密尔省，参观过古罗马帝国的名城以弗所（Ephese）的废墟，下一站要看的，竟然是圣母马利亚的故居。汽车在弯弯绕绕的山路上走了四公里，在阿拉达克（Aladag）山头停下。你从汽车走下来，行走在这座海拔三百五十八公尺的山头上，感觉有点异样。今回要看的，竟然是神的故居！山上清幽雅静，鸟语啾鸣，头上是地中海式的蓝天万里，一片惯熟的纯粹自然景象，任你如何把它情化圣化，还是实实在在的人间世界。所以，当你第一眼看到马利亚的故居，你顿时觉得，天上的神又回到地下来了。

《圣经》故事背景是以色列，圣母最后的故居怎会在土耳其？根据《路加福音》第一章，天使向马利亚报喜，告诉她将要成为救世主耶稣的母亲。耶稣在伯利恒出生后，为逃避希律王的屠杀而逃往埃及，直至希律王死后才返回以色列，由圣若望给他在约旦河受洗。耶稣被犹太人钉上十字架之前，将母亲委托给圣若望照顾，“母亲，这是你的儿子”，又回过头来对圣若望说，“这是你的母亲”。耶稣死后，教徒继续受迫害，门徒分散到各地传教。圣若望选择以弗所一带作为传教区。那一带地方人口稠密，是罗马人的世界。他将马利亚携带在身边，这就是她最后生活在以弗所的原因。

《圣经》中谈到圣保禄在以弗所传教，可见最初的基督教活动和仪式，是在小亚细亚这一带开始的。马利亚深居简出，过着隐居生活，唯一的传说，是她曾经以泉水为人治病。古代以弗所居民，称她的住所为“Panaghia Kapulu”，意为圣母隐居所，相信她死后在以弗所升天。他们信仰月神阿尔忒弥斯的同时，也信仰“仙母”马利亚；献给马利亚的最早的教堂也在以弗所。公元四三一年，给马利亚以“圣母”称号的大公会议，也在以弗所召开。但在所有典籍中，都找不到她在以弗所生活的细节，住所地点也被彻底遗忘。

但十九世纪发生了一个“神迹”，后来以这个“神迹”为线索，发现了“圣母隐居处”。据说一位芳名厄麦里茨（Catherine Emmerich 1774—1820）的德国女子，于一八一一年成为修女后，开始病卧在床。次年十二月十九日，她手脚突然出血，像被铁钉钉过。脸庞红胀，感觉痛苦，像耶稣受难。医生和周围的人震惊不已，束手无策。病况迅速恶化，瘫痪在床，产生了幻觉。当时的作家白龙达诺（C. Brentano）闻风前来，把她的口述写成文字，以《童贞马利亚的一生》作为书名出版。

这位修女从不外出旅行，没有到过以弗所，但她在幻觉中看到，马利亚跟圣若望为逃避以色列对基督徒的迫害，一起离开耶路撒冷，来到以弗所。她看到以弗所附近山头上圣母的小屋，看到逃亡的基督徒所住的帐篷和山洞。她说圣母的房子是一间石屋，由圣若望亲自建的，呈长方形，后墙半圆形，形成一个拱形壁龛，右方是卧室，房间上头有一道泉水流过。又说：

> 她在那里住了三年后，很想去耶路撒冷，若望和伯多禄把她带到那里。由于她又病又瘦得厉害，以为她快要死了，开始为她准备坟墓。当坟墓逐渐完成，童贞马利亚又好起来了。她十分希望返回以弗所。回到以弗所后，马利亚变得很弱，在六十四岁上头逝世。圣徒们为她举行葬礼。在离她的住房两公里的地方，为她准备了一个山洞，用来放置棺木。

她逝世后，圣徒托马才赶到，大家一起到山洞去瞻仰。进入洞穴后，他们跪倒在棺木前。若望靠近棺木，从外面看到棺木里面部分地方，发现情况有异，遂拆开接合点，打开棺木盖，当大家走近时，都目瞪口呆，马利亚的尸体失踪了，但里面什么东西都没有被触动过。自从事件发生后，山洞就被封闭起来，她的房子也改成教堂。那是近两千年前的事。

一八八〇年，法国一位教士古耶（Gouyet）看到白龙达诺的书，根据书中描述，到以弗所寻找马利亚故居，伊兹密尔大主教给他大力协助。当他相信找到了，给巴黎和罗马大主教写了报告，但没有引起注意。十年后，一位遣使会教士容格（H. Jung）和法国神甫普兰（Eugene Poulin）合伙，作第二次寻找。由容格和修女芒达·格朗西（Marie de Mandat Grancy）和另外两位天主教会成员组成的队伍，在当地教会协助下开始行动。一八九一年六月二十九日，寻访途中一再迷路，遇见几个在田里耕作的农夫。由于天气炎热，大家又累又渴，向农夫要水饮。农夫指点他们去找一道泉水。找到清泉，喝过以后，无意间发现附近废墟上的一堵残墙，再仔细寻找，又发现了一个壁炉，在泥地里找到一个小圣像。最使他们惊诧的，是在一个拱形壁龛里发现了一尊断了手的圣母像。根据德国修女的叙述，圣母死后房子成为教堂。神甫普兰没有同行，得到消息后决定亲自走一趟。他组织了七位教士和五位专业人员，于一八九二年八月十三日出发到山头上，将寻访的过程作了详细记录，后来整理成实录式的回忆录。但搁置一边，没有付印。到一九九九年，为纪念耶稣诞生两千周年，才由伊斯坦布尔一家出版社，以《发现圣母故居的真实故事》为书名，第一次出版。

根据该书的叙述，那天，当他们到达山头后，普兰一边听着教士容格的陈述，一手拿着德国修女那部书，以对号入座的方法来分辨。不错，东北面是阿雅苏鲁克山（Ayasoulouk），然后是以弗所平原，再后面是皮翁，一个成马蹄铁形状的古城废墟，海洋在西面和西南面铺开，沙莫斯山脉（Samos）无数的峰尖，像小岛般分布在海涛当中。房子后面的确是岩石，从岩石上面的山头，可以看到以弗所和大海。而房子分成前后两间，后间的后墙成半圆形，右边睡房也有一个半圆形的壁龛。对以弗所和马利亚房子的准确描写，使他们难以表达自己的惊诧，只能够相信，马利亚的故居就在这里，不会在别的地方。他们作出决定，将来重修房子时，一定按照原样修整，不作任何改动。

圣母故居被发现后，最初来朝圣的是穆斯林，因为《古兰经》第十九章提到麦尔彦（即圣母马利亚）。除了第十九章，还有多处地方提及她。一八九二年，伊兹密尔大主教颁布法令，准许教徒到那里礼拜。最后梵蒂冈也正式承认，圣母故居可以作为朝拜的圣地。德国修女厄麦里茨逝世后，梵蒂冈给她封圣了。一九五〇年，山头上开辟了通到故居的道路，才开始正式的朝圣活动。一九六七年七月二十六日，教宗保禄六世去朝拜献礼，一九七九年十一月三十日，若望—保禄二世在山头上举行弥撒，让全世界人都知道，两千年前圣母马利亚就住在那里。

同一天，我们也参观了圣若望的陵墓。圣若望在传播基督教的活动中扮演了重要角色，是《圣经·新约》最后一章“启示录”（*Apocalyse*）的作者。公元一世纪，最后返回以弗所之前，他曾经流亡到希腊爱琴海的帕特莫斯岛（Patmos）。有一天，他听见天主的召唤，指示他把即将出现的幻觉写成书简，寄到以弗所、史米尔默、萨尔特斯、斐拉特尔菲阿、佩尔加默等七座爱琴海上的教堂。果然，他眼前出现了异象：天空出现一位女性，头上光芒四射，脚下踏着月亮，头戴十二颗星组成的桂冠；跟着出现一条火红的巨龙，天使跟巨龙和撒旦搏斗；巴比伦塔在烈火中倒塌；天与地在他跟前遁逃得无影无踪。世界进入末日审判。如果还有一座圣殿，只有无罪的羊羔才能进入。

就是这个圣若望，在公元三十七年至四十五年之间，带着圣马利亚逃往以弗所。教宗本笃十四相信这个事实。圣若望在小亚细亚传教，逝世后基督徒在他的坟墓上建起了第一间教堂。到公元六世纪的查士丁尼时代，将小教堂拆掉，在原地建了一间规模更大，更为精美的“圣若望大教堂”，成为小亚细亚的朝圣中心。它跟伊斯坦布尔的大教堂同时代建成。一四〇二年，游牧民族帖木儿入侵，教堂被劫掠烧毁，变成了我们眼下所看到的废墟。

你从以弗所来到这个荒野间的教堂遗址，也只有一片平常心，因为断柱残墙看多了。荒草中一丛丛深红色的虞美人，更吸引你的注意，在欧洲看不到这种颜色。但当你走到圣若望墓前，心情就难以平常。你再次感到，天上的神又还原为人了。你不愿意相信这个《圣经》里的人物是人，宁可相信他是头顶光环的神。据说墓石下的地下室，还保留着他的骨殖。有通道直入，但不对外开放。

以弗所公元前二千年已经存在，像所有古城，见识过一切历史故事和沧桑。但有别于其他古城，因为它的名字在《圣经》中一再出现，成为《圣经》故事的一部分。这个城还有几个著名的故事，“七睡圣”是其中之一，约于公元二世纪，一位国王下令臣民一律以他为偶像，只能崇拜他。七位基督徒忠于自己的信仰，逃到山洞里，睡了三百零九年，醒来后，向世人道出自己的遭遇，才最后死去。

圣保禄在该城被捕入狱，狱中写下《圣经》中的《以弗所书》；圣伯多禄在那里主持过一座教堂；先后三次的基督教普世会，有两次在以弗所召开。

生活在一个科学昌明的时代，你要作什么结论，必须首先拥有实证；承认一件事物，得先从证据着眼。然而，宗教故事永远穿行于现实和圣迹、奇迹、幻想之间。你不能以科学实验、数据、实物证据来寻根问底，否则这场游戏就不能继续下去。你不能以科学尺度去量度它，解释它，但它却可以成全科学，成全物质世界。古希腊文明就是从神话中诞生的，而西方进入文明世纪，跟基督教，尤其是现代科学的出现分不开。基督教所提倡的一夫一妻制，肯定了家庭的积极作用，主张宽容、博爱，限制人的野性，提倡信仰，都是文明社会必不可少的。

谈起美国登陆月球，都说如果没有儒勒·凡尔纳的《从地球到月亮》，人类也许永远不会登月。神与人，梦想和现实，从来就纠缠不清，也从来相辅相成。德国修女的幻觉，是人要千方百计为传奇故事寻找物质证据？是人的知识有限，尚不具备能力来认识诸如此类的“无奇不有”？但从古到今的人神共存，人神共治，是我们的世界永远不可或缺的。

二〇〇七年七月

海忆　船墓　在海底行走

九月中旬的乌兹别克，盛夏已过，但抵埗以来每天晴空万里，皓日当头，哪怕一丝半缕的乌云白云彩云，终是难觅。但早晚气温清凉，薄毛衣还用得上。行程的第三天，我们从小城努库斯乘汽车出发，目的地是穆伊纳克，一个古老的渔村。四百五十公里的路程，一路上朔漠穷碧，沙尘漫卷。王维的“劝君更尽一杯酒，西出阳关无故人”，指的可是这一带的唐代边塞以外的地方吧？不错，现在你的东面就是新疆的天山支脉。

到底是沙漠国度，穿越大漠的公路两旁，植物皆处于半枯烧状态，衰草和着泥尘，星星点点疏疏落落陈布着，不成绿意。偶或在车窗前出现的山羊群，总是匆忙而急迫地到处觅食。推推搡搡爬上树，就为啃几片疏疏落落的树叶，跟当年在非洲游览看到的情况一个样。公路被沙石入侵，路面凹凸不平，有些旧路面水泥被刨掉，新的又未及铺上，据说是韩国人负责的工程。汽车走在上头像跑马，一路上屁颠屁颠，你歪我倒，连打个盹儿也不得安生。

为什么风尘仆仆去穆伊纳克？为看阿拉尔海，这是今回旅行的目的之一。抵达后下得车来，抬头望向高地，一个白色的、风帆样的石碑霍然抢到眼前来。走近细看，是一个纪念碑，阿拉尔海的纪念碑，为一个死去的内海所立的纪念碑。乌兹别克人真想得到。海水缩减了，是你原先知道的事；现在亲临其境，看不到一滴海水，只看到它的纪念碑。人为海而立的墓碑，绝对是超出想象以外的新鲜事，这是你事先不知道的。石碑的一面用地图画着一九六〇年阿拉尔海的状况，另一面是二〇一一年的状况。虽然不是“生于一九六〇，卒于二〇一一”，但一九六〇年时候是常规的海面，海水面积达六万七千平方公里；到二〇一一年，海水已消失了百分之八十。我们脚下的高地，原是一个海岛，穆伊纳克渔村就在岛上，还有一个阿拉尔斯克港，但现在小岛已经与周围的陆地连成一片。你望向坡下，这里曾经是阿拉尔海么？那里没有水，没有海风扬起的白浪波涛，没有乘风破浪的船只，没有飞鸟，没有声音，纹风不动，入眼的尽是漫漫黄沙，上头点缀着零星的植物和石头，一片死寂游离在空中。这里曾经有过浩浩淼淼的海水？有谁来作证呢？

在大自然面前，你曾经为北冰洋上北岬的巨壁折腰膜拜，为埃特纳、维苏威火山的险恶震惊，为冰岛的水火相容的冰川而叹其奥妙……现在，你面对着一个干涸的海，一个死去的海，一个地球上第四大的内海，说惊悸，动魄，心颤，都不是，只有无以为言，只有默哀，像参加一场葬礼。一场海祭。事实上，你看到的是一个已经入土下葬了的内海。感觉有点诡异，像进入到魔幻世界，你害怕这种情景会深入心肺，变成长久骚扰你的梦魇。“海枯石烂”，一件不可能的事，现在你眼下就有一个枯海。平日听说人怎样破坏自然，某处地方的水库如何连连决堤，造成大量民众死亡；三峡水库如何成为隐忧；纳赛尔水库如何给埃及人带来灾祸等等，只是耳闻，但现在是目睹，亲自目睹了造物主亿万年才造就的内海，在半个世纪中被人翻倒，竟像打翻一个水盘，水一下子都消失了。震惊已属多余，你深知造成祸害的，是人的狂妄，是人的没心肝。

一个在一九六〇年出生的婴儿，今年只有五十岁，还处于壮年时期，但阿拉尔海已经死去了；十四至十五世纪，英、法之间的百年战争，持续了一百一十六年，五十年时间，这场仗只打了一半，但阿拉尔海已经消逝了；巴黎圣母院于一一六三年由莫里斯大主教奠基，一三二〇年完成，历时一百五十七年，而五十年时间，这项工程只完成了三分之一，但阿拉尔海，面积六万七千平方公里，水深五十五米，海上小岛无数，当年出海打鱼的渔船，要历时数天才能归航的内海，已经蒸发掉了！

你扫视着数十米下面那片无际的沙石，上头错落散布着一些满身铁锈，已被掀皮剥肉，只带骨骼的船只。它们破败、零落，身躯已亡，但魂魄尚在。沉默无言，却似有所诉说。唯是，它们已从阳界走进了阴界，既然已经进入了“船墓”——乌兹别克人所使用的字眼，沉郁、伤痛而带辛酸诗意的字眼。导游出发前对我们说：“现在去看海碑、船墓”。这个“墓”字，是巴黎“拉雪兹公墓”、“蒙巴纳斯公墓”的那个“墓”字。还有一个守墓人，一个老年人，就住在距离纪念碑不远的一间小屋里，可以俯瞰那些船骨。你不知道他怎样履行这个职责，只知道他在“守墓”。见游客到来，拄着拐杖从小屋迈出，黝黑闪亮的脸庞略带客气的笑意，跟着游客到处转悠。想说些什么，终未开口，有谁能听懂乌兹别克语么？如果大家能够交谈，你会问他这个墓是怎么个守法，也会告诉他说，你是世界上唯一从事这种唯一的职业的人，一个“船墓”的“守墓人”。还会问他，生活在那间单薄的小屋里，如何抵挡夏天摄氏五十度的酷热，如何打发冬日零下四十度的严寒。

阿拉尔海纪念碑，原身是纪念二次大战期间牺牲的乌兹别克青年。战争期间，苏联不断在乌兹别克征兵，然后从这个港口下船，辗转运到苏维埃，再送上战场。当时的阿拉尔斯克港口水深港阔，适合一切船只的活动。小岛全盛时期人口达五万，开设了一个飞机场，以便及时把渔获运送到外地。海水干涸后，渔夫改从别业，大部分流落到国外谋生，眼下留守这片地方的，只有三千居民。一九九一年乌兹别克独立后，把纪念碑顶上的红星摘去，改为阿拉尔海纪念碑。

你从坡上走下数十级阶梯，为自己创造一个奇迹：落到当年的深海，在海底漫步，踟蹰在那些船骨架子之中。你逐一巡视，为那

在阿拉尔海底行走（乌兹别克）

些已经进入了回忆季节、身躯像魂魄般丝丝缕缕的破船立照。你相信生命之源在海里，人与海有着天然的关系。站在岸边会体验到一种共同的节拍。大地是人类的母亲，海又何尝不是，它比陆地的面积还要大，也像泥土那样养育着人，与人的关系同样难解难分。你参观过阿拉尔海博物馆后，知道这个海岸上的世代人家，如何将自己的身体和梦想托付给海。博物馆的前身是一个沙甸鱼罐头厂，海水甩腿跑掉了，渔民无以为业，只好将加工厂改为博物馆，为这个消逝了的世界留下一些记忆。整个大堂陈列着小木船、船缆、渔网、渔灯、渔叉，各种捕鱼用具、各个时期的沙丁鱼罐头，还陈列着渔夫们古老的生活照片、当年的渔夫服装等等。反映渔村生活的油画也不少，渔夫出海捕鱼，妇孺在岸上等待渔船归航等。该地区当年特有的鸟类、海狸、水獭都消失了，现在看到的只是它们的标本。你凭吊那些遗物，就是凭吊阿拉尔海。作为一个故乡坐落在海边的人，小时候喜欢看长浪，看夕阳从地座上沉落大海，梦想过从海水里捞起星星月亮，你就不难想象，当年赶着羊群，牛群，马群的游牧民族，或者丝绸之路上的商旅队伍，走过了酷热荒芜的沙漠以后，来到这里，眼见一个辽阔的海洋世界，心里有多么高兴！但现在，海哪儿去了？极目远眺，天边的尽头处，隐约可以看到一线蓝色，这就是残留下来的，据说不到百分之二十的海水！

十万个为什么。第十万零一个为什么是，阿拉尔海为什么干涸了？乌兹别克这个没有海岸线的沙漠国家，水源不算丰富，但拥有发源于天山的锡尔河，阿姆河，现在已经干涸了的泽拉夫尚河。多少个世纪以来，它们给中亚细亚提供了足够的食水和农业灌溉，使乌兹别克成为中亚的美索不达米亚，长期以来人口密集，是丝绸之路上的重镇。锡尔河和阿姆河由东向西横切，通过部分地区，却灌溉了百分之八十的平地，最后注入阿拉尔海，曾经是千万年不变的事实。

但这个亘古不变的事实被改变了。河水再也流不到阿拉尔，都被拦路截劫了。就为了一个“伟大”的计划，所谓沙漠变良田的计划。为实现这个计划，每一条河的水量被分成十份或二三十份，通过水坝、泵水站、灌溉渠，流入大小输水管，再输送到棉田和沙漠里。既为灌溉棉田，也为将沙漠中的盐碱冲洗掉，使沙漠变良田，云云。这就是所谓人定胜天的大计。

早在十九世纪下半叶，沙皇就计划在乌兹别克种植棉花，这种亚热带作物，很适宜在那里生长。一九二四年，苏联军队控制了乌兹别克，从这个国家取得了三分之二的棉花供应。二次大战后，苏联成为仅次于美国的第二大产棉国，但真正的产地在乌兹别克。一九六〇年以后，苏联越发要将乌兹别克变成供应棉花、烟草、蚕桑、稻米等亚热带作物的地方。于是大展拳脚，相信人力胜天，在全国范围内修筑水坝、泵水站、输水管、灌溉渠等。锡尔河和阿姆河的水，就通过那些管道流到棉田和沙漠里，再也去不到阿拉尔海了。

数千年以来，乌兹别克人已经学会因地制宜，怎样使用有限的水源，在山麓的冲积平原上广种薄收；在绿洲地带进行密集的种植；依靠漠上的野草，这种自然资源，来发展畜牧业，养殖数百万头马、牛、羊。但自从经历了那场大变革以后，传统的广种薄收的耕作业不再，数千年来跟着大自然调整出来的生活节奏，被破坏了。农业的集体化损害了经济，传统的房屋，农舍被集体住宅代替之后，有着长久历史的乡村文明不再。灌溉渠道、无处不见的水管，破坏了农业风景。单性种植既使国家经济畸形，也使土地贫瘠，水流污染。早在苏联时代，工厂排出的污水和垃圾，已将水流和地下水污染了。你沿途还看到不少水管爆裂，沙地和非耕作地水汪汪一片，造成严重的水源流失、浪费，于是，你就不难明白，为什么阿拉尔海以跑马般的速度干涸枯竭。渔夫消失了，渔业结束了，海产加工无以为业了。但大自然是默默的有心人，万物有成理而不说，干涸后的阿拉尔进行报复，没有海水可以扬波，就刮起了盐风暴、沙风暴，使原来的可耕地变得不可耕，农夫和牛羊饲养者也远走他方去了。

从阿姆河以西的希瓦城（Khiva），到曾经是伊斯兰文化中心的布哈拉（Boukhara），到位于泽拉夫尚河畔的撒马尔罕，一直到塔什干，一路上在车窗前出现的，除了沙漠，就是连绵不断的棉田，以及通向棉田的水渠，夹杂着或粗或细的水管。水管大多不埋入地下，毫无章法地露天放置在田野周围，要穿过路面或障碍物时，就将管道用木柱支撑着竖立起来，绕成拱形，再向前伸延。在全国挖成的灌溉渠，安装的管道，以数十万公里计算。这已经潜隐着预兆和演示，阿拉尔海知道，迟早要连根带底输光！

九月是摘棉花的季节，远远看到白花花的田野上浮着错落的红红绿绿，原来那是在棉田上，或弯腰，或蹲着，或跪着干活的人。近看，都是些妇女和小孩子，孩子的比例特别高。男人大多开车搬运，在棉花收集处打点。孩子们见汽车经过，就挥手打招呼，汽车一旦停下，就跑过来跟游客逗趣，高兴得过节似的让人拍照。你举起傻瓜机，左一张，右一张，在他们烂漫的笑脸中，你走不出一个“痛”字。

这里的棉田使用的全是人手。棉树一年生，播种还可以使用机器，但打花前的截枝，棉花的采摘，使用的都是一双肉手。棉树不高，只到膝盖上下，必须弯腰或蹲着干活，头上总是烈日炎炎，即使秋日当令，气温也达摄氏三十多度。汗滴棉下土，汗水比雨水还要多。有些地方，比如撒马尔罕，几乎不下雨。你难以想象那些妇孺们，如何将漫无边际的棉田的每一寸地方，都鞠躬顶礼得尽，跪拜得尽。摘下来的一朵棉花，重量约三克，而采棉的工资是：一公斤一美分，采十公斤才挣得一毛钱，每天要采一百公斤，才能挣得一个美元。男人手脚慢，一天最多只能摘七十五公斤。棉花是廉价作物，需要大量的廉价人手，乌兹别克人的命运，就这样被捆绑到棉花上。

苏联时代，棉花生产占乌兹别克生产总值的百分之四十，年产五百万吨。为保证棉花的生产，采取了强硬手段，一旦任务不完成，负责人要入狱。围绕着棉花的派系之间也互斗，产生过暗杀事件。名义上要解放妇女，可以不戴头巾，走出家务，实质是将她们的劳动力使用到棉田上。乌兹别克人有一句话："白色的棉花里藏着一颗黑心肠。"

现在为挽救阿拉尔，出现了好几个计划。首先是减少棉田种植，独立前年产五百万吨，现在改为二百万吨，只占生产总值的百分之十二。棉田改种小麦和水稻以后，基本达到粮食的自给自足。其次是，在阿拉尔海周围挖储水池，承接雨季的雨水，再引入海里。但乌兹别克属典型的大陆性气候，雨季降雨量也不多，只要一年旱灾，储水池的水都会蒸发掉。再有就是国际性的拯救计划，设想从里海引入海水。根据某些迹象，在不太远的远古之前，它跟里海是相连的。但地壳不断发生变化，阿拉尔海高度已处于海拔四十米，跟里海相差了八十米，如何通过位于两海之间的高原，把水引入阿拉尔？

那么，要阿拉尔海恢复原貌，跟实现一个童话相去不远了。恐怕要拥有起死回生的能力，使时间和历史倒流的解数。但，当我们使出这些解数之前，首先必须在阿拉尔前面捶胸顿足，不要等到再次出现类似的坟墓和废墟，或者自己也变成了废墟的时候，才来这一着。人已经足够狂妄，相信对大自然拥有一切权利，殊不知也拥有被大自然惩罚的权利。大自然愤怒了，受罪的是人。现在就去治理阿拉尔吧！慢慢地治吧！好好地治吧！医治一个海是需要耐心的！但即便是一场梦境的追逐，也只好追逐下去了，且莫问需时多久。一百年？两百年？或者是那个使阿拉尔干涸的五十年的十倍，五百年？……一千年？

二〇一一年十一月

超越一个失忆的符号

一

去年夏天，你跟法国地理学会代表团，到乌兹别克作了一回官式访问。你不是学会会员，只因着跟地理学家雅尼娜的朋友关系，搭了一趟“顺风车”。到塔什干次日，准备乘飞机到乌尔根奇参观。登机时候你心里怦然一动，因为要登上的是一架苏制螺旋桨伊留申。请注意，苏制，伊留申。上头通知说，计划中起飞的空中巴士A320出了点小毛病，正在修理，赶不上起飞时间了。平日以贫嘴著称的法国佬，登机时鸦雀无声。今回的领队是法国地理学家巴拉（J. Barrat），他安慰大家说，为减轻飞机的负载，行李将另机运送。你从来没有乘搭过苏制飞机，也没有见识过螺旋桨机，那几片桨叶，古老当时尚，你想起堂吉诃德向它开战的风车。

登机后有些东西砸到头上来，是水滴。抬头看，舱顶这里那里在滴水，因为空调启动了。机舱内壁有壁裂，像烧制得很成功的花瓶的壁裂，你刚才没有留意机身外壁有没有。起飞时大伙静悄悄地端坐着，规矩得像画中的人儿。

你一只脚刚踩进去，还未曾真正见识这个国家，就已经被狠狠地碰了那么的一肘子。当然，你不会后悔这趟选择，相反，你让一些东西吸引着，紧咬着。飞行近两小时，机身还算平稳，但水滴继续，飞机噪音也大了些。身边一位团友说，他乘过苏制的图波涅夫，一登上飞机，人家就递给他一把折扇，没有空调呀！噪音比现在的更大，下机后一个小时，耳朵还在嗡嗡其鸣。“现在能乘上伊留申，还求什么呢？”他说。

机翼底下，漫无边际的沙漠。这就是与历代汉人时而打杀，时而缔约“和亲”，时而和平共处的匈奴、突厥的家乡。大漠深处，也许还留着王昭君的陵墓，“一去紫台连朔漠，独留青冢向黄昏”；飞机的噪音里，还隐约传出蔡文姬的《胡笳十八拍》，成吉思汗的马蹄声……

学生时代从史书上念到匈奴、突厥、帖木儿等粘嘴粘舌的字眼，就一下子认定，那是一些大漠中居无定所的游牧族，幕天席地，在“瀚海栏杆百丈冰”中苟活。文明的汉人不肖勾留的地方。然则，当你去到希瓦、布哈拉、撒尔马罕等古城，你又被碰了那么的一肘子，一个金碧辉煌的、伊斯兰文化盛开的世界，从古代向你走来。在那里，清真寺，神学院，高耸在城市之上的唱经楼，土耳其玉色的圆拱顶，构成了一个以马赛克镶嵌得色彩斑斓的伊斯兰世界。据说当年单是布哈拉一个城市，就拥有三百六十所清真寺，五十所神学院。这使你措手不及，仿如遇上了你不该遇上的事物。从前你念李颀的边塞诗：“胡人落泪沾边草，汉使断肠对归客”，现在看来，哪来这么凄凉？这个国家曾经很富有，因着延续了多少个世纪的丝绸之路，地球上最大的贸易通道，而变得商业发达，一度成为文化、宗教交流的中心，各种文化思潮在那里汇成一体，是多种文明和生活方式的大拼盘。中国的隋唐文化，在国内还能找到遗迹么？据说可以在这里找得到。

你曾经相信，当中华帝国成为亚洲的中心、唯一辉煌的亚洲国家时，别的国家还未开化。现在你去到撒尔马罕，看到山头般矗立在雷吉斯坦广场中心的三座神学院；看到跛子帖木儿的亚克-萨雷皇宫，占据了整一条大街；单从外观来看，可以将十三陵比下去的皇族古墓；还有帖木儿的吉尔-埃米尔陵墓等，你还是这样相信么？亚克-萨雷皇宫由两座超大的建筑组成，建于一三八〇到一三九六年，意为雄伟之宫。雄伟不雄伟是他们的说法，你觉得它的确足够大块头，在今天看来，也是一种奇迹。“如果你怀疑我们的伟大，且看看我们的建筑吧！”这个只醉心于大漠穹庐和远征的跛子，还挺会自吹自擂，自称自赞哩！他以血腥的征战留名后世，曾经对蒙古人称臣，反手间又结集大兵要攻打明朝，就不怕他另一条腿也被打断！传说当年一位可汗阿拔杜拉，在撒尔马罕城外远远看到这两座宫殿，以为城市很近，疯狂策马狂奔，最后马倒下来，死了，但撒尔马罕还未到。可汗又恨又嫉忌，决意要煞一下这个跛子的威风，找个藉口挑起战争，要将两座建筑捣毁。谁知它们太坚固，没办法完全毁掉，才一直保留到今天。经过六七百年时光的磨损，目前外墙基本完好。只是，当年五十米的高度，变成了现在的三十八米。

当你认定中华帝国是亚洲中心的时候，这个在马背上度过一生、妻妾也跟着他到处流窜、不曾在城里逗留过几天的战争贩子，也要将撒尔马罕建成亚洲最辉煌的首府，为亚洲制造一个中心。而他的皇宫呢，自然是帝国的象征了，既然他以十年时间，创立了一个从印度直到地中海的宽广帝国。你看着那些建筑物，边走边看边眼红，最使你心里不是滋味的是，他们过去的辉煌啦、象征啦，都留下了物质证据。而我们的帝国呢？留下了些什么？二〇〇七年，撒尔马罕举行建城两千七百五十周年纪念，我们也有一座没有被拆得七零八落的古老帝城，端出来纪念一下么？当然，世事乱糟糟，人事乱糟糟，记忆乱糟糟，就有一再重演的历史乱糟糟，有谁肯定撒尔马罕建城是两千七百五十周年，而非两千七百四十周年？但联合国就给这座老城颁发了一枚金质勋章。

据考古学家发现，该城原来是在山丘中的平原上建立的，那时泽拉夫尚河环城流过，河岸陡峭，南边面临深谷，占地二百二十公顷，以围墙环绕，墙上筑有塔楼。懂得使用铅管来安装供水系统。从中国传入的造纸业很发达，据乌兹别克人说，他们是从中国的战俘那里得到技术的，还懂得以水力推动风车来带动机械部分。这座城崛起于公元四至八世纪，适逢丝绸之路的飞跃时代，它成了一个小王国。但一二二〇年被成吉思汗围城，受到猛烈攻击，最后被切断水源，抵抗终告失败，曾经同时出现基督教教堂和佛教庙宇的文明地方，就这样化成一片废墟。一九六五年的一次考古挖掘，弓箭、军刀、钱币、马赛克、墓地的骸骨等出土了。最具透露能力的是皇宫里面的壁画，反映了不少文明生活的场景，如总督女儿出嫁、狩猎、水中鸟兽、接待各国使节和中国使节等场面。其中一幅游乐图，红男绿女泛舟水上，其中有一位中国公主。你问导游，公主姓什名谁，说不知道。那时候是公元六至七世纪，该城名叫粟特国，是大唐的附属国，唐朝公主的出现不奇怪。看来公主嫁到那里“和亲”，也不见得是苦差事，哪用得着像王昭君那么悲惨，在马背上哭成一支泪烛！

二

这个沙漠国家有过辉煌的创造时代，也曾被历史切割得支离破碎。一九九一年独立之前，先后被波斯、希腊、阿拉伯等国家统治过。乌兹别克人永远忘不了成吉思汗，他一度将这个国家化为废墟。据说一二一九年，他派出一支商队到乌兹别克，被某地方的总督杀害了。一二二〇年，他兴师问罪，以二十万大军作为先锋部队，带领蒙古人占领了乌兹别克，在所有大城市大开杀戒，将城池夷为平地。首府布哈拉首当其冲，幸存的建筑物只有三座，导游专程带我们去参观，其中一座是卡兰清真寺。据说那天成吉思汗站在建于一一二七年、高达四十九米的唱经楼前面，举头仰望塔尖，那时，一阵风把他的帽子吹落地，他俯身捡回，说："哪一个神敢那么嚣张，要我向他鞠躬？"长老说："不是神，是真主。"成吉思汗心有所动，免除了将它夷平。另一个是建于九至十世纪的陵墓萨马尼，这个中亚细亚最古老的坟墓，被当代专家认为是建筑奇迹。由于它混在坟场当中，没有被发现，幸免了被夷平的命运。他们的行径，使人想起致命地冲击了东罗马帝国的匈奴阿提拉和最后毁灭迦太基的汪达尔人。

原来人类每走一步，都必须留下自己的皮肉与毛发。从前是这样，现在又如何？而乌兹别克偏是一个任何冲击都没有放过的国家。就近代而言，一九二〇年，苏联军队在弗鲁济将军带领下，将阿尔克城百分之八十的建筑物摧毁。破坏手法跟成吉思汗出如一辙，新花样只是，到一九二八年，则强迫集体化，消灭私有制，持续了千百年的游牧生活从此结束。但饲养者宁可将牲口整群杀死，也不让给新主人。一九三二年瑞士一位女旅行家去到布哈拉，发现居民大量死亡，从上世纪的十八万人口减少到四万。这种死亡实际上是杀人于无形。清真寺、神学院荒废，建筑物被毁坏，生活用品短缺，忧患重重。根据克里姆林宫的解密文件，这是既定方针。

乌兹别克独立后，农业千疮百孔，泽拉夫尚河干涸了，阿拉尔海，这个地球上第四大的内海，面积六万七千平方公里，水深五十五米，半个世纪之内缩减了百分之八十以上的海水，预计到二〇二五年将成为滴水不留的内海，这就是历史尘埃留下来的礼物！尽管出现了好几个拯救计划，所谓拯救，就是要重建，要修补一个海，有谁听说过这种修补工程么？沿途你目睹了为灌溉棉田，为将沙漠变成可耕地，使用河水来冲洗沙漠，将发源于新疆天山的锡尔河和阿姆河切割、改道，让排水渠向四面八方排出，渠道和水管遍布农村和沙漠，河水渗入到沙漠里面了，或蒸发了，再也流不到阿拉尔海了。这就是乌兹别克人要面对的现实。

根据地理学家巴拉的统计，一九六五至一九七五的十年间，全国修筑了二十万公里灌溉渠，十二万公里排水管，九万个泵水站，五千个水坝。为将乌兹别克变成产棉基地，这个只有四十四万多平方公里的国家，变成了遍布管道的灌溉工场。乌兹别克的现任总统卡里莫夫，在第五十届联合国会议上说：“阿拉尔海的危机，是人类历史上最大的灾难之一，它使生活在阿拉尔海盆地上的一千多万居民受害。”

阿拉尔海要消亡了，即将进入宇宙黑洞了。你站在穆伊纳克这个古老渔村的边上，放眼望向远方，看不到一滴水。这汪水被谁打翻了？漏到什么地方去了？你只看到数十米下的海底，沙石嶙峋，荒草枯黄，这里那里，就散布着那些失去了生命的船只，被日晒雨

为船墓立照（乌兹别克）

淋侵蚀，只剩下一付又一付通透的船骨，满身长满铁锈。从前碧波淼淼的海湾，就这样变成了一个死寂的铁锈世界。乌兹别克人称之为“船墓”，一个幕天席地敞开的船墓，还为它立了“墓碑”。这片无垠的空间，像一个庞大的失忆符号，一个荒漠化的感叹号，向四面八方扩张、伸展，到很远很远的别处，去诉说人间的荒唐事，一个真正的海枯石烂的故事！然而，多少人说过，“海枯石烂情不移”，现在海是枯了，永远不可能发生的事情发生了，而你的情呢？你的永不移的情呢？你只听到从干涸了的海底冒起了几声干笑，大自然被人蹂躏之后，发出无奈的嘲讽的干笑。

据说沙风暴、盐风暴很早就刮起来了，河水的冲洗没有将沙漠变良田，原来的可耕地反而变得不可耕了。农业风景没有了，乡村文明破坏了，传统住宅被集体宿舍代替了，别具风格的民俗消失了。某些城镇新建的简陋大街上，一些清洗棉花或炼取棉油的工厂的烟窗冒起了烟。环境污染了。自然秩序的衔接也被砸碎了。一切的堕落、碍眼、人与自然的不和谐，在不归路上一切的毁坏，正好是那个充满谎言和陷阱的世界的注脚。

三

但残酷的历史无法将现在握杀。你去到乌兹别克，可汗没有了，最后一个逃到阿富汗，死在了那里。骆驼队也没有了，代替了它们的是从东方、西方来的游客。城市正在重建，扩大，到处大兴土木，将可汗或贵族的大宅改为高级酒店。有幸以原形保留到现在的伊斯兰古建筑，无论清真寺，神学院，或陵墓，都葺修得焕然一新，光彩夺目。作为古迹，你嫌它们过于簇新。男女信徒穿戴得整整齐齐，携儿带女，成群结队到清真寺祈祷礼拜。作为社会现实与宗教关系密切的国度，正在努力将“过去”保存下来，将传统和宗教延续。而家庭生活，更是保留这种生活方式的最重要基地。念经，每天祈祷五次，斋戒，施舍，可以做得一样不缺。不能到麦加去朝圣，就到最近便的圣人的陵墓去朝拜。一个民族，长久地不屈不挠，从一股强大压力底下活过来的民族，对源远长流的宗教和传统的关注，对庞大神殿的仰望，显示出他们要使眼下生活的环境、精神世界与过去相连接。触摸历史和宗教，强化了他们对信仰的固执。历史、文化，生活传统、宗教信仰，就变成了一股内在力量，伴着他们打发过去的艰苦而荒唐的日子，乌兹别克才没有变成“泪之谷”。一旦从捆绑中走出来，在灰烬中获得再生之后，凭着这股内在的力量，社会风气和从上到下的道德品质，都没有一败涂地。有一回，我们的汽车从希瓦城到撒尔马罕，一对夫妇途中休息时丢失了护照、钱包，次日清晨，失物原封不动由专车专人送到我们刚抵达的旅游点，皆大欢喜。

这个从约束底下走出来的民族，很快就显出其个性，知道自己要的是什么。必须超越那个失忆的符号。独立后乌兹别克的宪法，是根据法国第五共和国的宪法作为鉴本，实行全民投票，新闻自由，多党政制，目前有五个政党。将保障人权写到宪法上。举手文化、鼓掌文化从此结束。“九一一”事件后，表示支持美国，但与俄罗斯的经济来往还是占了上风，俄语继续在各个阶层流通。这种状态一时也难以改变。乌兹别克人不也屡屡提醒对方说，曾记当初你破门而入，强迫同居，但共同生活了数十年，又怎能不依然爱你？唯今时不同往日，只希望你不要再来代表我，扰乱我的芳心，就让我过些安静日子吧！

你进入一个宽大的方形院子。树干粗大，扭扭曲曲的老菩提树下灯光火亮，数十张小餐桌面向舞台摆了个半圆形，桌面杯盏烛光交错，薄饼、水果沙拉、小甜饼摆满了桌子。一场有节目表演的晚餐，就在当年的神学院的院子里举行。为适应现代生活，很多地方都改变原来的用处，派作其他用场。清真寺某些附属地方，可汗大宅里直通大厅的长廊，都被一些手工业产品，如丝织围巾、刺绣荷包、手袋、毛衣、台布、壁毡、地毯等摊位占领了。你坐定在餐桌前，当第一道菜开始，传统的中亚细亚音乐奏响，盛装的民间舞娘扭扭摆摆走上舞台，不用做作，半遮掩底下的眼波已经流动起来了。跳跃，弯腰，旋转，旋起的风鼓起花花绿绿的衣裙，一个小甜饼般可口的东方之夜！人间天堂要回来了！想象一下吧，热烘烘的院子外边是个小城，小城以外是漫无边际的，气温正在骤降的沙漠。……

二〇一二年四月

赴约丹霞山

说到山之行旅，不能说你已走遍名山大川。但与朋友结伴，驱车或步行走在山川日影里，倒是经常有的事。巍巍山头中，高山仰止，景行景止，快活忘形或狼狈时刻，都有过一些。你曾经遇上沙漠热风，就在地球最古老的阿特拉斯山的崖壁上，越野吉普车爆胎了；为贪图雪景，也曾在比利牛斯遇上大雪封山；阿尔卑斯山的五天步行之旅，你第一天就扭伤了脚踝……

噫吁嚱危乎高哉，你也曾怡然地，登临北欧的峡湾峭壁，俯瞰下界，看山生山，水生水，得窥亿万年山水约会的秘密；洛基山上，你看到描绘出时间、画出一个“静”字的线条与符号……只是，走遍多少山头，却没有成为山的知己。

不曾想到，还有丹霞之约。说来惭愧，作为岭南人，却从未涉足丹霞山。同是岭南名山的鼎湖、西樵，你去过不止一次，因为与家乡接近。当你接到丹霞笔会的邀请信时，第一想法是，丹霞还能够是怎样的一座山？既然大山小山，你已经见识过不少。临近出发日期，遇上冰岛火山灰事件，机场关闭了。以雯女士数次来电询问情况，回答说，能否如期赴约是个问号。谁知预定出发日期前一天，机场重新开放，得以乘上第一班机飞向东方。云天万里，解如明月逐人行，二十四小时上下，我们就从塞纳河畔到了丹霞山下。

学生时代迷于古希腊的历史，弄不明白赫赫的西方文明，源头怎会来自一场人神共舞的神话。而万神之神宙斯，掌管天上地下诸神的总管，就住在奥林匹斯山上。《奥德赛》第六歌如是描写：“那里没有风，没有雨，山上永不下雪，苍穹时刻万里无云，山巅之上冠着一圈白光，诸神就在上边过着安乐快活的日子。”多少年后你亲临其境，看到奥林匹斯的主峰和一带的山头，景物平淡无奇，不曾使你有太大的震动。这座坐落于希腊帕罗奔尼撒半岛以西、高度不足三千公尺的山，论崇峻雄伟，不及非洲的阿特拉斯山脉；论千山万壑，不及纵贯北美的洛基山；论巍峨峭拔、峰顶终年积雪，不及阿尔卑斯山。当你到过丹霞山之后，又发现它缺少丹霞的崖壁相连，景涵万象而云烟变化的平远景致。然而，宙斯就在那个山头上升座，被他邀请进山的诸神，在那里过着快活又永远争吵不休的日子。

且不管它。既到丹霞，所联想起的，已经是另一种山的故事。因着山，伏羲的六十四卦中就有“连山卦”，山山相连，云烟涌动，变化万千而万变不离其宗；因着山，就有尼山之子的“仁者乐山，仁者寿”，“水乐而山静”；因着山，就有漆园之吏的藐姑射山的神人，肌肤若冰雪，绰约如处子……而在所有关于山的故事中，你最为之动心的，莫若舜帝的功成身退、翻越五岭南巡、来到韶石山、“帝登九嶷忘却归，不知斑尽湘竹枝”的故事了。

自古以来涉足丹霞的名士，都留下了痕迹，或开山建庵，凿石级，开山门，或留下石刻、楹联、诗文、著述。韩愈的“暂欲系船韶石下，上宾虞舜整冠裾”；苏轼的“君王自此西巡狩，再使鱼龙舞洞庭”，李先春的“三十六石野鹤群，舜帝登游奏韶音”，都为丹霞生色不小。但舜帝的南巡，只留在史书或文人墨客的卷帙中，本人没有留下任何物质标记，既无诗文，更无斧凿之痕，就连登游韶石所奏的韶音，亦已烟消云散。唯是，一个既存在于卷帙，也存在于口碑中的故事，更说明其生命力的旺盛。试想像舜这样一个帝王，没有置身于百姓之上，而是勤于劳作，身体力行，亲自躬耕打渔，建屋制陶；以他的精神核心“德为先，重教化”作为执政手段。《史记》有云：“天下明德，皆自虞舜始”，《尚书》则曰：“德自舜明”，他对中国数千年的道德和文明的贡献，一如亚瑟王创建圆桌会议对西方民主的贡献。到完成建造中华道德文明的工程，国家长治久安，他亦已抵古稀之年，就将帝位禅让给治水有功的禹，自己外出考察，南巡直至翻越五岭，来到韶石山，与道俱化。这样一个千古明帝的故事，又怎能止于娥皇、女英的泪洒湘竹枝呢？

舜帝当年登游韶石山，想来也像今天的游客攀登丹霞，会看到红岩层叠，陡壁如墙，俯仰间尽是竹篁、松柏遍坡，锦江如练吧。然而，他驾临韶石山的主要标志，只是奏响了韶乐，使三十六石闻声动容，变成了奇形怪状的石头。如果说乐声使石头动容变形，只是绝妙的形容，但《论语》的确记载了孔子对韶乐的迷醉：“闻韶音，学之，三月不知肉味”。一代深知礼乐和善美的大儒，动情至此，你可以想像韶乐是一首怎样触动灵魂的乐曲。可惜这首曾经为历代帝王用作拜祭天地神灵的大乐，后来失传，我们再没有机会听到了。

韶音已逝，但韶音在耳，三十六石尝记取。其实三十六座怪石，已经是韶乐的形象：“一来望韶亭上看，九韶八音堆一案。金钟大镛浮水涯，玉瑟瑶琴倚天半”，这样的一片风景，不就是绝妙的音乐形象了么？“韶音亭”上的楹联有谓：“乘缆登亭临风纵目觉三十六石韶音声声在耳”，可见乐曲并没有真正失传，只要你肯用“心”去听。

“尧日舜天”，一代道德文明化身的明帝，如何醉倒在一曲与天地同和的乐曲之前，已无从得悉，但他与这首大乐的故事，增添了他的伟大人格的撩人之处。功成身退，爱戴于万民，然后扬弃一切荣辱，膜拜于善美，回归大自然，与山同在，与水同去，与风同往。最后死于征途，以天为帐，以地为陵，归化于地母。这种人格魅力，足以凝定古今中国从上到下的道德与文明的根基。而这位明帝最后来到丹霞，于丹霞山而言，真是一道从天而降的奇异光彩！

你就在这个远古幽魂的召唤下，进入丹霞世界。一路上的观景亭，龙腾壁，长老峰，姐妹峰，锦石，飞瀑，赤壁，丹崖……这些密集而浓缩了的景致，使你仿如进入郭熙的《早春图》，李唐的《万壑松风图》，或者夏圭的《溪山清远图》。你眼下的赤石林木，亭台寺院，碧水篁竹，仿如以丹彩和淡墨点染而出，以圆熟的笔法勾勒而成，或平远淡冶，或高深浓重，或红霞薄染，全景或特写的山水，都在这里了；若即若离，景有限而意无穷的恣意舒展，也在你眼下了。

就笔者走过的名山而言，论崇峻雄伟，以丹霞的六七百公尺高度，方圆才二三百平方公里而言，自然比不上三四千公尺高的阿尔卑斯山，或阿特拉斯山。但丹霞山水的浓缩密集，景罗万象，形状不拘一格的独特景观和特有地貌，是任何名山所不具备的。山不在高，有仙则灵。为什么欧洲的文化源头，来自不足三千公尺的奥林匹斯山，而不是来自高达四千八百多公尺，从地中海伸展到多瑙河、贯串着大半个欧洲的阿尔卑斯山？为什么万神之神宙斯，统管天上地下诸神的顶天立地的神，选择了奥林匹斯山作为落脚点？原来人的感悟和想象，才是真正天赐的礼物，可以使一切变得无限。古希腊人就以自己的领悟、感知、行动，在切身处地的环境中，找到了自己的位置，以一个神话来阐释自己的真实。当他们创造出一个想象中的世界和它的秩序时，自然风景就变成了人文风景，就有了自己的创世纪。天上地下的神，就这样来到了奥林匹斯山。神仙们不住在高处不胜寒的山之端，而住在凡人为它们建造的大殿里。山头上就布满了一座座美奂美轮的建筑、雕塑艺术上都达到了顶峰的大殿，赫赫西方文明的缔造，就从这里开始。

这山高，那山灵，面对丹霞的时候，你只想谈谈自己的山，你内心法则里面的山。作为岭南人，你第一次来到，第一次发现，这样的如画屏中的山水，原来我们也有。不用走得太远，也能找到自己的天堂。遥想从古到今来到丹霞的高士和文人墨客，各有因由。为建寺而来，为避乱而来，为隐读而来，为被贬而来，为考察而来，各人以不同的心境徜徉于这片天地间，而对自然的脉动，天地的造化，在大序中散发出的至善至静至美，会有同样的体验。不同的遭遇和心境得到安抚、舒解，将自己的如意或不如意搁置一边，超然于喧嚣和尘世之上，逍遥于无所有之乡。历代高士对丹霞的建树，文人墨客留下诗文和著述，都是有力的证据。丹霞就这样成为他们避世遁隐之所，或求取大乐的精神故乡。

到了当代社会，任何风景都是时代的风景，万人的风景。它要变得可观，可游，可行，可走，让民众假日可以拖儿带女，或与朋友成群结队去游览。以丹霞的独特条件，外地人，甚至不同肤色、不同文化背景的人慕名远道而来，从铁路、公路来，或乘飞机来，都是可能的事。你在国外生活了这么些年，来到丹霞，逍遥于锦水或坡壁之间，不感到陌生疏离，因为它还是你的山。不但完好地保持着自然朴素的原始面貌，也拒绝了商业化和媚俗，因而显得情高韵逸。遥望韶石山的古道，还依稀看到韩愈由潮州调任袁州时苍茫的“遇赦移官罪未除”的影子；浈江边上，你可想象苏东坡的流放岁月，该是第几次流放了？离开韶州之后，还被贬到惠州呢。但不妨碍他继续写他的长诗：“首参虞舜款韶石，次谒六祖登南华”；石山脚下，还有张九龄的故里和他的海上明月……诗人的踯躅仰止处，依然使你生出无限憧憬。至于大自然一时兴起的杰作：阳元山、阴元石，却使你想起济颠和尚的故事。有一回，他老人家为酬谢施主，说，贫僧别的不会，就会翻筋斗。谁知一个筋斗翻过来，大伙发现他的僧袍里面没有设防，那活儿一闪间露了出来。于是你想，是否山神造过韶石山以后，为自己的杰作而得意忘形，翻了个筋斗，无意中演出了济颠同样的故事，那活儿的山，那山神的话儿，就这样出现了？女娲补过了天，来到这里，见山神翻过筋斗，她也来了一个。一想，不对，但已经太迟了……

自然、历史、故事、诗文，一位带领黄炎子孙走出野蛮的文明之魂舜帝，一首亡去的乐曲，它所造就的三十六块怪石，大文豪留下的脚印……丹霞的拥有太丰富了。建“红石公园”，且不必管它是否存在一座“黄石公园”，就以自己的感知和领悟，去建造自己的公园，一个富于民旅文化，落实到日常生活，又贴近人情味道的公园。本地风光，是可以发明创造的；山山水水，也像文章理义，必须整理。丹霞已经整理得不错，还大有可能整理得更多更好。你可以翘首以待，在那个距离喧哗浮躁不远的世界里，越江浮水处，密林新翠间，有你憩息于自然怀抱中的舒畅与欢乐；诗人仰止处，你可以痴然与之作超越时空的对话；声声钟鼓鱼磬梵音中，你可以作勘破古今的悠然之思；而山巅之上，还依稀看到一代明帝与民同在的真朴形象，耳际间回响着他的回归自然的永恒呼唤：与山同在，与水同去，与风同往。

二〇一〇年六月

水向西流

燕楼　燕无楼

从法国南部尼斯城出发，穿过地中海去乌克兰，虽非江南烟雨路，也一路的烟雾迷蒙。你无需问路，不用敲门，顺着路程去寻访一个你印象中熟悉的世界，因为你还记得学生时代，从一首美丽的歌曲中得到过印象，梦想过乌克兰辽阔的原野，清溪旁边两棵美丽的白杨。

俯瞰黑海的燕子楼（克里米亚）

数日地中海国家的转悠，总是天空灰云密布，到穿过博斯普鲁斯海峡进入黑海，即将到达雅尔塔时，天盖被一片陌生的阳光炼成了蓝色。蓝天蓝海的晨曦中，游轮与日头、海光、海风并进，湛蓝的水面随即被劈成两半，喧哗着的白浪迅速往后退，瞬息间涌成了一片闪闪银光。陆地渐行渐近，船长室通过播音器广播，说克里米亚的象征“燕子楼”即将出现。游船靠近陆地了，立于绝壁上的建筑物逐渐变得清晰。噫吁危乎高哉，它俯瞰着晨光中的海面，横绝朝霞，壁下波涛逆折。抬头望去，意象如幻觉般难以捉摸，像童话中的仙屋。凡人谁有福气居住呢？除非是不幸的人。何不把它留给黑海的仙风阵阵、克里米亚的澹淡月色。

上得岸来，燕楼已不在视野之内，昂首上空，忽然看见一座蓝、白两色的教堂，顶上嵌着一个个金光闪闪的洋葱头状的圆球，你这就进入到一个东正教的世界。现在你先去参观离雅尔塔三公里的利瓦季亚宫，一座载负着历史沉沉重量的王宫。当地的导游小姐走上车来，自我介绍“我叫娜达利”，话音才落，车上笑声骤起。车里的游客大多是法国人或欧洲人，都知道苏联时代发生在莫斯科的法国歌星贝高与俄罗斯导游小姐娜达利的故事。谁敢承望我们的导游小姐刚好同样芳名？娜达利当然知道这个故事的，笑着回答说：“这里是雅尔塔，不是莫斯科，现在雅尔塔不再属于莫斯科了。再说，你们当中有谁叫贝高的么？”车后两个顽童般的老朽，竟敢争着回答说：“我！我！”

只不过是喜欢惹是生非的法国佬的贫嘴而已。唯“雅尔塔不是莫斯科，雅尔塔不再属于莫斯科”这句话使人感怀。一九九一年，苏联解体，乌克兰以及其他东欧国家各自独立，面对在苏联分崩离析的现实，各有立场，各怀心事，尤其乌克兰人。现在乌克兰境内，除了乌克兰人，还有希腊人、亚美尼亚人、俄罗斯人等数十种民族。雅尔塔所在的克里米亚半岛由莫斯科统治了两百多年，俄罗斯人占人口百分之七十，俄语是通用语言，到一九五四年才归到乌克兰加盟共和国。但现在乌克兰境内不准使用俄语，剧院可以用乌克兰语、英语、法语上演，就是不能使用俄语，只有一家例外，电影院也一样。货币当然不再是卢布。曾经同是一个大家庭，现在两者何以泾渭分明，发生了什么事？有过怎样的仇恨？娜达利面对大家的疑问，犹豫片刻，说："政治游戏而已！"何等到位，何等尖锐。政治游戏，小民见识得多了。历史进程总离不开久分必合，久合必分。现在的乌克兰人，眼睛越发望向苍天，宗教意识越来越浓厚，妇女们一大清早起床，先就到教堂下跪，祈祷，神甫们低沉厚重的诵经声，从香烟萦绕中升起。

海光天色，三面环山的雅尔塔，是安逸享乐的理想环境。气候温润，每年日照时间跟法国尼斯一样，只分冷热两个季节。当高山上边白雪皑皑，山下已千树万树花开。所以，十九世纪时候只是一个三百个居民的小村落，到二十世纪，已发展成为克里米亚的度假胜地。罗曼诺夫王朝最先到那里筑起皇宫，贵族尾随着去度假，星罗棋布的豪宅，逐渐铺陈在山坡上，像一块精工的壁毯。现在新起的楼房，就夹杂在陈旧的豪宅当中。车上有人问，为什么不将旧楼重新修整，娜达利回答说，修整比起新楼价格更昂贵，经济效益上花不来，也就不修了。

雅尔塔史前已有人居住，公元前七世纪，希腊人已经来殖民，雅尔塔这个名字是来自希腊文"海岸"。这个只有八万五千人的小山城，一大清早就堵车了。旅游大巴在废气和隆隆车声中逐尺移动，那时候，你居高临下，看到铺子里面水果蔬菜丰富，沿岸街道，都是伊夫·圣罗兰、华兰天奴等名牌货商店。人行道上有人翻垃圾箱。一位革命家的雕像还竖立在岸边，似看非看望向海面，像沉在大梦中，车上有人问，为什么还留着这个像，很多地方不已经扳倒了么？娜达利以问作答："当年他去过瑞士，去过德国，染了一身淋病回来，晚年就陷入癫狂症。他为什么不留在那里？偏要返回俄罗斯？"

他返回俄罗斯，就有俄罗斯的惨痛记忆，有利瓦季亚宫的惨痛记忆。克里米亚战争之后，亚历山大二世在利瓦季亚区定居，将雅尔塔变成俄罗斯的夏日首府，最后三朝皇室都在那里度假。到最后一朝皇帝尼古拉二世，由于家庭成员众多，遂在黑海边建起了一座文艺复兴式的利瓦季亚宫，与燕子楼同时建于一九一一年。两座华厦，一座是克里米亚的象征，一座象征雅尔塔。沙皇一家在利瓦季亚宫度过四回假期后，十月革命便猝然而至，皇室一家大小连同仆

1945 年举行雅尔塔会议的大厅（克里米亚沙皇行宫）

人、厨子、医生被杀。利瓦季亚宫的物品全部散失，后来改为干部疗养所。到一九四五年二月，为召开雅尔塔会议，讨论战后处理德国和日本问题，才临时开放了一些房间。当罗斯福、丘吉尔和斯大林三大巨头，在绝密底下举行过雅尔塔会议之后，这座白色的宫殿才开始名声远播。

会议在前厅一张圆桌上举行，周围有十七张椅子，其中罗斯福、斯大林和丘吉尔的椅子与众不同，有扶手，有黑色密封的靠背。从墙壁上挂着的照片，可以看到当年举行会议的情况。与前厅毗连的白色大厅，是皇宫最宽敞、最豪华的部分，上楣的突檐后面，安置了三百盏照灯，皇上当年就在这里与大臣们一起开扩大会议。它和英式的台球室，是一九四五年二月十一日签署雅尔塔会议所有文件的地方。

会议召开时，德国、日本尚未投降，但谁胜谁败已成定局。那时候罗斯福身患重疾，会议期间要为他特制一张床，会后三个月就逝世了。能够与斯大林争一长短的，只有丘吉尔，但当时盟军尚未渡莱茵河。法国方面，盟军登陆诺曼底后，还在继续打仗，没有派代表参加，但雅尔塔会议通告承认法国为第四个分占德国的盟国。而苏联方面，红军已经抵达东德，就有兵临城下的优势，所以，将德国划分为三个盟国占领区的过程当中，占尽了便宜。

会议举行过之后，皇宫继续成为苏联干部疗养所。一九七二年，苏联的勃列日涅夫时代，美国尼克松访问苏联，表示希望参观一下这座有历史意义的著名皇宫。苏联方面才着手把皇宫恢复原貌，后来就改为博物馆。所以导游小姐娜达利说，利瓦季亚宫由高干疗养所改建为博物馆，这可要归功于尼克松。博物馆分两层，楼下陈列的主要是雅尔塔会议的文献，楼上是尼古拉二世的纪念室。陈列品当中，除了皇室当年使用过的物件以外，还展出他们一家大小到这里度假的照片，孩子们写给父皇母后的信件，充满亲情和稚气的文字，十分感人。尼古拉二世的私人办公室中，保留着他使用过的办公桌。他是个工作狂，到雅尔塔度假期间，就在办公室里批阅文件和接见大臣。壁炉上方，挂着失而复得、织着尼古拉二世帝后和皇储的壁毯。

利瓦季亚宫就这样在俄罗斯的历史上经历着沧桑，从沙皇的繁华坍塌，到二十世纪闹得腥风血雨，然后是苏联的分崩离析，一夜间变成了“地中海俱乐部”，都反映到这座幽雅的白色宫殿里。岁月荏苒，现在的乌克兰不再感到自己的强大，伟大理想千旋百转后的精疲力竭，自由骤然而至的无所适从，命运不再由国家安排的彷徨失措，就有失业，有酒精，有离婚率的攀升，有出生率的下降，有社会犯罪的增加，有青年人在电子游戏机和电视节目前的无日无夜。

生活在继续，生活在迂回，明暗在交替，正负在消长，一切都滑出了人为铺设的轨道。当年的雅尔塔会议，几个强人在那里指点江山，为战后规划天下，制定未来，会议通告如是说：“对解放后的欧洲，我们共同起草和签署声明：旨在……恢复欧洲秩序，在消灭纳粹和法西斯的最后痕迹和在自由选择民主法制的基础上，重建国家的经济生活……”但是，所谓重建的结果，是出现了波兰、捷克、匈牙利、罗马尼亚、保加利亚等一系列东欧国家，是东德、西德的分裂，是柏林围墙和铁丝网的高耸。只是，不到半个世纪，一切一夜间又返回到从前。举目眺望，东德、西德今安在？柏林围墙在何方？东欧各国不也各归各位了？战胜国，战败国，于今谁比谁更活色，谁比谁更惨淡？

初春金阳的寂寞，黑海海面上绿水笼烟，一切都颇在意捕捉人的视线和情绪。立于绝壁上的“燕子楼”，最富黑海情韵的建筑物，来程时候你从海面上惊鸿一瞥，回程时又从高坡上俯视它的玲珑剔透。它的昔日，它的当今，都在娜达利口中陆续来到了。她说这座箭塔玲珑的楼宇，从上方可以抵达，也可以从四十米下的海面，沿着峭壁的梯级攀登而上。这是一位在巴库开采石油致富的德国男爵，为当时俄罗斯著名的女歌唱家维亚勒特史娃（Wjaltsewa）所建的，与利瓦季亚宫同享盛名。但建筑物完成之后，歌唱家不曾在里面住过一天。为什么？为她的高傲、冷漠？为在一件极致事物面前的胆怯却步？但于那位德国男爵，终究成了一件刺心的事。一番芳意被捣碎，尽付壁下的波浪潮水，他本人也无心在那里逗留了，哪怕是仅仅一天。楼房竣工，故事却没有完成。燕楼不曾成为藏爱的金屋，大门落得个镇日长锁，“金屋无人萤火流”，人气霎时下降。当黑夜来临，巫婆、魔鬼在屋前屋后争吵，惯偷般在门户窗台间窥伺，小神仙吕丁（Lutin）飞上屋顶上吹响了号角。号声未了，忽然地动山摇，一九二七年克里米亚发生过一场大地震，燕子楼侥幸不曾一头栽到海里，但石壁的最高部分岩石断裂脱落，巨石直冲入大海，楼房的露台最前面部分，成了悬空状态。为安全起见，燕楼和周围一带地方被封锁，不再让人靠近。

四十年后旧事翻新，一九六八至一九七一年期间，有关部门把它重新修建，使用最新技术，以水泥加固地基和峭壁，从此再无堕海之忧。燕子楼再次进入生活，却依旧不是“乳燕飞华屋，悄无人，晚凉新浴”。燕楼，燕无楼，它被改建成一间意大利高级餐馆，来去翩翩的都不是燕影，而是发了财的西装革履的新贵和他们臂弯里袒胸露肩的俏娘们。燕子楼起步于浪漫，走过了一条弯弯曲曲的道路，止步于一处饮饮食食的场所。剩下来的，只有黑海的清风阵阵，克里米亚的淡淡月色。

二〇〇八年七月

青铜骑士之城

俄国作家比耶利（A. Biely）的小说《彼得堡》中，有一段描写：

> 他把一道光闪闪的桥抛在后边。
>
> 桥的后面，在圣伊萨克教堂的底部，从混浊而暗绿的水中，冒出一块石头，一个谜一般的骑士伸着沉重的、被时光染上铜绿的手。

“谜一般的骑士”和“石头”，指的是耸立于涅瓦河畔的彼得大帝铜像，以及它的巨石底座。这座铜像给普希金予灵感，写下了长诗《青铜骑士》。这座铜像与圣伊萨克教堂，都是由法国艺术家和建筑师设计和施工的。彼得大帝建城时，邀请了荷兰、法国、意大利等国家的著名建筑师参与，这座城就有了威尼斯的水、阿姆斯特丹的运河、罗马的卡匹托尔（Capitole）的景观，和巴黎市容的宽松华贵。圣伊萨克教堂落成后，是十月革命前的帝国第一教堂。而超尺度的青铜骑士，无可置疑地成为圣彼得堡的象征。作为法国来的游客，又怎会不特别关注这两处名胜呢?

当你在莫斯科参观过克里姆林宫，到近郊看过“圣乔治三一修道院”，再下莫斯科河，经伏尔加河，参观了乌里奇的“圣阿历斯修道院”，你的脑袋已经塞满了宫殿、教堂、修道院屋顶上的圆拱形，那些金色、绿色、蓝色的大大小小“洋葱头”。再去到奥内加湖北岸的基日岛，当年为彼得大帝制造大炮的地方，你又看到全木头结构的教堂的屋顶上，竖起大捆大束的灰褐色的洋葱头。你不知道还要看多少洋葱头。但里面摆设了一位漂亮的纺织姑娘，俄罗斯民歌里的《纺织姑娘》，这个摆设不知耗费了游客多少胶卷。当你走过了多少地方之后，看到圣伊萨克教堂顶上那个硕大无朋的圆拱形，还是颇为震动。据说它的直径达二十一点八米，外表的金漆使用了一百公斤黄金，从芬兰湾也可以看到。教堂内部是天上世界，上下装饰着三百五十件精雕细琢的大小塑像和浮雕，一眼望去，尽是金属、彩石、白石、孔雀石、天青石的大陈列，大和谐，一个艺术世界的大综合。这个工程比冬宫造价贵十倍，始于一八一八年，直至一八五八年才结束，历时四十年，耗费了法国建筑师德蒙弗朗（A. de Montferrand）整整一生。

你拐个弯儿走向涅瓦河畔，一个你所梦想的白夜，一个徘徊不去的午夜落日。天空像一张透明纸，笼罩着城头，涅瓦河水中，半壁城池暗光浮动，浪漫神秘的北国风情，美得不实在。你想起陀思妥耶夫斯基的《白夜》，“这是奇妙的一夜，只有年轻时代才可能存在的一夜”，这是《白夜》中的第一夜，主角“我”在运河边遇上娜斯坦卡，她正对着河水哭泣。当下世界，你不能企盼看到这样的女孩子了，你想得更实在些。这样一座沿河蔓延的宫殿般的城池，三百年前怎可能只是一汪沼泽、一片虚无的空间？彼得大帝要有怎样宿命般的意志，才使南瓜变马车？法国作家拉尔博（V. Larbaud）到过白夜城后，在日记中写道：“城池向各个方向扩大伸展，好像在不断繁殖，河流来与它相会，越过它，绕着它，穿越它，无休无止地。”后来纪德又说：“我在列宁格勒所欣赏的是彼得堡。我没见过一座更美丽的城了，没有见过石头、金属和水之间更和谐的搭配了。仿如恰好是普希金和波德莱尔想象中的世界。”

你踯躅于水、石、金属的大堆砌，大和谐中，想发现些什么，联想些什么，到头来却只像卓别林戏中的小人物，迷失在《城市之光》里，迷失在一个像涂上珐琅质的世界中。上下一片俄罗斯式的巴洛克艺术，到处塞满希腊与罗马的仿制塑像，你从冬宫往外看，室内室外同样的玫丽华灿，几乎失去了差别。三百年历史所蕴藏的梦和记忆，仿佛已经超越了一千年。

但作家们不喜欢这座城，只有普希金在《青铜骑士》中为它讴歌，却指出它的势危，称它为“海底之城”，怕马车变回南瓜。现在你站在《青铜骑士》前面，倒觉得铜像的超尺度，恰巧适合于这座超尺度的城。当年叶卡捷琳娜二世要为彼得大帝立像，与女皇交往密切的法国启蒙大师狄德罗，向她推荐享有盛名的法尔科内（F. E. M. Falconet）。一七六六年，法氏抵达俄国后，深知这件工程的庞大艰巨。因为于女皇来说，好像没有一件东西是太美丽的，没有一个梦想是太荒唐的，她一心只想将俄国带入文化艺术的繁荣，其余的她就不管了。今回轮到法氏写信给狄德罗，劝他也接受女皇的邀请，到俄国工作，以便在那里见面：“如果我们再相见，将会在彼得堡。我负责的那项工程，当我完成之后，恐怕仅仅有时间去死！”

雕像是一种视觉，一个姿态，如何把一位生命丰富的大君，以一个姿态来表达？来捕捉现在和未来观众的视线？既然彼得大帝的人生超尺度，他的雕像也必须超尺度，底座又怎能不超尺度？但女皇不要以石块堆砌起来那种底座，希望是一块完整的花岗岩。她敢想。彼得当年建城，签署了一道法令，民居数年内不得用石头建房屋，以保证皇城建筑的石头供应。现在要找这样一块巨石，首先要创造一回奇迹。奇迹终于出现了，彼得堡近郊一个农民捎来消息，说他家附近有一块巨石，被称为“雷殛石”，它在一次风暴中被雷殛下一条裂缝，缝中正长着几棵白桦树。头石就这样找到了。单为搬运，就动员了四百多人，特制了一辆铜车，下面以圆球滚动，历时九个月，才从开采地抵达涅瓦河畔的上议院广场。加工时石头凿成水纹状，裂缝刚好用来固定铜像。

现在，你为迎风立马的大帝立照也不容易，你拿着相机一再后退，直到路边。导游喝了过来：“小心啊，这里的汽车不让人的，开车的都是皇帝！”上车后，他宣告一个消息，说昨天同船的德国团旅游车，被驾驶大卡车的“皇帝”撞上，两死，三五伤。次日，又看到船上通告，说陆路旅行团又有车子被撞，伤亡数字更大，还是德国旅行团。你一时思维混乱，拉七杂八，竟想起二战年间，这个城被德军围困了九百天，城市人口死去了三分之二。

你眼中的立马骑士要直奔天宇。那姿态你当是法氏想象出来的？人家画火烧战船，胖女皇一味摇头说：“不像！”非要扎扎实实把一条船烧起来让人家看不可。为那个立马姿态，也着实有过一番惊动。首先以人工堆起一座小山，找一位跟彼得身材与肩宽相似的将军，策马冲上山丘，在峰顶上勒缰立马，上落超过一百回，才把这个瞬息间的姿态拍板定格。到工程完成，耗费了十二年时间。开幕式法尔科内没有参加，他病倒了。返回巴黎两年后中风，再没有任何创作。而负责圣伊萨克教堂的德蒙弗朗，不也同样嘴爪欲敝

彼得大帝铜像（彼得堡涅瓦河畔）

么？二十五岁开始工程，画下二十四套图纸，永远不参加宫廷或社交生活，很少外出，除了工作还是工作。六十五岁教堂竣工，开幕式前三个月逝世于彼得堡。

都说彼得堡的建城，是道德与罪恶双管齐下的。一七〇三年开始，工程铺天盖地而来，从全国各地直至边远地带，半强行招募了三十万人，砍树，筑路，筑堤，抽干沼泽，开运河，把水倒灌到河里。工人体力超支，住房食物供应不足，体弱者死去，就近掩埋，再运来新的人手。后来在彼得堡附近建楼，工地不时挖到骨殖。但于彼得，要么是建城，以抵御瑞典和奥斯曼入侵，要么是带兵去打仗。他选择了前者。建一座防卫城的同时，顺便将俄国欧洲化，将俄罗斯从拜占庭赶回到欧洲营地。绰号“木匠沙皇”的大君，建城期间亲力亲为，住在工地上一座木屋里领导工程。大仲马说：“彼得忙着建城，没有时间去建一座房子。”这个“北方的罗马”，又怎会不既美丽又悲怆？作家们不喜欢它，因为它是从大自然手中强夺过来的？因为它反自然，太人工化？因为它建在人的骨殖上？或者，什么也不为，不喜欢就是不喜欢，作家嘛，你以为他们是好侍奉的么？

一如《仲夏夜之梦》来自夏夜，一个充满传奇的背景不会不滋生梦想。从十八世纪开始，作家、诗人纷纷从俄罗斯深处冒出，普希金领着他的《青铜骑士》跑在最前面。紧跟在白夜城的创世纪之后，是文学的创世纪；原来这个从梦想中产生的城，也是梦想的摇篮，它充满艺术挑战，给俄国文学起了催化作用，影响既诗意、玄秘，又深远。作家们不约而同地把它与文学连结起来，向这个神秘而势危的司芬克斯发问。

曾记当初，彼得堡被称为“北方罗马”“北方威尼斯”“北方巴尔米拉”，都不是它自己。冬宫、海军总部、圣伊萨克教堂、彼得铜像，都巍巍立起来了，在那个世界中，有殿堂，有冰封，有解冻，有白夜，有黑昼，但没有一个统理一切的神。直到一八三三年，普希金的长诗《青铜骑士》出来了，一个与现实平行的精神世界就出来了，白夜城的创世记才真正完成。“面对荒寂的浪 / 他凝视远方 / 脑袋充满崇高的思想”，“涅瓦河穿上花岗岩外衣”，彼得大帝的气势和彼得堡的面貌一笔画成。日后只要谈到彼得堡，都必须从《骑士》出发，从最初的建城出发。彼得堡终于成为《青铜骑士》之城。

这个城，有陀思妥耶夫斯基的潮湿而令人恶心的院子，空空如也的饭桌，半腐的麦秆。在寒冷和饥饿中统治着的，是贫穷、不幸、罪恶。它是陀氏认识人、研究人、塑造人的工场；果戈理将闪闪生辉的背景，作为可怜的小人物的残酷世界，就有《疯子日记》《鼻子》《涅瓦大街》里面的彼得堡人物，他们肤浅、平庸，却虚荣、野心，在无意义的忙碌中耗尽生命，都是些死去的灵魂；比耶利写彼得堡，就像乔伊斯写都柏林，该城的势危，使他产生了最辉煌的毁灭幻觉；曼德尔施塔姆描绘了革命前彼得堡最后的莺歌燕舞，后来死于海参崴。

法国作家也喜欢到那里看看。莫朗（P. Morand）一九二五年到苏联，住在欧洲大酒店，有过独特的经验："酒吧是空的。偶然准备一客较精细的饭餐，就得端到房间里吃，以避开警察和税务官的耳目。在走廊能够看到的，只是装冰的小桶。"鱼子酱、小鲟鱼、羊排，皆以秘密通道送到外国客人嘴里。

一九三六年，塞利纳（L. F. Céline）先后两次到该城，觉得"这是世界上最美丽的城市，但讨厌它的官僚、秘密警察、医院的破烂、'一滴一滴淌出的痛苦'、可憎恶的俄罗斯贫穷。"还有它的腐败，精神堕落。在欧洲大酒店门口叽叽喳喳的人，是来做生意的："在列宁格勒，围绕着酒店，你作为游客，人家可以把你从头买到脚。"

读者们跟着作家的笔，去感受文化艺术的同时，也通过他们的三棱镜，去认识、去了解不同时期的城，去穿透它的秘密。

瓦莱里认为，俄国的十九世纪是人类历史的三个顶峰期之一。这个观点，也必须从那个梦想说起，一如谈起古希腊文明，就必须从爱琴海岸的荷马等几个异人说起。但古希腊文明的诞生和文艺复兴距离我们太远，唯这座石头城，还可以将我们送回到建城年代，让我们听听斧凿之声，看看当年从帝王到艺术家、建筑师，直至普通工人，如何为实现一个梦想而嘴爪欲敝，看到一个文明是怎样诞生的。你知道建筑物上飞楣走檐的线条的轻快、飘逸，都有着搬运那块石座的沉重。

弗洛伊德说："一个没有梦想的人，是死去的人。"梦想加行动，可以创造故事，创造奇迹，使人为自己骄傲。你从莫斯科乘船出发，通过运河系统，可以到达白海、波罗的海、黑海、里海、亚速海，莫斯科成为"五海之港"。但这个奇迹不使人骄傲。记得游船在伏尔加河优悠地行进时，你为两岸莽苍、野性、玄秘的原始空间迷醉不已，忽然，迎面来了一座半淹在水里的小楼，身躯危危欲坠，似有所诉说。导游很快就向游客解释，说这是从前的"三一教堂"的钟

1930 年开凿运河淹没的村庄（伏尔加河—波罗的海运河）

楼，三十年代为修筑伏尔加河-波罗的海运河，并与一个人工湖连起来，将这座教堂和附近不少村庄淹没了。沿河水闸无数，每一道闸皆由囚犯所建。从莫斯科到圣彼得堡的水路，可以看到好几处建筑物被水半淹的景观。为开凿白海和波罗的海之间的运河，所使用的囚犯，一九三一至一九三三年之间，死去了二十万人。比起当年彼得大帝住在木屋里指挥建城，叶卡捷琳娜参与巨石的搬运，真不可同日而语。

据荷马史诗，那不勒斯附近弥漫着薄烟的阿维尔那湖畔，有一处地方是地狱的入口。但于当年的囚犯，这一片由河流、运河、湖泊和五海连成的水域，到处都是他们的地狱的入口。

二〇〇七年三月

城在水云间

法国谚语有谓："巴黎不是一天建成的"。一座城往往由小村小镇逐步发展而成，是一件长时间的复杂的作品。除却石头、木块、金属的大堆砌，还交织着历史、文化、思想、艺术，以及一代代人的时间经纬线，是长期的文明发展的果实。然而，一七〇三年的一天，彼得大帝在涅瓦河口的"野兔岛"上，取下一个士兵的刺刀插进泥地，说："这里将要建一座城！"

一八一二年俄国人为抵御拿破仑入侵，实行坚壁清野，将莫斯科一把火烧掉四分之三，二十万座房子当中，有十三万座灰飞烟灭。"莫斯科不相信眼泪"。要怎样一个可怕的民族，才忍心亲手将世代建起来的城池毁于一旦！而彼得大帝下一道圣谕，要在他的有生之年建一座城，仿佛他要堆砌的，只是孩子家的玩具积木，这不也同样可怕么？必须是疯子皇帝，才敢于做这样一个梦：在波罗的海边缘，在密布原始森林的二百多个烂泥潭小岛上，一口气建一个人工天堂。

这个来自一个人的宿命般坚强的意志，来自一个人的计划的皇城，在几乎不可能的条件下，在道德与罪恶双管齐下的情况底下，一股作气地建起来了。它就是以"北方威尼斯"闻名于世的圣彼得堡。着手建城之前，彼得大帝在欧洲游历了十八个月，从阿姆斯特丹到伦敦，从巴黎到威尼斯，逐个城市考察，把一个梦一般的计划带回俄罗斯。建城期间使用农奴，而绰号“木匠沙皇”，永远亲力亲为的彼得大帝，为指挥工程，就近住在工地上一间木屋里。一座皇城就这样建起来了。三百年来，它屹立在芬兰湾上，将身影投在蓝天、白夜或黑昼的半明半暗中。经过叶卡捷琳娜二世给它的艺术装扮，比起彼得大帝当年的设想，还要富丽堂皇。

三百年后，来了我们这些乱七杂八的游客，让导游前呼后唤赶进城，在廊柱林立、拱顶金光璀璨、箭塔和十字架高耸云霄的宏伟建筑群中，在树影婆娑、塑像错落分布的宽阔无朋的广场中，在长达五公里的涅瓦林荫大道中，在高达一百零一点五米的圣伊萨克大教堂的阴影下，人都变成了蚂蚁。你到处走走停停，乡巴佬般瞻天望地。当你自以为见识不浅，原来还有事物使你惊奇。你习惯了在不同时代，以不同风格建起来的城，楼房或高或矮，美丑并肩，都是些随意摸索的果实。而这里的一街一角，绝非偶然产生，都是从彼得大帝以来，以皇家的意旨全盘规划的统一体。它拥有“北方威尼斯”“北方罗马”的美名，而另一方面，大家也觉得它人工化，虚假，缺乏人间味道。果戈理觉得它发出幻觉与疯狂：“当魔鬼将街灯点燃，只为将一切非真实的面目显示出来”；陀思妥耶夫斯基则认为是“世界上最造作的城”，脆弱得将会像海市蜃楼般消逝；大仲马说“它的大街小巷像鬼节时公墓里的通道”；亨利·特洛亚将它看成“一个最大的幻影之城”。

一个最富想象力的大君建起来的城，得不到善于想象的文人喜欢，皆因两者的视觉没有相交点。普希金希望彼得堡是“开向欧洲的一扇窗”，好让西风吹进来。但皇帝要的首先是一道门，一道通向波罗的海的门，以便将脚丫泡到水里，就是说，要他的舰队能够驶出国门，来对付奥斯曼和瑞典，然后才是窗，有助于他全盘西化的窗。他不喜欢莫斯科太多的拜占庭，要另建一个“北方首府”。俄罗斯原来就在东西方之间摇摆不定。如果说莫斯科总在觊觎东方这个“女郎”，彼得堡干脆将它的西方“情妇”带到家里。建城时彼得大帝从意大利、荷兰、法国、丹麦请来建筑师，以荷兰为首选，因为他曾经匿名在一艘荷兰船上当海员。他要把在西方逗留时期的西方感觉、西方意识，变成一个可触摸的现实世界。

然而，一座城的面貌如何，是美是丑，是虚是实，是平凡是伟大，还得文人的笔来点化。笔杆是一根撩火棒，可以将一盘火拨旺。第一个将彼得堡这盘火撩旺的是普希金。一七六八年，叶卡捷琳娜二世为纪念彼得大帝，要为他立个雕像，法国雕塑家法尔科内被任命主持这件工程。十多年后，一座庞大的迎风立马的彼得大帝铜像，就竖立在涅瓦河畔的上议院广场上。到普希金写下长篇叙事诗《青铜骑士》，彼得堡的传奇从此开始，它变成了“北方的巴尔米拉”，“涅瓦河穿上花岗岩外衣”。诗人详尽地描写这个城，深情地歌颂这座忙于不断结冰、解冻、嵌在水云间的石头城。它的地位，它的沉重，它的脆弱，它的千变万化的大和谐，都从他笔下出来了。若非普希金的笔，圣彼得堡不会是今天的样子；若非诗人这首长诗，这座城不会有与现实平行的精神世界。普希金使白夜之城从现实走到神话。从此，它像威尼斯，成为廉价出售梦想的地方。

彼得堡不使作家们喜欢，却给他们无尽的写作灵感，成为他们笔下的故事背景，虚构人物就活动在大街小巷中。果戈理的巴什马

圣伊萨克大教堂（圣彼得堡涅瓦河左岸）

奇金就穿着他的旧《大衣》，走过寒风刺骨的大街去上班，后来的新大衣又在街上被抢；陀思妥耶夫斯基的《罪与罚》中，哈斯科尔尼可夫把当铺女老板杀死后，向涅瓦河走去，想把口袋里的东西扔掉，突然又想："为什么要涅瓦河？为什么要扔到水里……"；比耶利的《彼得堡》，想象更荒诞离奇，他让彼得大帝的铜像在山崩地裂、平地起伏波动的世界末日中飞奔。马蹄无处可着陆，失落在黑暗和大空中，彼得堡最后沉落了。

这个城也像威尼斯，水云般不踏实，总有一个幽魂在骚扰："从海里走出来的城"，会回到海里去。既然涅瓦河水泡着它，波罗的海环抱着它，比科西嘉岛大两倍的拉加多湖在城外不远地方窥伺着它。而大自然又不会随便放弃权力，总不忘将它收回。说沼泽会重新出现，决非黑心肝。一八二四年冬季，涅瓦河发过一场大水，堤岸被淹，低洼地成泽国，洪水入侵到市中心，到十一月七日，水位超过平常警戒线达三点七五米。那时候普希金正流放南方，后来在《青铜骑士》中写了那场大水，称这个北方首府为“海底之城”。

不管这个散发着仙气的城，是否俄国人放出的既是最初、也是最后的一把灿烂的烟花，三百年来，随着名字的不断更改，它经历过一切，尝试过一切，是一幅又美丽又悲怆的卷轴画。从华灿的皇宫、帝皇、女皇的故事一直下来，它既是艺术和艺术家之都，孕育了俄罗斯文学，普希金、果戈理、陀思妥耶夫斯基，就从时间的深处冒出。它也是外国作家向往之地，伏尔泰从来没有到过该城，但他梦想它，描写它；诗人奈瓦尔也从未到过，但他的《奥蕾利亚》(*Aurélia*) 却歌唱它；大仲马一八五八年才亲临该城，而一八四〇年就根据格里西耶的叙述，详细地将它描写，仿如已经到过。在那个无忧无虑的歌舞时代，柴可夫斯基的《叶甫盖尼·奥涅金》《黑桃皇后》，巴甫洛娃的足尖，将歌舞升平的世界推至顶峰。

那天晚上，我们在冬宫歌剧院看过芭蕾舞《吉赛尔》，带着满脑子的脚尖跨出门槛，蓦然抬头，看到白夜的涅瓦河上升起灿烂的烟花。那时候，你仿佛又回到那个莺歌燕舞的时代。尽管一九一七年炮打冬宫的阿芙乐尔号巡洋舰，还作为历史遗物停泊在海军学院的河段上，过去七十年的严峻岁月，仿佛被遗忘了，都在烟花中消散了，但随着一九九一年市民投票恢复圣彼得堡的旧名，一九九八年在彼得保罗大教堂安葬末代沙皇一家遗骸，或者以一个括号将它括起来了。

但遗忘谈何容易。作为游客，我们只想看到一个超然于历史之外的美丽之城，但几位导游都向我们旧事重提，从自身经验谈起。谈过去当导游的苦处，不能随便说话。谈当年住公屋的苦处，十几二十户人家挤在一处。厨房、浴室、厕所公用，浴室里贴着一张各家各户使用浴室的时间表。公共地方没人管，灯泡坏了，你如厕、洗澡或做饭，就得自己带灯泡去，用过以后将它带回来。

他们也一再提起贝高和娜达利的故事，这个故事发生于苏联时代。贝高（Bécaud）是法国流行歌星，到过苏联旅行后，写了一首歌《*Natalie*》，叙述他在莫斯科与女导游娜达利的浪漫故事，一起游红场，一起到普希金咖啡馆喝咖啡，然后在大学生宿舍单独相会。一九六二年贝高个人演唱会后，歌曲流行一时，法国、比利时等欧洲国家也时兴起来了，因而引起苏联当局注意。旅游局向娜达利查询，她说没有此事。几经审查，还一再请人作证，证实自己的清白。事实当时没有普希金咖啡馆，也没有两人单独幽会，全是这个贝高故作浪漫，惹是生非。苏联解体后，一位头脑灵活人士，果然在莫斯科开了一间普希金咖啡馆。因着《*Natalie*》这首歌，生意兴隆。从法国去莫斯科的文艺界人士，都到那里去喝一杯。法国总统希拉克和普京也曾经一起到那里进餐。

现在俄罗斯人意识到，要遗忘那段历史，必须走出乌托邦，返回到十月革命之前。旅途所见的教堂、皇宫，里外修缮得焕然一新，金璧辉煌；地名改回从前的叫法；在名胜前为旅客奏乐的乐队，穿的是皇朝时代的传统服装；被俄国人誉为开国大君的彼得大帝，塑像前堆满鲜花；叶卡捷琳娜二世也被推到前台，墙壁、杂志、日历、书签，都可以见到她的肖像。

你从莫斯科走到圣彼得堡，沿途看到漫无边际的原始森林、原野。失落在平野、山头、水边和林中空地的乡村，是俄罗斯的深邃空间。那里人烟稀少，天、地、人同样孤寂。也许在那个世界中，俄罗斯人最能意识到自己的根，最能深切地感到根深蒂固。只要看看脚下的土地，就知道应该怎样生活。唯有土地和教堂的圆拱顶最具说服力。彼得大帝当年努力西化，将俄罗斯带入了现代社会，却留下一场没完没了的东西方争吵，一直延续至今天。最近一项民意测验显示，超过半数的俄罗斯人，尤其年轻人，不希望西化。无论文化、宗教、价值观念、饮食方式，都希望保持俄国式。俄国人的俄罗斯意识特别强。索尔仁尼琴当年流亡西方世界，总是感到不自在，自有他的历史原因。

什么全球化？没啥意思。他们无意借助外力来发展经济，内外有别，东西分明。连没有国界线的艺术，也黑猫白猫不能混为一谈。无论在莫斯科或圣彼得堡，同一种艺术，都设有两个博物馆，一个展外国作品，一个展本国作品。莫斯科的普希金博物馆留给梵高、马蒂斯、毕加索，托里托拉可夫（Tretrakov）博物馆则陈列俄国作

克里姆林宫的普京办公大楼

品；圣彼得堡方面，“冬宫博物馆”留给欧洲各国，三十万件俄国作品，则收藏在一座以皇宫改建成的“俄罗斯博物馆”里。

虽然内外有别，我们这些乌七杂八的游客，却可以进入克里姆林宫范围，在普京的办公大楼门前走过，只隔着一道铁栏栅，中央的铁门大开，不时有人进出，门边站着一个普通工作人员，脖子上挂着一个哨子。平民与权力中心之间，没有围墙，没有五步一哨十步一岗的持枪警卫，即使作为游客走过，心情也特别宽松，难得的是，普京对自己充满信心。

说圣彼得堡水云般不踏实，但三个世纪以来，本身就是一个活生生的历史博物馆；说这里的白夜代替了黑夜，大家还是按照日夜的程序来生活；说它像俄罗斯式的谎言，时而梦一般轻飘，时而石头一般沉重，但俄罗斯人正在努力找回历史的真面目。

二〇〇五年十月

秋天去到直布罗陀

薄雾秋晨，你从刚停泊好的游轮往外看，海天一片明亮，但奇特的是，你眼前横着的石头山直布罗陀，却像暗夜将临，整一座山头乌云压顶，一股肃杀气氛冲击你的神经。你指望看到秋山红叶，好挽住一时秋色，也真是徒劳。虽说乌云结聚也是一种景观，但不曾见过更沉重、更郁闷的风景了。“黑云压城城欲摧”，海峡仿佛已经战云密布，危机四伏，战事快要一触即发。

直布罗陀全景

别做白日梦了，朗朗乾坤，何来战事？这个发生过无数战争的兵家要塞，眼下也像世界各地城市，将旅游业当成一座金矿，只有银子忘不了。打着不同国家旗号的大小游轮，络绎不绝地在这里泊岸，单是泊岸的收费，就足够你加减乘除。一群群像我们这样傻乎乎的游客，鸡鸭般被赶上岸。每年来看这座阔一公里、长五公里的石头山的旅客，达三百五十万。竟不曾闹陆沉。

达达尼尔海峡、博斯普鲁斯海峡、眼下的直布罗陀，当初你在地理课上向往得遐思万种，如今旅游业突飞猛进，普罗大众远游像出门逛大街，东奔西闯，见识爆炸，代替了遐思万种，惊奇神经反而萎缩了："不就是这么回事么，又有什么呢？"什么咽喉位置，兵家必争之地，与己何悠哉？统统扔给兵家去。大家要的是新经验、新发现、新视觉；还要好看，要刺激，要使你惊喜。现在你眼下那座石山头，远看近看都只是一座大黑山。顶上那堆云，黑沉得不成理由，山脚下密重重的高楼大厦，也黯然得教人懊恼。这座山头位于西班牙最南端，是从一公里半的沙堤伸出来的半岛，面积只有五平方公里，却聚集了三万居民，像煞一个黄蜂窝。你从手中的望远镜往外看，只见防波堤里面泊满了大小船只，海域上有飞机场，一眼就可以看出，飞机场是填海筑成的。岸上屹立着城墙、城堡，山顶、山腰都安置着大炮，你的游船就在它们的射程以内。之前，你曾经想象它是个荒凉、幽邈的去处，现在抢到你眼前的是挤塞、喧闹，是杀气腾腾。若非直布罗陀也要从旅游业中发点财，你休想靠近一步！导游B小姐一早就告诉你，这里是地中海的十字路口，兵家要塞。杀气不就是要塞的含义么？为介绍这座特殊的山头，她先后给你背了十页网络上、旅游册子上都能找到的资料。

但这就是她的工作、她的职责。就从摩尔人入侵开始，一直顺流而下，直到一七〇四年西班牙发生了“承继人之战”，英国人赢得了这场仗，直布罗陀从此归英国所有。是么？且慢，导游小姐，好像与事实有点出入。不错，当时法国支持其中一个承继人菲腊第五，因为他是法国人；另一位承继人是奥地利的查理三世，请英国、荷兰出兵支持他。交战的结果是，英荷联合舰队将法国舰队击败了，得胜的英国佬脸色说变就变，将查理三世撇过一边，自行黄袍加身，及时升起了英国国旗，从此直布罗陀划入英国版图，查理三世白白引狼入室。但这又有什么奇怪呢？政治从来不讲仁义道德，历史自古以来就肮里肮脏，多少大事小事就在糊涂账中混过去，永远说不清。B小姐是蒙在糊涂账里，还是不便在英国人统治的地方说英国坏话？咱们的游船靠岸时，不也煞有介事，在船上升起英国国旗么？

你跟着旅游车登山。登泰山而小天下？好像不是。越是上升，景观反而逐渐开阔，扩大，伸延，可以无休止地看到海平线。直布罗陀与非洲距离只有十四公里，晴天时候从山上可以看见摩洛哥海岸。一个世界在这里结束，另一个世界从这里开始，直布罗陀成为欧洲和非洲的分界线。是谁将两大洲分开的？据说是希腊神话中的大力士埃居尔。一个神话，海峡就被纳入到希腊人的精神世界中。从地中海进入大西洋，这里是必经之路，一峡当关，自有它的辽阔处。但如老庄所说的“材之患”，事物一旦有用处，远离祸害就难了。作为“西班牙锁匙”，作为世界战略要塞，直布罗陀因而变成了个屠场，从古到今不缺少血腥和硝烟味。公元前九五〇年，腓尼基人和迦太基人就来过，后来是罗马人、哥特人、撒克逊人、摩尔人……可怜的西班牙，总没法抓牢这把“锁匙”，一时在手，一时丢失。到一七〇四年，遇上英国这个强大的对手，就彻底丢失了。但不等于山头从此平静，西班牙对它的大包围先后发生过两次，一七七九年那回长达四年。一八〇五年拿破仑想穿过海峡直捣英国，就有特拉法尔加（Trafalgar）之战。这场仗以悲壮留名于世，法方将领维尔纳夫被俘，英国佬赢得了这场仗，但统帅纳尔逊被击毙了。

你被导游小姐口中的战事弄得一脸仓皇，几乎要变成感觉派了，嗅到火药味了，看到海面上的盔甲粼光了，听到号角声震天了，真是白白戕害了咱们的游兴！更使人了无游趣的是参观炮台、纪念碑和陵墓，什么“魔鬼之舌炮台”，什么“特拉法尔加之战墓园”、“直

从山洞远眺直布罗陀及其海峡

布罗陀士兵纪念碑”、“城市烈士纪念碑”、“第一次大战美国士兵纪念碑”……正是世代兵家世代仇，仇恨未了，愁已凝住，直布罗陀的历史和记忆，就沿着墓碑走。自古以来，为这个兵家之地死去的人有多少？如果都葬在山头上，一旦有人在坟墓里转个身，换个姿势，恐怕就会将别人挤落海。单是特拉法尔加那场只打了一天的仗，法方就死去了七千名水手。正是“白刃交兮宝刀折，两军蹙兮生死决”。英方统帅纳尔逊受了重伤之后，还支撑着关注这场仗，得到英方胜利在握的消息后，才溘然闭目。逝世后用酒泡着尸身防腐，等待时机运回英国下葬。英国人既喜且悲，欢呼胜利的同时，也为殉职的统帅哀伤不已。但有谁比统帅的红颜知己汉密尔顿夫人更肝肠寸断呢！

为保住要塞，历代占领者千方百计使山头变得能攻能守，宜活宜居。到英国人手里，阔一公里、长五公里的石山里面，所开凿的地道竟达五十公里。地道寒森森，不断从石壁渗出水滴，地上到处湿漉漉。五十公里的地道中，开放参观的只有两公里，但弯弯曲曲，纵横交错像迷宫。当年开凿地道的目的，为的是居高临下打击靠近山脚的敌人，因此，地道里面到处设有炮眼。从不同的炮眼往下看，海峡的地势和海岸线一览无遗。一炮当关，谁也休想穿过海峡。石山里面除了人工开凿的地道，也有天然石笋室，小型的天然湖，具有音响效果的拱形石室。传说中还有无底洞，有直通非洲的地下通道，曾经有两名军官在地道里面失踪，永无踪影。山上有多少座炮台？不知道。其中一座炮台，竟放置了七尊大炮。此外，还有音乐剧院、乐室、冷藏库……二次大战时还开辟了临时医院。

西班牙对鼻尖底下的直布罗陀的丢失，一直耿耿于怀，从未放弃过收回的愿望。一七七九年最后一次武力收回未果，到二十世纪六十年代，联合国提出“非殖民地化”，一九六七年直布罗陀举行全民投票，否决了回归西班牙。所谓全民，还不都是英国人？能够骗谁呢？西班牙以关闭边境作为报复，不奏效，一九八〇年才重新开放。一再包围、一再关闭边境的结果，英国人反而将整座山头武装到牙齿，直布罗陀变成了一座军事堡垒。如他们所说，坚如直布罗陀的岩石，拥有一切防守、攻击和生活设备。石山以外的地底，亦已变成一座地下城。地底寒森森，外面的天空又阴又冷，气氛显得沉重而严峻，每分钟都像要发生战事，每个人都像忙着备战。不，这个地方不会给人幸福，你感觉不到人体的热量，不会联想起孩子的笑脸，有的是扫不尽的山风阴霾。

汽车向上攀爬，到了一定高度，速度越来越慢，好像要提防些什么，等待些什么。忽然，几只猴子冷不防从一堵墙头上跳上车顶，攀在玻璃窗外，向车厢里的游客龇牙咧嘴；另一些则从大路上冲过来，汽车被迫停下，它们绕着汽车转悠，或者干脆坐在地上拦着去路。旅客忽然骚动起来，惊奇地大叫大笑，仓皇之气一扫尽散。善哉善哉，这块冷硬严峻之地，原来还藏有这一手！大家举起相机拍照，咔嚓咔嚓，都嚷着要开门下车。B 小姐这才宣布，不要接触猴子，不要给它们喂食。下车后一路步行慢走，只见大路上、栏杆上、围墙上、一尊尊炮口向着海峡的大炮上，都有着上蹿下跳、眼睛圆溜溜的大小猴们，都像水帘洞里孙悟空那些“小的们”，又轻盈、又快活。它们鲜蹦活跳地在游客的脚跟前后凑热闹。司机先生进出汽车，要看准时机，每分钟都必须提防它们钻进车厢，闹成大事。你想起《太平广记》中那只“野宾”，又淘气，又可恶，爬上主人家的屋顶，将瓦片逐块拆出扔到地下，来对抗追捕它的人！现在就有一只调皮鬼，冷不防冲向一位女游客，把她手里的纸头一闪间抢走，撕碎，扔掉，惹得大伙哗然大笑，问道，撕碎的可是护照？

不能触摸，但拍一张合照总该可以吧？一位女士走近几只蹲作一处的猴子，还未摆好姿态拍照，谁知一只小不更事的淘气鬼，冷不防跳到她的肩背上，抓住她的头发。大家喧天哗地，不得了呀！不得了呀！它要撒尿啦，它要拉屎啦，它要抓虱子呀！小猴儿无动于衷，滴溜溜地扫了大伙一眼：怎么？我会拉屎？会撒尿？我说呀，你们这些人才不开化，才真正无聊，才真正下流呢！

如果猴子能说话，真会道出人在这个山头上的一千种无聊，一千种下流！它们是这个半岛的最早居民，目睹了从古到今发生过的战事，最具有资格作直布罗陀的见证。猴子原籍对岸非洲，在自由广阔的天地中，过的是孙大圣大闹天宫的日子，一个筋斗就翻了十万八千里。撒尿为记，几泡尿就建立起自己的王国，哪用得着“尸填巨港”，醇酒泡尸？据说是摩尔人时代，将它们当宠物带来这里的，依旧让它们在野外生活，自行繁殖。也许是“几曾识干戈”，连绵的战事使“猴口”不断下降。到二次大战时，已濒临绝种。就有好事之徒充当活神仙，放出消息，说“猴子一旦绝迹，直布罗陀就不再属于大英帝国了”。谣传一出，将个丘吉尔吓得连忙下令，派人到对岸摩洛哥弄了二百五十只猴子回来，及时放到山头上。说到迷信、内心脆弱，原来大人物比起小人物有过之而无不及。既然英国佬相信猴子是他们的吉祥物，只好委屈一下自己，与它们继续共生。猴儿们也真是丰衣足食，吃的是你饭桌上的白面包、橙、苹果，有专职兽医照顾，不怕生病，不用害怕它们将怪病传染给人。

如果说，雅典的卫城山头与落日的搭配，有着灵异的自然之韵；广袤的沙漠与骆驼队的驼步叮当，透出造化沉潜的灵秀，它们之间的配合都走到了绝处，那么，直布罗陀与孙大圣们，搭配上头也堪称一绝。轻快活跳的一群群野宾们，何止冲淡了山头上的火药味，没有了它们，简直不是个地方！不过，你们这些野宾还是要好自为之，虽然身沐皇恩，最好不要恃宠而肆无忌惮，要学点礼貌，还要修养一下，使自己变得有教养些才好。比如，不要跳到女士们的肩头上，不要抓住人家的头发捉虱子，不要抢走旅客的纸头撕碎才好哦！

二〇〇八年十一月

给里斯本捎个信

游船从意大利开出，经西班牙到葡萄牙，沿着地中海岸走经萨沃纳、巴塞罗那、马拉加，再穿过直布罗陀海峡到加的斯城，一路上你有的是地中海感觉。唯是转到大西洋，进入到塔古斯河口上的里斯本，看到“四月二十五日桥”，看到河口上高度几达百米的耶稣像，你被某种情绪干扰了一下。你企图不在乎这种情绪，随便让它过去，不成，这个地方决非从来与你不相干，走过以后也永远不相干。你想起眼下这个面向大洋、一切活动都与海洋有关的国家，它的子民曾经从海路去到澳门，成为澳门的租客，一住四百年。四百年的岁月，是一张很长的记忆卷轴画了。到一九九九年归还中国，历史翻过一页，到现在即将进入第十个年头。这时节，你刚好有机会走走葡萄牙，尽管是顺道走访，也自有一番情绪。

作为一个家乡与澳门同属一个县、小时候在那里生活过的炎黄子孙，来到葡萄牙的首府，想对里斯本人说的第一句话是：澳门还好，还在你们离开时候的位置上，没有动，在珠江口西侧。城里的大三巴、白鸽窠花园、妈阁庙、炮台等依然如故，保护得很好。不过，说没有变动，还是动了。为建国际机场填了海，这个你们也知道。眼下填海工程还在继续，土地不断地增加。机场在你们走后竣工，飞机可以到达国内一些城市和东南亚某些国家。一个仅仅五十万人的小城，却拥有一个飞机场，算得上豪华了。比起里斯本，谁更豪华？要说清楚也难。在塔古斯河口上，我们看到担当岗哨角色的贝林木塔（Belém），反映一个面海国家的航海业绩的探险家纪念碑，商业广场上的凯旋门，还有贝林木王宫、议会大厦等沿岸名胜，城内的克吕斯王宫（Queluz）、圣母马利亚教堂等古老建筑物，都挺华丽的，还冉冉散发着殖民国家的富贵气。唯是七个山丘上的民居，横街窄巷间不少屋宇显得陈旧，破落，外墙石灰掉下，露出砖块。电线、天线纷乱，阳台晾着“万国旗”。不好意思，挑这个毛病。它不像澳门，没有一群群从地上拔起的新建筑，没有气势不凡的赌场，没有旋转餐厅，欧洲国家不时兴这个。然而，你们的殖民地曾经遍布拉丁美洲、非洲，巴西、安哥拉、莫桑比克、亚速尔群岛、绿岬……当年就不知道运过多少黄金回来，在港口上一箱箱搬上岸。这是的士司机N先生说的，还将那个码头指给我们看。六十万人的里斯本，怎么没有用黄金包装起来？葡萄牙在西欧国家中经济显得拮据，不少人到法国找生活，做泥水匠、园务、家庭工等等，他们在法国的声誉非常好。而澳门呢，失业率几乎等于零。

香港回归后，马照跑，舞照跳；澳门呢，狗、马照跑，钱照赌。美国佬在氹仔建起了威尼斯人赌场，还有金沙赌场，澳门的赌业已鼎足三分，越赌越起劲，越赌越出息，越赌越发财。银角子多起来了，实行储财于民，三千、五千分派到每个居民头上。皆大欢喜。回归后高楼建越多。地方浅窄，气派却有点像大都会。

如果你们想了解更多，可以亲自回去看看，不时回去走走。可以自己去，拖男带女去，与朋友成群结队去。回去的时候，不必踮起脚尖静悄悄地走侧门，不妨大摇大摆从正门走进去：“哈啰，我们是以前这里的‘红毛鬼’，现在回来走走。”“红毛鬼”是澳门人给你们的别号，而你们自己也开口闭口自称“我们这些鬼”。中国人觉得挺逗趣，大家的距离反而拉近了。回去的时候，你们的语气或笑容可能不太自然，放弃一个地方撤回老家，到底不是一件喜庆事。但心里不要存芥蒂，相信也不会有芥蒂。任何一户人家，听说“红毛鬼”回来，都会乐于打开门，给客人斟上一杯茶。因为大家没有发生过正面冲突，倒是你们赔上了一个澳督。也是一件大事。泄愤出自民间，我们不便说什么。谁叫你们来的呀？不过，来了就来了，来了就有另一番风景。一个从来没有葡萄牙人统治过的澳门？不曾设想过。中国人大抵没有怨愤，大体上好来好去。作为住客，你们走的时候，墙壁上没有打洞，地板没有撬起，玻璃没有砸碎，门是门，窗是窗，灶台抹得干干净净，都很妥帖。日子有功，澳门也从一个小渔村变成一个都会。哪像土耳其人，一四五八年，雅典落入他们手的时候，奥斯曼的一位苏丹穆罕默德二世，还为雅典城的辉煌宏伟惊叹不已。但他们却将雅典娜神庙改为清真寺，后来在里面存放火药，被威尼斯人围攻时，中弹炸毁，经过数百年风吹日晒，变成了今天的废墟局面；公元前五世纪建成的卫城山门，也用作火药库，最后炸得无影无踪。雅典城一再被劫被烧，整个希腊莫不如是。一八〇六年，夏多布里昂到希腊，在随笔《从巴黎到耶路撒冷》中，对当时的情况有所记载。帕罗奔尼撒半岛上的拉科尼亚（Laconie），曾经是一个强大王国，但夏氏看到的情景是：“整个拉科尼亚区域已经荒芜。炎炎烈日静静地将坟墓的大理石晒得如焚如煮。当我看到这个荒凉景物时，没有一棵植物为残墙败瓦作装饰，没有一只鸟儿，没有一条小虫来给它一点生气……一个废墟预示着更多的废墟。”到一八三〇年希腊独立，雅典变成一座小村落，几百间平房，居民约四千人左右。现在希腊还是西欧的穷国，连废墟也所剩无几。要看古希腊，还得到西西里去。

想起可怜的希腊，咱们真是心平气和得很。一五五三年你们来到广东香山县属地“妈港”，在那里登陆，要租一块地做仓库。千里万里从海路来敲响澳门的大门，并非偶然事件，因为从十六世纪中开始，欧洲殖民风起云涌，都向外边捞银角子去了。一五四三年，你们已经去了日本的种子岛。后来西班牙殖民阿根廷，英国开始到印度，法国人越过大西洋到美洲加拿大。你们看中妈港，相信这片沿海地方有利于你们做买卖，方便存放货物和中途歇脚。眼见心谋，自有你们的打算，你们的道理。而于嘉靖皇帝，那片地方是鞭长莫及，是住着“南蛮子”的“瘴疠地”。“逐客无消息”，是一贯放逐罪犯的边疆地带。妈港当时只有几户渔家吧？既然有人上门来，肯从腰包掏出银子交租，何乐而不为？皇上一拍板，澳门的故事，中国人与“红毛鬼”的故事就开始了。开始得很平和，没有枪来弹往。不过，鸦片战争后，如果咱们没有记错，你们好像开始赖租，或者是，“忘记”了交租，以后再没有缴交过一个银角子。然则，在咱们枪炮当头的年代，赖租也算得上君子行为啦！澳门给你们带来好处，逐渐发展成为一个城市。幸好绝非单向行车，中国后来大批的丝绸、茶叶、漆器，就从这里输出。输向欧洲的瓷器也从这里出发，成为中国瓷器西行的最初出发点。一条与北边的丝绸之路平行的海上贸易之路，同时产生了。

澳门这个只有十六平方公里的地方，所负载的商业分量已经超重，但还嫌不够，传教士们又望着这个小小的目标，从西方泛海而来，希望从这里敲开神秘中国的大门。一五八一年，意大利传教士罗明坚进入中国前，先到澳门学习中文，了解中国的风俗习惯，接着利玛窦也去了。一五八三年，两位神甫一起从澳门进入中国，神秘中国的大门从此被打开了。后来所有传教士，如金尼阁、邓玉函、汤若望等神甫，都是从澳门上岸，再进入中国大陆的。澳门就这样成为西方神甫向中国传教的基地，成为中、西文化产生最初碰撞和短兵相接的地方，也成为他们向东南亚和日本等地方传教的基地。一九四九年后，时代变迁，教士们被先后驱逐出境，又按照来时路线返回澳门。因为无工可做，无教可传，只好从事文化工作，各国教士联合起来编写辞典，就有史无前例的《利氏大辞典》的问世，以中、英、法、匈、拉丁文等五种语言编成。从哪儿开始，又在哪儿结束，教士们这个大圆圈，也是在澳门完成的。

从清末开始，澳门还担当了一个庇护所的角色。孙中山当年闹革命，要推翻清朝，还得跑到澳门以行医来掩护身份，以便宣传革命思想，进行革命活动，这是一八九二年前后的事。日寇时代，又有多少人士为逃避沦陷跑到澳门；抗日战争之后，成为异议分子的庇护所。澳门关闸看尽往来不同政见的人。但所谓不同思想、不同政见，于你们是无知无觉的，谁来就庇护谁，无敌无友，一视同仁。总之，谁也不能指责你们藏污纳垢，除非你承认自己也是污垢。这个弹丸之地，容纳了中国人不同的政治思想，以及政见的分歧，谁对谁错，在你们眼里毫无价值。谁来就给谁方便。这种偶然碰撞所产生的后果，是大家不曾意想到的吧？

天旋地转，世事变化万千，殖民主义大行其道数百年后，现在已经走到尽头。“非殖民化”变成一种呼声。一切要返回到从前。联合国就来扮演这个敦促角色。今回走经的直布罗陀，联合国曾经提示英国人把它交还西班牙。但一九六七年直布罗陀举行了全民投票，三万居民投票的结果，是拒绝回归。英国人真不蠢，使出了这个绝招，其实生活在直布罗陀的，主要的不就是英国人么？西班牙以关闭边境威胁，不顶事，事情就不了了之，直布罗陀依旧在女王的统治下过日子。中国不时兴投票这个玩意。投不投，全不在话下，澳门始终要回归的。

澳门就这样在鼓乐喧天中回归中国。你们走了，没有葡萄牙人治理，澳门继续存在，生活继续运转，重要的是狗、马照跑，钱照赌。天没有塌下来。年年月月过去，还挺发财的哩。这个年头，大家最记挂的莫不是发财。不过，这倒叫人明白，世界从来就不会因为缺了某一个伟人，缺了某一派政治势力而停止运转，一如没有葡萄牙，澳门继续在运转，一如没有任何事物会妨碍地球的转动。所以，咱给里斯本捎的第二句话是，澳门的生活在继续，澳门人会理好自己的事。请放心。

二〇〇九年一月

多瑙河岸　法国幽魂

七月盛夏，你在罗马尼亚下多瑙河。游船的路线是从小城图尔恰（Tulcea）、多瑙河流入黑海的港口，向源头溯流而上。图尔恰位于三角洲地带，河道纵横交错，原始森林密密重重，稀有珍禽飞翔河道两岸，自有它的毓秀之气。密林里面住着一万五千人，有俄罗斯的东正教信徒，彼得大帝时代，有些人不肯割掉大胡子，不肯现代化，跑到这里来落脚；也有逃避兵役的和平主义者；有躲避当下现实的乌克兰人、库尔德人等十八个少数民族，以捕鱼，或收集芦苇卖给造纸厂为生。你来到多瑙河的尽头处，才知道这里有一个避世的"桃花源"。

离开图尔恰溯流而上，一路走经保加利亚、塞尔维亚、匈牙利、斯洛伐克、奥地利、德国，逐个国家上岸。如果你对古老的欧洲感兴趣，那么，你就沿着多瑙河检阅了河岸上的历史、故事、人物。都说，多瑙河之旅是在一条皇路上的漫步，从大摩拉维亚王国开始，到神圣罗马帝国，到持续了六百年的哈布斯堡王朝。皇路上，曾经走过古罗马皇帝图拉真的军队，查理曼大帝的大兵，十字军东征的队伍，也不缺少匈奴阿提拉的铁蹄，拿破仑远征军的血腥。现代的历史也不会给多瑙河少打下些印记，其中就有第一、二次大战，战后铁幕里面的沧桑，就有历史的碰撞和国家的分合。当年的南斯拉夫，现在已分成了塞尔维亚、克罗地亚、马其顿等七个小国。多瑙河两岸发生的大事，出现的大人物，大场面之大，与这条发源于瑞士黑森林、伸延三千公里后流入黑海的大河之大很相称，拿破仑当年称之为“河中之王”。

记得在图尔恰登船之前，先乘车到布加勒斯特。一路上你看到漫无边际的丢荒了的农田，杂草丛生，荒无人烟。你不明白为什么罗马尼亚人有地不耕，偏偏拥到巴黎来找生活。汽车进城后，另一种荒芜抢到眼前来，骡子拖着木头车与汽车并行，破破烂烂的民房，夹杂在齐奥塞斯库时代留下来的宏大建筑中。那时候，一般家庭只准住二十平方米，分成两个单间，隔音隔热设备都低于最低标准。街头的电线杆上，挂着由电线绕成的一捆捆电线圈，因为各家各户先后安装的电灯、电视、因特网等各自占一条线路，以致电线杆上盘根错节，形成独一无二的丑陋景观。这个从古老的色雷斯文化走过来的国家，竟将自己丢失了。

离开图尔恰之后，你的脚丫就跟着游船逆水而行，边走边上岸，一路看到古老欧洲的巴洛克建筑，造就欧洲文明的众多教堂，充满奥匈帝国记忆的申布伦宫，囚禁“狮心查理王”的废墟，其富丽堂皇可以比美皇宫的梅尔克（Melk）修道院……你在多彩而密集的拱顶、箭塔、圆柱、回廊中，去寻找在不断嬗变中的古老帝国的碎片。但不管是血腥、是沉重或金光耀眼，都属于过去。作为现代人，你更关心现代的欧洲。这个夹杂在古老世界中的空间，静悄悄地创造财富的同时，也织造了现代思想、现代艺术，这就有了歌德、伏尔泰、狄德罗的启蒙思想，有了莫扎特、李斯特、贝多芬发出的音响，有吉卜赛人的小提琴奏鸣。而斯特劳斯就以他的河、他的蓝、他的华尔兹，使多瑙河两岸跳起了舞。为什么说《蓝色的多瑙河》？其实多瑙河并不蓝。

你为看一条蓝河而来，却一路看到鹅黄、深绿、浅绿。到游船穿过“铁峡”水坝，然后是数座山头之间的急流，之后，就进入到塞尔维亚、捷克、匈牙利的河段，景观就跟罗马尼亚、保加利亚的农田、山丘的荒废，完全不一样了。广阔的平原上尽是小麦、葡萄、油菜，向日葵的生气勃勃，一片锦绣河山的气象。同是从过往走出来，却各有不同的步伐。德国和波罗的海国家，活气得像患了失眠症，忘记了睡眠，日夜追赶，要追回失去了的岁月；罗马尼亚和保加利亚，却像服了过量的安眠药，昏昏欲睡，总也睡不醒。那天去到保加利亚的港口瓦尔那（Varna），一位穿戴时髦的女士上船，介绍保加利亚的历史和经济，最后说：“过去我们干活不干活都一样，自然就不干了，结果咱们什么都不会做了。现在就慢慢学啦，希望欧盟来帮我们一把啦！”

绕过几个峡谷，去到斯洛伐克。作为法国游客，你想看看普雷斯堡（Presbourg），促使欧洲命运大转折的《普雷斯堡和约》就在那里签定。但找不到，原来已更名为布拉迪斯拉发（Bratislava）。这座多瑙河上的皇城，于一八〇五和一八〇九年，拿破仑两度进入，两百年来，这个矮子的巨大幽魂徘徊在上空，更改名字，是为驱散这个讨厌的幽魂，或者为洗擦皇城的耻辱？

抵达该城那天是盛夏，但气温是摄氏十一度。你蜷缩在单薄的衣衫里，疾步走进一座大楼，导游嘱咐不得录影，不得拍照，因为这里是市政府的办公地点。后来你才知道，原来这里就是当年的普雷斯堡的主教府。已经消逝的普雷斯堡的幽魂，出奇不意地砸到你头上来。一八〇五年，拿破仑在奥斯特里茨大败俄奥联军，就是在这座大楼里，与奥皇弗朗沙二世签署《普雷斯堡和约》。奥地利丢失了大部分国土，莱茵河左岸的国家归入法国版图，德国以南的小王国成为法国的保护国，持续了九百年的奥匈帝国从此解体。拿破仑进入到他的鼎盛时期，就因着一场只持续了几个小时的战争。参与这场仗的士兵总共十八万，其中五万人死去，还有效率更高的屠场么？这个得胜的科西嘉佬，就住进了离此地不远的申布伦宫。与联军签署和约前夕，他跟哈布斯堡皇室签署了“友好条约”，晚上以一场音乐会来作为日程的结束。

结束？不，多少事情还跟在后头。四年后拿破仑再次发兵普雷斯堡，再次住进申布伦宫，一住数月，不时在皇宫前面举行阅兵，一队队骑兵趾高气扬，在皇宫前面列队而过，高呼“皇上万岁！”就有胜利者的气焰迫人、战败者的屈辱。但所有这一切，最后归结为对一位美丽公主的捉弄。她就是欧洲最显赫的哈布斯堡王朝的公主玛丽·露易丝。国家的命运，拿破仑的飞扬跋扈，使年纪轻轻的公主感到不胜负荷，她给一位亲属写信：“我向你讲实话，看到这个人，于我是活受罪，比起所有殉难者的受罪还要痛苦。”岂料仅仅时隔数月，这个使她感到活受罪的“魔王”，竟成了她的丈夫。

一八〇九年底拿破仑从奥地利返回法国，已经是欧洲的主人，欧洲最有势力的人了。奥匈帝国被撕成碎片，奥地利双膝跪下，西班牙讲和了，英国么？就等什么时候将它扔落海！他在金光辉灿的皇路上漫步，自有他的心情。但他的美丽拼图中缺了一块，没有皇位承继人。他的千秋帝业怎能悬空？帝国的命运重于一切，而皇后约瑟芬不能为他生一个皇子了。尽管当初是“好风凭借力”，是约瑟芬将他引进上流社会的。但政治不讲良心：“我的命运高于我的意愿，我最珍贵的爱情必须让位给法国利益。”他决定离婚。消息一经传出，天下皆知，都在等着另一场好戏上场。哈布斯堡的公主玛丽·露易丝也知道了。像冥冥中有所感觉，她给父皇弗朗索二世写信：“我从报纸上得知拿破仑离婚了。我跟你说，亲爱的爸爸，我为这个消息很震动。想到我不是不可能成为他选择未来妻子的对象，我想告诉你，我要把一些东西放到作为父亲的你的心上。你从来好心肠，几次安慰我，说你不会强迫我违反自己的意愿而结婚的……”

公主的忧虑不无道理，拿破仑决定再结婚时，就将这头婚事作为政治婚姻。他在爱尔福特（Erfurt）跟俄国签定同盟条约后，想通过婚姻加强关系，先后向沙皇两位姐妹攀亲，都被推却了。而奥地利首相梅特涅，企图通过与拿破仑结亲使国家得到好处，遂通过社交场合放出消息，说奥地利有一位适龄公主。首相夫人还直接拜访了约瑟芬，因为她对拿破仑依然有影响力。很快得到约瑟芬首肯。婚事迅速决定后，首相才官样文章地去征求公主的意见。时年十八的公主，美丽而性格温和，深知必须向命运屈服，一反当初的态度，回答说：“我愿意做职责上要求我做的事。一旦涉及国家利益，我必须顺从国家，而非自己的感情。请父皇考虑作为皇帝的职责，不要将它放在我的个人利益之下。”这个将她的皇国捣碎、两次登堂入室占住皇宫的科西嘉佬，就这样成了这个古老帝国的未来女婿。

在紧锣密鼓准备迎亲的活动中，拿破仑还说风凉话：“我只是跟一个肚皮结婚。”他派出一位皇子，即约瑟芬与前夫养的儿子，去奥地利代表他求婚，然后授权一位公爵，代表他去参加在奥地利皇宫举行的婚礼。奥皇赔上一位金枝玉叶，还得忍受他的荒谬、无礼。仪式后两天，这位奥地利“王昭君”，就在送亲队伍护送下启程来法国，走上十二年前她的姑姑玛丽·安朵涅特走过的路。这位姑姑下嫁到法国，成了路易十六的皇后，在大革命中被送上了断头台。王昭君的哀音是“叹息别故乡”，来自欧洲最显赫皇朝的露易丝，头上还罩着巨大的悲剧阴影。离开娘家皇宫前夕，她泪如雨注，紧闭嘴唇，以免哭出声音来。

送亲车队走了八天，在滂沱大雨中进入法国境内的孔皮埃涅城。按照双方订下的细节，次日拿破仑才与公主见面。洞房之前，必需经过一番礼节。但已进入不惑之年，来自平民，靠自己的力量蹿升起来的新郎，洋洋得意，陶醉于能迎娶查理曼大帝的孙女为妻的骄傲中：“我选择了自己的祖宗。”那时节，哪里还有耐心等到明天？一反手间，他将所有计划打乱，跳上一辆马车，走到迎亲队伍最前面。那时候，两个骑兵传令公主的座驾马车停下，侍从官一声“皇上驾到”，车门被冷不防打开了，准新郎上车亲吻公主，然后再向孔皮埃涅皇宫进发。

根据卡斯特洛（A. Castelot）所写的拿破仑传记，七年后的一八一七年八月，他流放到圣赫勒拿岛，向库尔戈（Courgaud）口述回忆录时，谈到在孔皮埃涅皇宫的往事。说当天晚饭后他询问公主，出发前她的父亲对她有何吩咐。公主回答：“他跟我说，一旦与你单独相对时，你要我怎样做，我绝对要怎样做，我要服从你要求我做的一切。”拿破仑说：“那么，我想今晚就跟你睡觉。”“很好。”公主回答说。

次日队伍继续上路。到达巴黎郊区的圣克鲁皇宫后，一双新人乘一辆由八匹马拖着的漆金马车，后面跟着三十二辆马车和马队，进入巴黎的杜勒里皇宫举行婚礼。直到那时候，上帝对这个科西嘉土佬依然十分眷顾，他想要一位皇位承继人，上帝回答说：“可以！”十一个月后的一天，一百零一响礼炮宣告小皇子诞生，他所期待的帝业承继人。当天就被封为“罗马皇”。巴黎人进入嘉年华节，簇拥到杜勒里皇宫前面欢呼。拿破仑站在窗前，眼看载歌载舞的狂热群众，自有一番心情。“像一只落在峰顶上的鹰，以非凡的姿态兴高采烈地叫道：‘未来！未来！未来属于我！’”雨果如是描述了这场热闹。

从一个炮兵中尉起家，到与欧洲最古老的皇室结亲，只有十多年时间。其间胜利接胜利，光荣再光荣，直至光荣和权力的顶峰。光荣太多了，也就平淡无奇了，他已经感觉到。“无上的权力死于消化不良。”他说。法国人也在问，所谓战功、伟业，究竟付出了多少生命，流过了多少血？当初，“一种至高无上的力量推着我走向一个我所不知道的目的地。一朝未曾抵达，我一朝坚强不屈，不可动摇。当它于我不再有必要时，一只苍蝇就足以将我翻倒。”他又说。

高照的吉星暗淡了，紧握的缰绳脱手了。拿破仑深知悲剧命运有利于造就身后传奇，最后流放到圣赫勒拿岛时写道：“如果我死在皇位上头，在至高无上权力的云端之上，于许多人来说，我反而成为一个问题，现在拜托厄运的恩赐，大家可以就我的一无所有来评论我……”

那么，所谓惩罚俄国破坏对英国的封锁，而大举远征莫斯科，导致在暴风雪中地狱般的莫斯科大溃败，究竟是怎么回事？是无可奈何的失败，还是向命运的有意或无意的挑战？

莫斯科大败后，盟军把他流放到厄尔巴岛。按照他的意愿，是将皇位让给儿子，由皇后露易丝摄政。但他还未出发到流放地，已经收到皇后的来信："我的父亲两小时之前来到，我即时见了他。他对我非常温柔，非常好。但这一切被他带给我的可怕的打击化为乌有。他阻止我去跟你汇合，跟你见面，他不允许我跟你一起出发。我白白向他表明跟随你是我的职责，他说完全不想我这样做，他要我先回奥地利过两个月……"就这样，母子两人成了另类俘虏，被带返奥地利。苍鹰折了翅，大家拍掌叫好。"就看各人的牙力来分享猎物，英国取走苍鹰，奥地利带走鹰雏。"雨果又说。

三岁的小皇子从此住进外祖父的皇宫，在深宫里长大，与外界隔绝，讲德语，习园艺，成为一个小园丁。五岁时被封为赖希施塔特（Reichstadt）公爵，纳入哈布斯堡皇室成员。小皇子成了没有罗马的"罗马皇"，没有法国的"拿破仑第二"。他在申布伦宫住的套间，就是他的父亲拿破仑一八〇五年和一八〇九年住过的地方。

现在你就站在申布伦宫，被命名为"拿破仑室"的房间里，面对着打扮成小园丁的"罗马皇"的画像。他蓝眼金发，跟母亲一个样。成人后身高一点八六米，没有承继父亲的矮个子身材。他英俊而具魅力，大家称他为"迷人的赖希施塔特"。五岁的时候，母亲将他留在皇宫里，独自出发到封邑地帕尔玛。她对自己没有信心，犹豫不决，不敢违抗首相梅特涅的意旨，没有将儿子带在身边。尽管有外祖父和首相的悉心照顾，但缺乏母爱，孩子甚感痛苦。又得气管炎，经常咳嗽，军训期间不时被疾病中断训练。二十一岁就死于肺病。一九四〇年，希特拉将他的遗体送回到法国。那个年头，法国人正处于战争的艰苦时期，对希特拉的作为不以为然："我们需要的是炭，你却送来了灰！”

露易丝与拿破仑结婚虽非所愿，但婚后学会了爱自己的丈夫，她写信给朋友说，“只有在他身边才感到幸福”，“一天没有收到他的信，我会陷入失望”。她努力习惯法国生活，很快操得一口流利的法语。拿破仑对她温柔备至，亲自教她骑术，当她在马背上尖叫时，他说：“噢，露易丝，胆子要大一点，怕什么呀，我不就在这里吗？”宫廷的某些公开场合，她还将手搭到丈夫肩头上，以示亲密。拿破仑第一次流放时，她表示要共赴前程，但被父皇带返奥地利。身在娘家，依然每天给丈夫写信。但拿破仑给她的回信，都被父皇拦截了。拿破仑逝世后她再婚，终老奥地利。

当你参观哈布斯堡王朝的地下室陵墓时，在历代帝后的华丽的棺椁中，可以看到玛丽·露易丝的棺椁孤零零独向一隅，不像历代皇帝的家庭成员那样，安放在同一墓室。你看到这位可怜的公主身后的寂寞。拿破仑逝世于圣赫勒拿岛，十八年后，法国以极隆重的仪式将遗体接回巴黎，由仪仗队伴着穿过凯旋门，还将荣军院的圆顶教堂改建为陵墓，让他长眠。“罗马皇”的遗体送回法国后，即安葬在父皇身边。而母皇露易丝呢，按理应该埋葬在一起，既然她是法国皇后，所有著名的皇宫，包括凡尔赛宫在内，无不挂着她的肖像。但她一早离开法国，返回奥地利终老。儿子也先她而逝，到她自己逝世，便成了不知魂归何处的幽魂，待在娘家的陵墓里，决非是习惯上的归宿。当年王昭君和亲，逝世后是“独留青冢向黄昏”，而这位法国皇后的幽魂，只落得永远游荡在多瑙河畔了。

二〇〇九年九月

厄尔巴岛的台下拿破仑

一八一四年六月十八日，地中海厄尔巴岛的一个建筑工地上，一个工人从棚架上摔下来，拿破仑刚好看见，连忙去把他扶起来："没事，亲爱的，看我身体还好，双脚站得稳，但我是从很高的地方掉下来的呀！"他向周围扫视了一眼，看是否有人将这句话收集起来。

事实上，这位年方四十五的大帝，被流放到该海岛之前，南征北战，将半个地球当成一只羊，以烧烤叉串着放在烧烤炉上。单是奥斯特里茨一场大胜仗，就将古老的奥匈帝国解体了。这个士兵们称之为"小伍长"的矮子鬼充满野心，在短短时间内，以一番出人意表的拳脚，成为现代的亚历山大大帝、恺撒大帝、汉尼拔。他相信自己能够改变世界，只要给他机会。将你们的陈规陋习，将你们的山头、土地、城市、乡村，直至牛羊家畜，甚至你们的灵魂，统统交给我，我以我的处方，把它们洗擦得干干净净，修整得妥妥帖帖，擦得火亮贼亮，再交还给你们。那时候，你们将会发现，一切都变得簇新、有效、合理、持久，甚至香喷喷。当他相信有朝一日，会手捧地球到河边洗擦时，俄罗斯一场暗夜般的漫漫风雪，将他送到厄尔巴岛，成为台下拿破仑。

那年五月初的仲春时节，你去到厄尔巴岛，上岸的地方，就是他被流放时上岸的费里奥港，后来复辟时，也从那里离开。五月天，已经骄阳火灼，气温达三十度，你要戴草帽，吃雪糕。拿破仑的故乡科西嘉岛近在咫尺，气温、环境相似，晴天时候可以隐约看到岛上的山头。问题也许就在这里。来自这种环境气候的人，又怎能了解俄罗斯的大风雪呢？而俄国人，则很了解自己的生存空间，本身就是环境的一部分。一八一二年九月，他进入莫斯科，在克里姆林宫坐镇三十九天，只等俄国人前来双手交出城门钥匙。但“北极熊”只顾坚壁清野，亲手将自己的家园付诸一炬。不战不和。他们知道，大风雪就要来临，风雪会安排一切。耐心等待就足够了。果然，十月下旬提前来了暴风雪，制造出没完没了的雪原。雪原里面，有的是没完没了的时间。在缺乏基本生存条件的辽阔战场上，一天就是一万年。俄国人就等这么样的一万年。他们的最后胜利，不因为枪炮犀利，只因为善于等待。在这一万年当中，拿破仑的士兵就一路丢下皮与肉，然后再丢骨。漫漫的雪原，成了士兵们漫漫的墓园。他们的骸骨，直到现在还不断被发现。

因着这场风雪，盟军和沙皇亚历山大一世，摇摇摆摆进入巴黎，就有了一八一四年四月四日的“枫丹白露和约”，就有了拿破仑的第一次逊位。盟军让他在科西嘉、厄尔巴和科尔富三个小岛中选择流放地，他选了厄尔巴岛。根据和约，拿破仑继续保持皇帝称号，由路易十八给他每年支付二百万法郎，保持他的小朝廷和卫队，在厄尔巴岛继续统治。流放之前，就有那场在枫丹白露皇宫向士兵的著名告别。然后，他登上一辆六匹马的马车，后面，是他的副官贝特朗大元帅和小朝廷的队伍。在外国特派员的护送下，离开巴黎南下。

五月三日登上当时隶属于法国的厄尔巴岛。那时候，全欧洲的眼睛都跟着他来到岛上。而该岛居民，到底是小户人家，只会自我量度，自我满足，对海洋以外的世界不大在意。现在来了一个特大人物，带着他的震天价响的历史和故事来到，会给小岛带来怎样的命运？岛民当中，有人敌视，有人闻声而逃，生怕自己的儿子、丈夫跟这头从血泊中冒出来的怪物跑掉。但小岛很快就变得很拿破仑了，比起法国其他地方更加拿破仑。

导游小姐马莲娜一上车就说："我叫马莲娜，本地人，所以没办法，命中注定要跟这个人没完没了！我从小就喝拿破仑牌矿泉水、牛奶，吃拿破仑牌奶酪、蛋糕、饼干，成年后就喝拿破仑牌红酒、白酒，用拿破仑牌香水、日用品、化妆品，穿拿破仑牌衣服、裙子、鞋、袜……现在当导游，二十年来，一天到晚在游客前面拿破仑，拿破仑，拿破仑……"她又说，这种情况决非现在才出现，从拿破仑时代开始，整个法国的日常生活，都拿破仑前拿破仑后的。日历、文件夹、烛台、扇子、壁炉、挂钟、钳子、香水瓶、酒瓶、园中的凉亭……无不以"小伍长"的肖像作装饰。就有各种姿势的拿破仑，站的、坐的、骑在马背上的……所有生活用品，无不打出这头怪物做招牌。

你作为游客涉足这个小岛，也只为看看一位大帝的流放地。可供参观的地方不多，但都与拿破仑有关。比如，外形平淡如民房的米利尼（Mulini）皇宫；由他的妹妹宝莲娜出资改建的圣马尔蒂诺别墅，一座很寒酸的别墅（1851 年，拿破仑的一位亲属，在该别墅的坡下加建了一座豪华建筑，作为别墅的一部分，好给拿破仑捞回一点面子）。拿破仑的母亲住过的，海拔三百七十五米山头上的房子；

宝莲娜裸泳的海滩；存放着拿破仑的铜制面模和右手模型的教堂等等。还有一具仿制棺木，他的冥辰五月五日，教堂每年都举行官式活动，抬着棺木游行，政府官员一律穿上礼服参加……还有什么可参观的？你扳起十个指头，用不完。他的所谓皇宫、别墅，内外的简陋，直教你觉得难为了这位大帝。

岛上到处是黄灿灿的金雀枝，海水澄澈如绿宝石，几处白皑皑的山头，你却不敢承望是积雪。马莲娜说小岛治安极好，夜不闭户。几个小城、几处村落，大家都几乎相熟。邻居晾出一套新内衣裤，就知道他或她交了新朋友，谁敢对面为盗贼？唯小偷不来野猪来，夜阑人静，三头两头那家伙摇摇摆摆闯进民居，将人家的厅堂闹个天翻地覆。

虽说居民只有三万，旅游旺季却要接待三十万游客，酒店达二百四十间。但比起来，“小伍长”流放的年代更加热闹。各国的人群，鲫鱼般游过海，不为旅游，只为看看这头怪物，夺去了无数人命的“夺命侯”。贵族、上层人士、各国军官、拥趸，意大利人或法国人，有的来致意，捎来讯息；有的求谒见；有的来求职，尤其军官，希望投到他的旗下成为卫队成员。乡亲科西嘉人也渡海而来，通过他的母亲来求一官半职。法国女人带着儿子来看这位“英雄中的英雄”，表示没法接受盟军给“法国的光荣”的处罚。拥到岛上的人，或投宿酒店，或租房子，或住到普通人家里。其中以英国人最多，败兵皇帝，却获得敌国人的尊重。大家为他的百科全书般的知识感到惊诧，称颂他的科学、经济和商业上的广阔视野。英国驻利武尔那的副领事，带领七个重要人物去求见，有幸被接见了，成为他们毕生难忘的幸运事。怎么？除非这个人的脑袋分成了无数个小抽屉，每个抽屉只存放一件东西，翻起来才如此快捷、利落而准确！“没有记忆的脑袋是一个没有驻军的城堡”，他说。当时岛民只有一万二千人，外地人蜂拥而来，引起酒店起价，房租暴升。贝特朗元帅不得不亲自来管理这些人，赶紧造房屋来应付。

来访的人各有目的，大抵想看看，失败在这个当时世界上最著名的人物身上，会产生怎样的效应？他怎样承受逆境中的命运？会有怎样一副嘴脸？但很失望，失败不曾伤他一根毫毛，因为他干脆不想过去，至少表面如是。花时间去回味过去的光荣，多可笑！他只着眼现在和未来。到达小岛第四天，安顿好他的小朝廷后，就着手改变小岛的面貌。首先任命一位检查官，检查岛上所有储水池，记录每天的用水量，给储水和储水工程的建设提供资料。一连串的建设、行政管理和经济措施开始了，从道路网、桥梁、水利的建设，如何抽干沼泽的水，到教育、海关、税收制度的改革，石矿、铁矿的开采（小岛铁矿丰富，以致影响过船的指南针），橄榄树和桑树的引进，直至环境卫生。规定两个月内，每户人家必须建好茅厕和化粪池。厨房、洗衣槽要设置适合于用水冲洗的管道。严禁从窗口扔垃圾、泼水。垃圾必须在晚上十一时至早晨五时之间，放在自家门前，由垃圾车在这段时间内运走，半小时以后，由一个管理员和两个警察巡逻，检查清洁情况。街道由所在地的居民清洁，用水清洗；禁止猪、鸡、马、驴等放上街……事无巨细，尽入法律条文。尽管当时的《拿破仑法典》已经出现，但小岛有它的特殊情况。改变后的小岛面貌，一直持续到现在。岛旗由他制定，很简单，红白两色的旗上，配上三只蜜蜂，象征勤劳和服务。

他一大清早骑马出门，绝尘而去，你只看到他身后的尘土，像一只猎犬听到号角，去追逐他的猎物。你只能凭马蹄声判断他的行踪，不知道他的目的地。小岛任何偏僻角落他都跑遍了，都了如指掌。他像处于两场仗之间的休战期，策马奔驰中，他越过胜利和失败，将它们统统丢在后面，单以急剧的驰骋来肯定自己的存在。他的幸福不在于娶了奥地利公主为妻，不在于黄袍加身。“皇座只不过是几块木头加几片丝绒而已。”他说。他宁可睡在战场上使用的行军床上，而不睡龙床。在厄尔巴岛期间，他数度睡在那张陈旧的行军床上。在饭桌上逗留的时间，不超过十分钟。他喜欢吃洋葱炒蛋、青豆、马铃薯。喝餐酒时要掺上一点水，不吃尾食。他的开心时刻是对着战略地图，看如何实现他的战斗计划，制定准确的军令，调动军队，鼓励士气，安置大炮……组织这一切，就像在枪眼上瞄准他的猎物。现在来到岛上，面对另一个现实，台下拿破仑的现实，而他的脑袋，他的人，依旧像不断运作的机器。八月天大日头底下他亲自参加种树，他订了五百棵桑树来美化人行道和城墙，说桑树还可以作工业用途。他脱去身上的礼服，手持树剪修剪葡萄树，仰起头来，长久地在瓶子里喝水。像远古的模范国君，脚踏泥地，一身农夫的诚信。

别墅改建期间，工人们一大清早赶到工地，但他已经第一个到达了。他计划从某地开一条马路进城，但要穿过一位老寡妇的土地，皇上要出资将地买下，老妇人一口拒绝。他只好放弃，说国君必须遵守法律。就连他的波兰情妇带着他们的私生子来访，也不愿意公开，只让他们在临时搭起的帐篷里过了两个夜晚，就将他们送走。在岛人面前，他尽力做个道德模范，尽管他在女色方面从来不是模范。他有意将厄尔巴岛建成新的“帕尔那斯”，将文人、学者、艺术家吸引到那里，使小岛空前繁荣。统治一处地方，于他就是切入日常生活的行政管理。

他好像要在那里统治一百年，但盟军和波旁王朝没有把他看成一只死老虎。丑化、嘲讽的刊物在岛上流传，甚至寄到他手上。他一笑置之，叫人收集起来，还说："无论如何，我什么也没有丢失，我以六个法郎开始这场赌博，结束时手里还有一个小王国。"盟军没有错，这个囚徒并不安于小岛。小王国之小，容不下这个大人物之大。内心深处，想到要在这个只有三十公里长，十八公里宽，夏多布里昂称之为"一方菜叶"的孤岛上度过余生，像一条被抛上岸的鱼，在那里等着晒干或腐烂，于他是最大的惩罚。他对驻岛的英军监视官坎贝尔（Campbell）上校说："在这里，生和死都一样。"他需要不断向人兜售他的英雄主义，他的不可战胜。一旦无可兜售，生命就完了。他要做民众的保护者，需要他的臣民和受益者的称颂，需要给他周周的人不断赏赐，好教他们全心去为他送死。但现在，他不无遗憾地说："法国，我对你无能为力了。"于他，最好的死，是一颗子弹穿过胸膛。但现在，"我将要死在床上，像不折不扣的蠢货"。

骑在马背上的疾驰是一种征兆？我会飞出牢笼，回到高空上？他曾经说，如果再给他二十年，他会改变巴黎，改变法国，甚至全世界。他要去追捕那二十年？

枫丹白露和约中的二百万法郎始终没有到。没有那笔款，他那一千五百人的卫队将难以维持。盟军一直后悔放逐他的地方距离意大利本土太近。拿破仑有他的讯息渠道，总是从别墅的高坡上观看海面动静，生怕盟军来装陷阱。一旦海面有法国船经过，他马上下去打探消息。英国政府把这个矮子说成罪恶的渊薮，但负责看管他的坎贝尔上校把他作为知心朋友，看管得宽松而温和，准许英国军营的军官们在房间里挂拿破仑的肖像。烟灰缸上也刻着他的肖像。去佛罗伦萨订制拿破仑塑像的，都是些英国人。看，这个囚徒又怎不使盟国生畏？于是，谋杀、劫持，要将他送到圣赫勒拿岛的传说纷纷而起。还有皇后马丽·露易丝，原来人家说好要带儿子“罗马皇”来岛上生活，他为他们在皇宫里准备了六个房间。他每天等待，手下还不敢告诉他，皇后在奥地利已另有新欢。

除非再次冲刺，离开厄尔巴，否则没有明天。更不能将法国交给路易十八这个老蠢货！他不放心。当小岛进入嘉年华节般的热闹时，他也忙些小事。下令将房屋及时租出，继续开新路，修理城堡，精打细算，将开采得来的铁、盐出售，好挣几个钱。与此同时，一张法国地图铺陈在他的办公桌上，某些地名画上红杠。他亲自组织修理船只，准备军饷，集中马匹，给士兵派发枪弹。放出消息，说要去打柏柏尔人海盗。知道真正意图的只有少数几个人。二月十六日，坎贝尔上校告诉他，说要出发到佛罗伦萨。拿破仑请他二十八日回来参加宝莲娜公主的舞会。但舞会于二十四日举行过了，在笑声和眼泪中结束。二十六日七时，拿破仑出现在他十个月前上岸的费里奥港，一艘双桅横帆的战船正在等着他。在“皇上万岁”的欢呼中，他登上帆船，返回法国大陆。这就是法国历史上的“百日政变”。他返回到枫丹白露，正要向巴黎进发，路易十八闻声连夜而逃。重返巴黎后，他重组内阁，向盟军求和。遭到拒绝。就有盟军进入法国境内的滑铁卢，就有他带兵迎战，就有滑铁卢的失败，就有被送到圣赫勒拿岛的第二次流放。与此同时，也有直至如今从未中断过的有关他的各种传记的出版。二〇〇二年，意大利作家费利罗（Ernesto Ferrero），以拿破仑流放到厄尔巴岛的生活为题材，之前极少人接触的题材，写了一部小说《N》，他的笔抖动在历史背景、真实的史料、历史人物和想象之间，探索一只从高空折翼落到地面的“鹰”的世界。

探索，先后有过多少探索！他在世时，传记已经满天飞，为他立传的人有作家、将军、军官、士兵、外交官、医生、侍从、仆人……他有一千张面孔。

古罗马哲学家塞内加说：“违反法律的行动，可以受死刑的处分，如果穿着制服来做同样的事，却受到嘉奖。”拿破仑一生戎马生涯，是个穿上制服的杀手。他经手的数十场仗，戕害了多少生灵？“一将功成万骨枯”。但丁在《神曲》中，将特洛伊的大英雄奥德修斯放在第八沟中用火焚烧，以示惩罚。拿破仑是否也该拿来烧一下？然则，在大家眼里，这个“科西嘉魔王”总是一手打仗，一手建设，就从立法开始。到任何地方都一样，流放到厄尔巴岛也一样。将他放到火堆上烧，会有很多人反对，歌德恐怕是第一个，他说：“拿破仑是历史上最有建树的人之一。”你能怎样？

二〇〇九年六月

美丽岛上来了个美丽人

好几年前，在巴黎“小皇宫”展览馆里，看到画家克里兰（G. Clairin）一幅二百五十厘米乘二百厘米的巨幅全身像。画中的美人儿，慵歪秀榻，像软体动物，拖曳得难止难收。说艺术么？可以，但坐姿不淑女，可以说是顾盼人生的自画像么？

又曾经，在报纸上看过一篇文章，写第一次大战期间，一位风靡世界的女歌唱家，坐在椅子上，让人抬着到前线去慰问士兵，为他们表演，朗诵爱国诗歌，引起士兵们极度狂热，椅子上的人几乎被翻到战士们的头上。女歌唱家是个残废人士，不久前截去了一条腿，只能够被抬着上前线了。说勇气么？可以，但腿坏了，何不坐在廊上逗逗鹦鹉？

今年八月，巴黎天气阴凉，你到布列塔尼的美丽岛（Belle île）去找找阳光。海岛总有它的韵致，单是天海茫茫就足够使人神迷。美丽岛自然是美丽的。唯是到处石壁巉岩，温柔雅致不足，野性严峻有余。由于经常刮风，植物难以抵挡，以致绿色空间甚少；土地又那么贫瘠，连春风吹又生的野草也甚为稀罕，连山羊也养活不了几头，人烟自然是稀少的。到十七世纪下半叶，军事建筑家沃邦（S. Le P. de Vauban）到那里跑了一圈，小岛从此有了活气，陡峭的岩岸被派上军事用场，首先在布兰角建起了一座灯塔。另一座厚度超过一公尺的军事堡垒，也在嶙峋的岩石间筑起来了。小岛从此变成了哨兵，目的是对付觊觎法国土地的敌人，尤其是英国。但所等待的敌人不肯来，从来不曾从炮眼射出过一炮一弹。最后二十年，堡垒逐渐荒废了。到一八九四年，一位芳名莎拉·伯恩哈特（Sarah Bernhardt）的女歌唱家，带着一队人马到岛上来耍子，美丽岛跟美丽人的关系就开始了，且持续了二十六年，直到一九二三年她逝世。八十多年后的今天，小岛依然到处响着她的回声。今日，我们的司机兼导游一路开车，一路给我们说莎拉长、莎拉短，除了莎拉还是莎拉。还告诉我们说，她是美丽岛最著名的人物，现在大家还为她而骄傲，单是她的博物馆，岛上就设有两个。

你走进一间博物馆，一眼就看到了柜台上一本画册，封面就是那幅软体动物，呀，原来她就是莎拉；也是司机口中的莎拉；墙上挂着一幅巨型照片，一位妇人坐在椅子上，被抬着走进士兵的行列中，你又呀了一声，原来也是她！你不知道几个印象同属于一个人，是可以串起来的。曾经风靡十九世纪的莎拉，就这样一下子扑到你跟前来，以她的美貌，以她的喧天哗地的人生。

绝代佳人的奇异女子中，你是否听说过这样一个极人？整整六十年，到世界任何地方巡回演出，一定带着她那口香木棺材，如果睡房不使她满意，干脆在棺材里过夜？她手持左轮枪，乘火车穿过危险重重、每分钟都可能子弹横飞的美国西部；普鲁士人围攻巴黎的时候，她组织了一辆救护车，参加巴黎的保卫战；世界博览会上，她乘着一只气球，在万人翘首中升空；在“德雷福斯”事件中，她不顾众怒，不顾危险，公开站在左拉一边；她一早养下私生子，情人一大串。她的喧哗成了十九世纪欧洲的一种音响。

凭她那副金嗓子，无需喧天哗地，已足够使她赢得整个世界了。在那个年代，谁能与她的名声相比？除非雨果、乔治桑。她演拉辛的悲剧《费德尔》、科佩（F. Coppée）的《过客》、小仲马的《茶花女》、罗斯当（E. Rostand）的《小鹰》、莎士比亚的《奥赛罗》《哈姆莱特》。乔治桑跟她结成朋友，为她写了两个剧本。她从法国演到比利时、斯堪的纳维亚、英国、俄罗斯、澳洲、美国……她在纽约大受欢迎，不足一个月演出了二十七场。观众以黄金般的代价，才取得一张《茶花女》的入场券。莎拉逾越了国界线，成为世界性的莎拉，神圣的莎拉。她的歌声是磁场，观众是铁片。她的成功总是马上得到回应，拥趸为她拖马车；基辅的大学生以银线为她编桂冠；美国著名爵士音乐家贾勒特（Jarrett），致力于让西部的“牛仔”，能够欣赏到她以法语唱的《费德尔》。歌唱界唯她一人能称后，金嗓子一刻不容沉默。她到美国演唱时，引起剧院老板的恐慌，生怕她将观众抢走，联合起来拒绝将剧场租给她。她搭起马戏班的帐篷来接待观众，依旧从一个城市演到另一个城市。她标榜了她的时代，成为法国最著名的女人，爱迪生亲自接待她，第一次为她做了留声机录音。

她演雨果的《吕白兰》的时候，雨果已经从流亡地格恩济岛返回巴黎。一八七七年，她在法兰西剧院演出他的《欧那尼》，坐在观众席中的雨果十分感动，写信给她说：

夫人，

你演得如此高贵而迷人，你使我感动。我，一个老兵，在某些时刻，当观众让你感动，为你着迷的时候，我正在流泪。

你使它流出来的这滴泪属于你。我跪倒在你的脚下。

维克多·雨果。

随信附上一个链环手镯，上头吊着一串钻石“珠泪”。

舞台上，她以一个演员十倍的劲头来表演，一直往死里演，演到死在舞台上。现实生活中也一样，她以一个人十倍的劲头来活她的人生。她这样做，自有因由。当太阳下山，夜阑人静，进入孤独世界的时候，她会想起自己的身世：一个私生女。襁褓时代寄养乳母家，长大后被送进修道院，几乎当了修女。进入生活之前，最大的幸运是遇上一位公爵，他是宫廷乐队的指挥，在他的提示下，她母亲将她送进音乐学院。毕业后就在法兰西剧院开始她的演艺生涯。低微的出身，一开始就招来敌意、挑战。诽谤随侍左右。但她若柔还刚，一旦遇上逆流，总是不屈不挠，甚至不惜一走了之，去学绘画，学雕塑，反正她对所有艺术都感兴趣。舞台让她逃避世界，艺术也一样。她在蒙马特设立自己的绘画和雕塑作坊，名画家库斯塔夫·多雷、克里兰来给她当导师。等风平浪静，再设法返回舞台。她从小就学会似晦还明，来对付一个充满敌意的世界。

十九世纪这样的年代，如此缥缈孤鸿，要参加“皇子”的舞会，必须自己动手将南瓜变马车。独立特行，是无可选择的选择。不管众议纷纷，不管怎样使人哗然，依旧我行我素，发出比别人高出八度的音响。就在谣琢纷纭，被指责、被丑化中，她奇葩般绽开在既璀璨又阴晦的十九世纪。莎拉成了一个宽广无边的演员，可以演任何角色，给任何角色以新面貌。她要以她的天赋和野心，任何舞台都不足够宽阔来容纳的天赋和野心，来征服世界。她将梦想和现实混为一谈，将自己和角色混做一处，她要演自己的人生，将真正的苦乐演到角色里。

舞台上，她演尽一切；舞台下，做尽一切能够做的事，远远超过一个演员的本分。莎拉需要不断的战斗，不停的工作，既表演也参与导演，如果脚本不适合，她要修改，要使法语以外的国家也适合演出。她第一个在舞台上安装排灯，自己设计华丽的戏服，从舞台剧一直演到无声电影。还有时间绘画，雕塑，给朋友画肖像。她写下回忆录《我的双重生活》。

她还具生意头脑，懂得经营，购置了自己的剧院。那回到美丽岛，首先吸引她的，是那座破破烂烂的军事堡垒，她一眼看过去，就有说不出的喜欢。岛上千奇百怪的岩石，绕着海岛的嶙峋山头，沃邦起的那座古老灯塔，于她都是难得的美景，就像她的舞台布景？有谁知道么？反正像癞疥猫儿入了眼。刚好堡垒要出售，挂在烂围墙上的广告让她看到了，立刻派手下去接洽，一刻不缓，当晚就签定了合同。两个月后房屋到手，一场大规模的修整翻新工程开始了，竣工后变成一座华丽的度假别墅。日后她与家人和工作人员，每年总有一段时间在那里打发。后来还在岛上买下一座又一座古堡、农庄，经营种植蔬果青菜，养奶牛，挤牛奶，炼牛奶，牛油。她脑筋灵活，路子走得宽，总想多做一点事。小岛来了莎拉，有了莎拉的故事，从此变得欣欣向荣，比起军事建筑家沃邦，更使小岛活气腾腾。她也慈悲为怀，美丽岛的居民谨记在心。一九一一年的一次风暴，不少渔船沉没，莎拉发起义演，救助受灾的家庭。一天傍晚，她看到一位老妇人在海湾上徘徊，妇人曾经是五个儿子的母亲，两个死于一八七〇年的普法战争，其余三个是水手，都死在了海里。一个八岁的孙子又刚被海水带走了。她发了疯。每天将面包扔到海里，一边喃喃自语，说要将面包送给她的小宝贝。莎拉以此为题材，塑了一座双体雕像：一位老妇人把淹毙的孩子放在膝头上。一八七六年塑像在沙龙展出，观众好评如潮，她获得了一枚奖章。

她是一张满涨的风帆，一支从满弓射出的箭，只跟着她的天赋和野心往前走，孜孜不倦地。她是她的时代的稀有族类，一举一动皆引起新闻界注意。而她本人呢，哪里有传媒，就自动送上门，以更高的声音，更大的动作来吸引注意，好话坏话照单全收。哪像我们的阮玲玉，一句“人言可畏”就将自己断送了。因着她的思想行为过于自由独立，且介入“德莱福斯”事件，国家迟迟没有答谢她的贡献。演员和作家们，则自动组织了一个五百人的盛大宴会，对她表示谢意。她做尽想做的事，她得到了一切，拥有了整个世界。

然而，莎拉唱出的最高音阶，抵达人生最高点的时刻，是截去右腿之后。她右膝疼痛已非一朝一夕，长期忍着剧痛上台表演，一走下舞台，就几乎要倒到地上。到一九一五年二月，坏腿已经无法医治，最后被截除。八个月后又重新登台。战争期间，在极度痛苦之下，让人抬着上前线去慰问士兵，为他们唱歌，朗诵诗歌，表演。场面极度热烈，士兵们但求看看莎拉，看一眼莎拉，再死去，死而无憾！然后，她专程到美国，既演出，也演讲，做报告，写文章，通过一切传媒，动员美国加入盟军对德作战。美国果然参战了。嘉宝三十七岁逃离舞台，将世界抛弃，将大家抛弃，过自己的日子去了，是正当风华正茂的时候；而年届七十二的莎拉，肢体残缺，却相信世界需要她，大家需要她。她蹬起一条腿，走在所有人的最前面，在所有的四肢完好的人的最前面，她给我们带路。她抵达了常人不易抵达的高度。在美国百多个城市，经过八个月的巡回演出后，她精疲力竭了，病倒了，紧急入院治疗。在这种时刻，她想念美丽岛了。急急忙忙返回到小岛时，大战结束了。

她喜欢烟水萦绕的美丽岛。她的岛。但从来不曾想过在那里恬静地生活，悠闲地老去，死去，继续将残躯投入炼丹的熔炉。直到七十九岁高龄，在拍摄片场中晕倒，十天后逝世，死而后已。她不曾生于豪门望族，也未能以体面的出身进入演艺界，但在十九世纪的众星熠熠中，以自己的方式，闪出自己的华彩。她的葬礼使巴黎万人空巷，计有一百万人参加，交通停顿数小时。为瞻仰她的遗容，为看那副跟随她六十年的香木棺材，她喜欢手拿一朵百合花躺到里面，将它当床铺的棺材，这是大家都知道的。巴黎人在她的住宅前排队数小时，屋里屋外皆人头攒动。但莎拉管不着了，她整顿了一下衣裳，在脸上补了一下妆粉，还必须回到有二十六年美丽记忆的美丽岛，向它作最后的告别。然后，继续上路，天堂有许多事情等着她去做。

二〇〇七月十一月

大西洋城　或柏拉图的谜

如果说海岛是远方，是他乡，爱琴海上的桑托兰（Santorin）岛则更甚，它是谜团，是神话，是诱惑。该岛面积曾经很大，公元前三千年已经有人居住，前二千年发展成为一个大文化中心。最初名为斯托吉里（Stonggylé），意为圆形。公元前十五世纪的一次火山爆发，将中央部分掏空，海水涌来填补突然出现的空位，在海水的重力压迫下，一片广阔的地壳下沉了，形成了今天的以桑托兰为首的几个环状小岛。而那片沉落了的大陆，据说就是大西洋城。

单是这个史无前例的陆沉，已经足以慑人，再与大西洋城扯上关系，这片沉落了的陆地，又怎可能不成为一个诱人的神话？

王尔德说："我可以抗拒一切，除非是诱惑。"桑托兰的诱惑，使笔者先后两次造访这个悬在海天之间的岛屿。两次游船都是从威尼斯出发，但路线不一样。第一次停泊过克罗地亚之后，在亚得里亚海和爱奥尼亚海上走了一天一夜，然后停泊雅典，再向南穿过基克拉迪群岛，直下桑托兰。那天早上，晨曦微露，一种迫切感使你一早走出仓房的阳台。按照日程，这个时刻还未抵达目的地，谁知它一早已经停泊好，但在距离海岛约一千多公尺的海面上，因为桑托兰岛码头太小，九万多吨的巨轮不能靠岸。且海水太深，任何船只都不能抛锚。

你连忙登上十一楼的甲板，环顾四周，只见断断续续一环峭壁巉岩的大小岛屿，寸草不生，或远或近散落在海面上。你看到近处一座座金属似的焦黑山头，像被削过的锥面体，有着明显的层叠，是火山不断运动的痕迹。山巅之上，散布着桂冠似的白色村庄，乍看如白雪。那时，天上的灰云说坠就坠了下来，将一列白色的楼房淹没了，再继续往下流动，青烟似的把峭壁轻笼着。这里的小气候竟然那么诡异，幻变无穷。山脚下的海水湛蓝，像一汪蓝墨水，你不知道水有多深，但知道海水覆盖下，有一座三千五百年前肆虐过的火山，现在还活动着。一种压迫感迎面而来，几乎要嗅到硫黄气味了。我向自己发问，你脚下可当真是沉落了的大西洋城?

这个爱琴海上的岛，史前已有火山活动。后来有五百年时间，地震、海啸、火山喷发连绵不断，涌出大量岩浆。居民一再走避，一再回来重建家园，最后不得不放弃，向北部的岛屿迁移。最后，桑托兰火药库般炸开了，火山灰、浮石喷射高度达四十公里，在剩余的环岛上，覆盖上一层厚达三十公尺的火山灰，岩浆散发的蒸气热度达摄氏八十度。火山爆发的猛烈史无前例，这是人类历史上最大的一场自然灾难，爆炸威力相当于广岛原子弹的两百万倍。它影响了整个北半球天气：温度下降，森林死亡，欧洲进入长达三年的冬季，全球气候无不受影响。爱琴海岸和克里特岛海岸被海水吞没。中国则暴雨成灾，饥馑时间长达七年。

但所沉落的大陆，是否传说中的大西洋城?“遂古之初，谁传道之?”如果说远古太始之事，不知由谁记传下来，而大西洋城之事，是由古希腊的柏拉图记载下来的。柏拉图对大西洋城有过这样的描写："在这个大西洋岛上，国王们组成了强大而惊人的势力，统治着整个岛屿，甚至延伸到许多其他海岛，直至大陆的某些地方……"大陆地方指的是利比亚和埃及。

这位公元前五世纪的哲学家，在他的《蒂迈欧篇》(*Timaeus*) 和《克里底亚篇》(*Chitias*) 中，两次以对话形式来描述大西洋城，说它的地点在欧洲和接近非洲海岸的地中海上，这个岛存在了亿万年，"在后来的日子中，异乎寻常的地震、海啸不断发生，仅仅一天或一夜，一切突然被埋进地下，最后，这个大西洋岛沉落到海底，就这样消失了。"柏拉图向后人打下这样一个谜，两千多年来，让世人猜想不尽，假设不尽，搜索不尽，直到今天依然是个谜团。

按照《对话》，这件地球史上的大事，是发生在这一带地方。克里底亚是从他的曾祖父那里，亲自听到关于大西洋城的故事。这位曾祖父是从他的父亲德洛比达斯（Dropidas）那里得知，德洛比达斯又从立法议员索隆（Solon）那里得知。索隆呢？是公元前五九〇年访埃及时候，赛斯港的一些神职人员告诉他的。既然当年大西洋城的势力一直伸展到埃及，埃及人关心大西洋城是很自然的事。

然而，后人不敢肯定沉落的陆地就是大西洋城，原因有两个：首先，根据柏拉图的记载，事情发生在距离他的时代的九千年前。因为他相信当时埃及人对时间记载的方法：九朵莲花表示九千年。

其次是地点，一九三九年，希腊考古学家马利那多斯（Spyridon Marinatos），经过挖掘工作和多方面的考证后，认为大西洋城的确就在桑托兰。但一九七四年他在工地上逝世后，他的弟子提出不同意见，因为柏拉图有过这样一段话："从我们这边到海峡（指直布罗陀海峡）以下一点的地方，大西洋城人是从利比亚到埃及、从欧洲到第勒尼安（指意大利西部海域）的统治者。"所以，他提出不同的看法："根据柏拉图记载，大西洋城的面积相当于亚洲再加上利比亚，即使所指的亚洲只是小亚细亚，这种宽广度，绝不可能在地中海找到。"

到二十世纪六十年代末期，大西洋城沉落在百慕大海域的说法再次流行。有三位考古学家，在海底六公尺下发现一些大石块，呈方形或长形，长度在五公尺至七公尺之间，厚度达六十公分，铺成一条十分壮观的大街，伸延七百公尺后，以五十度角转弯。一条砌得如此整齐平坦的大道，不可能自然形成，肯定是人工砌成的。当大家快要肯定大西洋城就在百慕大时，检验结果证明：这条大道至少在五千年前建成，是史前巨石建筑时代的产物。当时大西洋水位低，那条大道最初是陆上建筑，后来淹到海里。

一经否定，考古学家的视线再次回到桑托兰。其实考古工作从一八五六年开始，考古、挖掘几乎不曾中断过。不断挖掘的结果，公元前三千年整整一个城镇的遗迹，古希腊和克里特岛米诺斯的文物，重要的文化地区都先后出土了。你从参观的遗址中可以看到，那个时代的城市规划是根据海岛的自然环境制定的。为遮挡海风，街道扭曲狭窄，道路铺上石板。房屋以打磨过的石块砌成，有巨大的木头直梁、横梁，以木筋墙防震，墙壁内藏着有圆形的陶瓷去水渠，直通街外路面底下的渠道。而两层的华丽大宅不少，有的每层拥有十四个房间，墙壁上画着各种主题的壁画。居住环境不但有文化，且拥有舒适的生活设备。每户人家拥有一个磨坊，楼下用作储物室、工场、卫生间。所拥有的文明跟古希腊文明出如一辙。作为古代建筑，它的现代化当今许多城市还未做到。沉落的大陆，的确有过极其辉煌的文明，有过强大的势力，正如柏拉图所描绘的。至于他称大西洋城一直伸展到直布罗陀，就不知道他为什么要给后人打这么样一个谜。

时间方面，也有新的解释。美国佛罗里达大学的两位学者，一位是地质学家兼古希腊语学者斯特拉奇斯（Nick Stellakis），另一位是电脑专家布兰（Ed Brain），他们把从柏拉图开始，两千多年以来解读出的资料输入电脑，发现柏拉图认为九千年是错误的，他被埃及人的计算方法误导。九千年时间，口头传说不可能。事情发生的时间应该以十来除，是柏拉图前九百年，这样与桑托兰爆炸的时间就相吻合。时间一旦拉近十倍，附近地区居民的口头传说和记忆，就变得有迹可循，尤其从地理环境的改变可以找到佐证。这项修正，被科学界普遍接受。

我们乘小汽艇登陆桑托兰时，烈日当头，海水平静。抬头望向山端，以纯白楼房组成的首府菲拉（Phira）映入眼帘，像悬在天海间的一汪白雪。碧海、蓝天、白屋，这不就是典型的希腊风格么？在码头上再乘汽车沿着Z形的山路登上山顶。站在海拔六百公尺的山顶上往下望向海面，恍如从天上望向下界，望向地球的深渊。水有多深？不要想，以免面孔发白。桑托兰是挂在云天上的村子，由十三个村落组成。与一般村庄比较，它们是坐落在野性而超自然的环境当中，巍巍然，高高在上。由于缺水，每户人家筑有储水池，以便储存极其少量的雨水。除了打井，还必须向外买水。冬天常刮风暴。为避风，避热，避猛烈的阳光，像出土的城市遗址那样，街道窄小而弯曲。可见从远古以来，桑托兰人就以一种“纵浪大化中，不惧亦不喜”的沉着，在这里生生不息。环形山头上，生活着一万一千四百人。他们居高临下，每天看看海面有什么动静，缅怀一下那片沉落了的陆地，一个日子就打发了。一旦没有了这门课程，灵魂深处也许会感到失落。何必太多理性？何必斤斤计较于生死得失？隐忧是盐分，它使生活变得有滋有味，给人以奇妙的迷醉。这也许是他们将家园安置在火山口上，还自称为“大西洋城人”的原因吧？

菲拉的石板街狭窄，不准车辆通过，也难以通过，只能步行。两边商店物品丰富，珠宝店特多。有些工艺品以黄金和宝石制成，看来价值不菲。我们沿着菲拉一直走到奥亚（Oia）海角，视野更为开阔了。从高处用望远镜观察远近海面上的环形海岛时，金属般焦黑的山头，在镜头中越发显得清晰。有的山头高达一千公尺，月球般荒芜，到处巉岩陡壁。尽管那场水与火的疯狂婚礼发生于三千五百年前，眼下依然有着明显的火山喷发和地陷的痕迹。红、黑、赭三色统治着整个环状小岛，以黑色为主。火山的硫黄气体，像随时会喷出。骄阳辉璨中，潜藏于大自然深处的默默威胁扑面而来，平静的海面说不定什么时候会忽然撒野。一登上桑托兰，你就变成桑托兰人了。你关心着埋伏在海底下的世界，那深厚水层下面的岩浆。自从那场大爆发以后，从公元前一九八年直至一九五〇年间，先后有过十四次的爆发。公元一六五〇年那回，耶稣教会的教士李察（F. Richard）有如是记载：

> 九月二十七日夜间发生了一次新的震动，比上一次的更可怕，它使房屋向各个方向摆动，像婴儿的摇篮，像风中的芦苇

那样弯下，这次震动后，我们看到东边四海哩地方，在安托斯（Adros）和桑托兰之间，从海面上冒出一片火海，被一片厚云围绕着。浓烟从燃烧着的深渊冒起。然后，着了火的云再向下坠，火焰像直接从地狱冒出，发出令人窒息的气味。……

喷出火焰之后两天，海变成了火炬，一再发生震动，厚烟越来越浓密，海面浮满了从深渊冒出的浮石。

一九五六年也爆发过一回，造成严重灾害，但岛的面积因而增加了一倍，也使一些岛民离开故土，移民他乡。你对自然世界又怎能不产生畏惧?

沉落了的陆地是否大西洋城?或者是柏拉图利用这个大灾变来想象他的理想国?且留待考古学家继续去翻江倒海吧。为寻找大西洋城，不已经有过不少意外收获了吗?比如找到了百慕大的史前巨石建筑；证实了加那利、亚速尔、马德尔、巴尔玛等岛屿，是人类出现之前发生的陆沉所遗留下来的部分地方，它们与非洲大陆有同样的底座，原来是一片连起来的陆地。一个揭不开的谜，既向科学工作者发出讯息，也激起文人墨客的想象，成为文学创作永不中断的源泉。大西洋城这个名字，首先是一个远古的梦，它像岩壁上的裂缝，使作家的想象找到出口，看到另一个世界去。法国作家伯努瓦（Pierre Benoit）为此写过《大西洋城》(*L'Atlantide*)；西班牙著名诗人韦尔达盖（Jacint Verdaguer）在同题长诗中述说，哥伦布是在听过一位隐者叙述大西洋城之后，才去寻找另一个新大陆的。

没有外在力量，一切来自地球内部。沉落有多么容易，一步就到了深渊！柏拉图为什么要让一个美好强盛的世界沉没?要阐释怎样的哲学思想?然而，当我们遗憾大西洋城没有更长久地存在时，它已经变成了一个传奇，一个艺术灵感的源泉。它在空中的回音，在大伙的想象里和文人的笔头中的存在，比起这个城真正存在的时间还要长，它已经进入到永恒世界。

二〇〇四年七月

二〇一五年八月修改

夏日登上山精之丘

一

因着格里格（Edvard Grieg 1843—1907）的歌剧《皮尔·金特》，你对北欧世界特别神驰心往。你想去找找皮尔·金特和索尔维格，看看格里格的故居，听听《索尔维格之歌》。挪威的卑尔根（Bergen）城你到过多少回？每一回，你就从这个港口进入到大北不同的角落，或深入到千姿百态的峡湾（fjord）。峡湾是地球上的另类世界，是上帝别具心思的制作，两岸千回百转的巉岩映水，青壁的直上直落，巨石平台的戏剧性铺陈，都是神功造化。你到过著名的松恩峡湾，也进入过全程一百八十公里最长的哈当厄尔峡湾。多少次，你低回，你惊绝。在这个另类的环境里，又怎能不产生索尔维格的故事？但每一回游览之后，好像尽兴而归，又好像不是，总觉得欠缺了些什么。因为，你一直没有机会去过《索尔维格之歌》诞生的地方。

如果说，某些歌曲可以代表一个时代，或标志一个人的特定时期，《索尔维格之歌》则标志了你忧郁的青年时代。它曾经像朋友那样给你抚慰，成为你的精神庇护所。“冬天过去，春天又来临，在那雪花遮盖下，一切花都凋零……”悠忽迷离，想诉说些什么，又隐藏些什么，抒向大空大寂，潜隐着征兆和展示。一个白皑皑的大北世界的山头，巉岩，峡湾，虹光辉映的冰川，穹顶下的明净，寥廓，忧郁，一个浪子一意孤行的走天涯，一个女孩子从春夏到秋冬的等待，一生一世的等待。你目睹过“一切花都凋零”，盼望“冬天过去，春天又来临”。音色，音调，音符，不可抵抗的升降浮沉，千回百转，将你沉入到你自己的最深处。谁说音乐是抽象的？谁说音乐不是一种语言？你曾经为这首乐曲做过大梦，遥远而不可企及的黑白大梦，原来也有梦想成真的时候。今年夏天，你到过北极以后的回程路上，第四次或第五次去到卑尔根，才知道格里格的故居不在这个小城，而在它以南十公里，位于一座名为奥普（Hop）的岩石山丘上，现在已易名为山精之丘（Troldhaugen）。音乐家本人倒是出生于卑尔根，直至十五岁才离开故土，到德国莱比锡学音乐。学成归来的第一次钢琴演奏，也是在卑尔根举行的。他曾经说：“围绕着我的卑尔根的全部生活，都给我提供了音乐灵感”。那么，后来在山精之丘的生活，也必定给他提供灵感，成为他最理想的创作地方吧。足有二十二个年头，他就在这座山丘上度过。

今回我们的旅游车从卑尔根城的海堤开出，那一带地方还散发着鳕鱼气味。穿过不算喧闹的市区，大约半个小时就停在“山精之丘”脚下。大伙跟着导游走上一条向山上伸延的林中道路，不久，穿过一道木桥，一座外墙显突着绿色木条的楼房，就在蓝天底下展现在你眼前。它的位置正处于山丘的岬角，是伸入诺尔达斯湖（Nordas）的突出部分。这座两层另加地窖的房子，面向宽阔而绿水淼淼的诺尔达斯湖，散发着传统的挪威农庄味道，却是维多利亚时

作曲家格里格故居“山精之丘”（挪威卑尔根）

代风格的木头房子。这就是挪威的、也是世界的著名音乐家格里格的故居。今回你终于来到你所渴望的，又跟它数度擦肩而过的地方，就有找到河流的源头那种喜悦。

这座建筑由音乐家夫妇亲自设计，在莱比锡的一位音乐书籍出版商的部分资助下建成。建屋期间，格里格亲力亲为，每天从卑尔根到工地上参与工作。他要实现一个古老的梦：建一座自己的房子。他度尺、制图、设计主房、客房的布局；地窖，阁楼的使用……他把建屋当成一部乐曲来写。他给朋友的信说：“我不知道我将要成为音乐家还是水泥匠，我每天乘车到木屋来，在那里，我极尽我所有的想头，产生过许多主意，而不少付出的劳动又被土地吞没了。当你们来看我们的时候，不妨挖掘一下，你们将会挖掘出挪威的合唱曲，钢琴乐曲，管弦乐协奏曲！如果这些作品有着马铃薯、红萝卜和青豆的形状，请不要大惊小怪，它们当中都有音乐在里面。”

而眼下故居的局面，据说还保留着格里格时代的风格，就连周围花草树木的布局也一样，这是他所喜欢的环境气氛。“山精之丘”这个大梦般的巧妙的名字，是他的妻子尼娜给起的。从此，山丘上的晴天、雨天、雾天、或大雪纷飞的日子，北欧国家传说中的又蠢、又笨、又使坏、又喜欢促狭人却无意加害于人的半人半兽山精，挤满了整个山头，就有梦境的奥秘，在天静、地静、人静的日子中，有无形的陪伴，有无声的捉弄和搅扰，如真似假，如说如诉。格里格从此拥有了一处属于自己的、谁也不大有可能来打扰的远离尘世的私苑，可以静静地谱写他的乐曲了。

于我们这些从远道而来“朝圣”的拥趸，就有一处可追踪他的音符的地方。你不曾从泥地挖出红萝卜和马铃薯状的音符，倒是他的音乐将你带到这里来。房子的天花板高达四公尺，在北欧的只有半年的白日当中，稀罕的薄薄的阳光，就被清寒的阵风挟带着，从高大的玻璃窗和玻璃门闯进屋里来。现在楼下辟为博物馆，陈列品都是当年夫妇俩使用过的原件。由于格里格夫人生前立下遗嘱，将房子捐赠给国家，这座建筑物避免了辗转过手，使遗物的原件能够完好地保存下来。现在它们就像一个诚实的见证人，来讲述音乐家和他的音乐的故事；他在挪威，在欧洲国家和许多人当中的故事。

墙壁上挂满著名摄影家为他拍摄的不同时期的肖像。拍摄时期不同，相同的是他那双闪烁着火焰般的大眼睛，亮晃晃地一直亮到你心里，就像他的乐曲一直响到你心上。他的照片和画家们为他画的肖像，据说使德国人想起爱因斯坦，使美国人想起马克·吐温。

玻璃柜里，有他的纸皮卡片、他最后一次在家里举行演奏会的节目表，以及作家为格里格写下的诗歌与文字。还有一大堆勋章。都是国家颁发的，显然，挪威政府给了他一切荣誉，把他当成艺术大使。他在国外巡回演出中，也获得了不少勋章。都说，他如果把这些玩意都挂在身上，可以通行无阻地穿越所有国境线。靠着墙角的一个绿色旅行箱，是跟随他到欧洲各国，如英国、意大利、荷兰、匈牙利、波兰、德国等地巡回演出时使用过的。使你意想不到的是，他母亲和他本人受洗时穿过的蓝色绣花礼服，竟然是一七七〇年在巴黎制造的。如果乐曲的手稿中，最珍贵的是他与尼娜订婚时，作为礼物送给她的《心曲》(由《我爱你》和《秋栗般的双眼》组成)，而最使你关注的，莫如那部陈旧的褐色本子《彼尔·金特组曲》，最受欢迎，也是流传最广的乐曲，那是他应邀为一部哲学诗剧《彼尔·金特》谱写的。

二

《彼尔·金特》这部充满神奇怪异色彩的哲学诗剧，是易卜生一八七六年写于意大利的。作者以温和、辛酸和荒诞的手法，对现实世界的旅者表示讥讽。主角是年方二十的青年彼尔·金特，一个农村寡妇的儿子。他自以为了不起，一味口舌生花自吹自擂，厌倦眼下的处境，要逃离现实世界，去寻找真正的理想生活。但越是寻找，越是失去理性；越是寻找身份，越是丢失身份，竟在一场婚礼中把新娘子英格列强暴了。事后却弃之不顾，自己逃之夭夭，离开故乡到深山里游荡。被山精公主发现，把他引进了山精的世界。然而，他遵守不了这个世界的规矩，没能与公主结婚，再次逃走。流浪中，结识了一位芳名索尔维格的姑娘，她的道德品行端正，答应跟他结婚。但是，他必须首先返回故乡，因为母亲即将去世。他把母亲送上天堂，却改变了主意，到非洲去贩卖奴隶。发了财。钱财又被偷走了。再次流浪，在埃及成为疯人国的国王。依旧的寻找身份，依旧的自我谴责，依旧的孤独无援，然而，不时听到索尔维格的召唤。在穷途末路之际，终于乘船返回故乡，重新找到忠贞不贰，依然在等待他的索尔维格。就是这个女人，当他在爱情中失败，或极度潦倒悲哀的时刻，总在梦中与她相见。但时日无情，当他历尽沧桑归来，她已经老去了，他的索尔维格。他却没有发现，原来他本人也到了最后时刻。经过无穷尽的等待岁月后，她依然爱他，把他孩子般拥进怀里，在他耳边细细私语："你的旅程已经到了尽头，彼尔，你终于明白了人生的意义，是在这里，在你的家，才存在真正的幸福，而不是找遍整个世界，白白去追逐你的疯狂的梦。"

这首诗剧出版后，并不曾产生太大的社会效应，评论界意见分歧。诗人和剧作家比昂松（B. Bjornson）以十分的热情表示肯定，认为只有挪威人，生活在这种特定环境中的人，才能欣赏它的美。但其他评论家，却不认为这是一部杰作。它的怪诞味道过于浓重，被山精追赶，在山精世界中所过的日子，进入埃及的疯子世界，成为疯子王国的国王，等等，离开了正统的文学道路，离奇得不伦不类，读者不容易接受。直至今天，大家对这部诗剧依然意见不一。然而，当大家提起格里格的音乐剧《彼尔·金特》就不一样，评论界表示十分赞赏。他谱写的两组管弦乐曲（乐曲作品编号 46 和 55），一经问世，立刻享誉世界，使舞台上的音乐剧《彼尔·金特》也享誉世界。诗剧《彼尔·金特》和舞台上的音乐剧《彼尔·金特》几乎是两码事。易卜生和格里格是在罗马结识的，两位艺术家惺惺相惜，互相欣赏对方的才能，却没有成为亲密朋友。那时候，易卜生五十岁，格里格才三十岁。易卜生自我封闭，为人冷漠，不容易与人接近，都说，他胸口里藏着一块永远不融化的冰。

有一天，格里格忽然接到易卜生的一封封印信，请他为他刚完成的诗剧《彼尔·金特》谱写乐曲。他看过作品后，觉得这个主题不使人产生音乐感，要把它谱成音乐剧几乎是一件不可能的事。但既然是曾经有一面之缘的朋友，他还是接受了这个挑战，心中却很明白，要取得好效果，必须全力以赴，极尽所能，可能嘴爪欲敝，但没有别的选择了。一场噩梦似的战斗开始了，在谱写的过程中，不敢因为它的不可能而敷衍了事，尽量心授神与地探索。苦功下过了，奇迹也就出现了。原来苦功可以使不可能变成可能。一八七六年二月二十四日在奥斯陆第一次演出，音乐效果卓越得令人难以置信，演出大获成功。最初大家不抱太大希望，谁知一上演就持续了十八个月。戏剧本身的优点，如荒唐的幽默，细腻的嘲讽，充满想象力的诗句，与音乐家的优美而充满乡土气息的乐曲互相作用，效果杰出得令人惊诧。一如音乐家所说："我的角色是帮助文字更好地表达出它的意义。"而最后一幕的《索尔维格之歌》，像峡湾上的回音，像灵魂在歌唱，使观众如醉如痴。这首最具北欧格调的歌曲，很快成了挪威的、斯堪的纳维亚的、也是世界文化的一颗光闪闪的宝石。在后来的岁月中，有的剧院把它改成一般剧目演出。易卜生与格里格就这样联手，使两种不同形式的艺术相映相辉，音乐剧就这样第一次出现了。《彼尔·金特》从此享誉全球，历久不衰，成为格里格最受欢迎的作品。他把两组乐曲整理后，从中提取出《钢琴协奏曲小调》等，成为他日后演奏得最多的乐曲之一。

你在这间博物馆里来回走动，逐一搜索。它的面积不大，但给你提供了一个无边际的精神世界。从墙壁上的照片和油画肖像中，我们知道音乐家的先祖是苏格兰人，父亲曾经是派驻卑尔根的领事。母亲出身名门望族，她的父亲在卑尔根一带拥有宽广的领地。她本人曾经到汉堡学习钢琴，后来成为卑尔根最著名的钢琴教师。格里格五岁跟母习琴，九岁开始作曲。当时最著名的，被誉为挪威的帕格尼尼的小提琴大师布尔（Ole Bull），是格里格母亲的远房亲属，有一回他上他们家作客，发现了格里格的音乐才能，鼓励他“到莱比锡去成为艺术家”，并说服他父母亲让他出发。这正好投合格里格本人的心意。布尔致力于发扬挪威民间音乐，在这位传奇人物的打点下，格里格十五岁离开卑尔根，到莱比锡进入音乐学院。学习过程中接触到欧洲所有古典音乐。莫扎特和贝多芬的乐曲使他深深感动：“我有幸听到大量的华美乐曲，开启了我的精神以及对音乐的判断。”但继承是一码事，必须有自己的创造性。他要走自己的路，选择自己的方向。是怎样的路？哪一个方向？当他学成后返回卑尔根，在挪威和丹麦之间来回走动，接触到音乐界人士，如民族派作曲家诺德罗克（Rikard Nordraak），他逐渐明白，应该走挪威的和斯堪的纳维亚的民间音乐的道路。布尔始终是他的引路人，有一回，他听过他的演奏之后对他说：“爱德华，这不是你要走的路。你要打碎加德（Niels W. Gade）的枷锁，创造你自己的风格！在你的深心里面拥有的风格。要写荣耀你的国家的乐曲，要写出挪威的强劲音符，只要你这样做，你会成名，如果老追随加德，将会埋葬自己。”

加德是那个时代的斯堪的维亚的最著名作曲家，所有年轻音乐家皆以他为师。格里格晚年谈起这件事："我的双眼突然打开了，我接受了布尔的教导，发展了现在大家公认是我的风格的我自己的风格。"一八六四至一八六五年间，他在哥本哈根时候，发起哥本哈根音乐演出团体"尤特尔皮社"(Euterpe)，以推荐斯堪的纳维亚年轻作曲家的作品为主。从那时候开始，直至一九〇一年，他所写的十部《钢琴抒情曲》，都带有民歌的欢乐节奏。G小调弦乐四重奏，小提琴与钢琴奏鸣曲等，采用了自由的奏鸣曲形式，都是高质量的协奏曲，节奏既和谐又大胆，沿袭了后期浪漫主义的声系，和声与节奏皆显得自由而富民歌色彩。著名的《叙事曲》富于独创性，主题也来自民歌。他成了挪威民族乐派的奠基人。通过他的音乐世界，可以找到挪威的文化特色。他从一开始就潜心寻找国家化、民族化，曾经说过："我不能自以为可以跟巴哈、莫扎特和贝多芬同一等级。他们的作品是永恒的，而我的乐曲只为我的时代和我这一辈人而写。"一九〇七年他曾经如是说。唯是，他过于谦逊，他弄错了。

个人的面貌往往像他的国家的面貌。国家快乐，人也快乐；国家忠厚，人也忠厚，国家诚实，人也诚实。从相反意义来看也一样。这位历史上最著名的挪威人，有着挪威的谦逊与诚实。他的有生之年，跟欧洲所有大音乐家都有过交往，李斯特、柴可夫斯基、勃拉姆斯、华格纳等，其实都是平起平坐的。他二十五岁那一年，李斯特赞扬他的钢琴协奏曲，写信鼓励他，使他喜不自胜："在十二月天收到李斯特的信真是无限感激，它使我的生活充满了幸福。"从李斯特的信中，还得到了关于他的名声的正面信息。柴可夫斯基跟他第一次见面，印象极深，有详细的文字记载："……他有一双不大不小、令人不可置信的吸引人的蓝眼睛，闪出一个孩子天真无邪的不可抗拒的魅力；经过介绍后，当我知道这位外表说不出的讨人欢喜的人是个作曲家时，我心里充满了喜悦。很久以来，他的乐曲就在我心灵的最深处回响，在我心里赢得了一个位置。这就是爱德华·格里格。”

格里格是挪威的民族乐派，被誉为斯堪的纳维亚的肖邦。他不单是伟大的作曲家，也是乐队指挥和钢琴演奏家，拥有欧洲传统音乐的坚固基础，他的音乐语言大家都明白。无论在挪威或在欧洲巡回演出，总有本事轻易地激起听众的热情。每一场演出都获得成功，皆因他的乐曲有一种能使听众一下子接受过来的特殊能力。一百多年后的今天，他的音乐能进入当代所有音乐厅和音乐爱好者的家庭，正好是他的作品的现代化和世界性的证明。

三

格里格的人生和事业没有大起大落，但生活中充满了考验。十六岁在莱比锡音乐学院就读时，得过胸膜炎，导致胸部萎缩，只有一边肺能正常运作。他的独生女儿亚历山特拉，只活了十八个月，致使家庭生活产生过危机。这一切都影响着他的人生，也影响到他的作品。这位在挪威文化中担当着重要角色的音乐家，在细腻的抒情中，总带上一点忧郁，连欢乐的作品也不例外。试想房子面对一片茫茫湖水，山头上只有他与他的好朋友贝耶尔两户人家，幸好距离不太远；而他的偌大的房子，楼上楼下只住夫妇两人。当冬日纷飞大雪将山头覆盖，湖水结了冰，大北风在楼外呼啸，加上半年的无穷尽的黑夜，即便出门到火车站乘车到卑尔根，也必须提着一盏煤油灯走山路，然后寄放在火车站，回程时候再使用。在这种自然环境下，你能指望他写出《卡门》这样热气腾腾的作品吗？为避开严酷的冬季，每年从秋天开始，他就到南部国家巡回演出。

“是的，生活就像民间乐曲那么奇怪，你永远不知道它为你打开的是大调还是小调。”一九〇七年九月，英国的利兹城举行音乐节，邀请他去主持一个演奏节目。当时他的健康状态不好，身体原来就不壮实，长期巡回演奏的奔波劳碌，体力早已超支。但他还是坚持按计划出发，先到卑尔根，准备取道奥斯陆，经那里到伦敦。九月二日他出发到卑尔根。每次出发到某地演奏前，他习惯在卑尔根先理发，修胡子，那一回也不例外。习惯为他理发的理发师发现音乐家身体状态极坏，估计是最后一次为他理发了，遂把他的一绺头发私下收藏起来。事后他果然病倒了，紧急送入医院，九月四日在医院里病逝。为他守夜的护士如是记载：

> 格里格堕入深深的睡眠中，我知道他正在远去。我走出走廊，叫另外一位护士去通知格里格夫人。那时候发生了一件非常奇怪的事，我永远不会忘记。格里格忽然从床上坐起来——如此高贵地——行了一个充满敬意的大礼。这绝非意外举动。毫无疑问，我想他是要像舞台上的音乐家那样，向观众谢幕。然后他再躺下，静悄悄的，再没有动静。当其他人来到的时候，没有人相信他当真死了。他的谢世是如此平静。

国家为他举行了盛大的葬礼，参加人数达四万，已经是卑尔根倾城而出了！须知一百多年后的今天，这个城市的人口总共只有二十五万。下葬那天，港口没有一间房子、没有一条船不下半旗，所有教堂钟声齐鸣。黑压压的数万人的队伍，把他送到墓园临时安葬。一九〇八年四月，根据他的愿望，迁回山精之丘。他曾经说：

“我喜欢在那里永远安息。”而理发师私下收藏的那绺头发，辗转过手后，博物馆以高价收购回来，成了山精之丘的一件珍贵的纪念品，放在一个银质镜框里面展出。

眼下的山精之丘包括了好几个部分，你从故居出门往前，取道顺着山谷斜坡的形势往下伸延的石级往下走，很快看到一尊格里格的全身铜像，一座屋顶铺着绿草的平房就在它前面。当你走进房子，才知道这就是“山精演奏室”，一九八五年落成。设计匠心独运，几片平淡的绿草顶盖，怎么也不使你想到里面的幽隐、宁静，你坐到梯形观众席上，先于乐声来到的，是一湖澄净莹澈的水光。听过一场以格里格乐曲为主的钢琴独奏后，你沿着石级继续往下走，一间漆成赭红色的面湖的小木屋，就出现在你眼前，这是格里格的工作间，用作构思和谱写乐曲的地方，是他为自己安排的一个绝对安静

格里格的湖边创作小木屋（挪威卑尔根）

的环境，因为小小的脚步声、杯碟的碰撞声，都会中断他的思路。当年他每天到这里来，将自己反锁在里面，这里是《索尔维格之歌》诞生之地。

一架靠墙的钢琴之上，有一把小提琴歪歪斜斜地挂着。简单的木头桌椅靠窗放置，一切皆显得自然，恬淡，真朴。木屋面积小，结构单薄，在北欧的雨季风季的阴晦或冬日严厉的寒气中，即便有隔冷设置和暖炉，常人也不容易承受，何况音乐家的孱弱体质。当大家听着他那天籁般的，超然而典雅的抒情曲和夜歌，有谁知道，他经常是在患着重感冒或关节疼痛的情况下写成的？

格里格超越了疾病，将痛苦酿成欢乐，写出了挪威的最强音符，让全世界都能听得见。最后你去到播影室看纪录片，当影片结束时，《索尔维格之歌》在你长久的企盼中，越过深冬的虚白世界悄然来到："冬天过去，春天又来临……"以太般的清音给你带来了梦想成真。这原来就是你自己的决定，要到索尔维格的故乡来听听《索尔维格之歌》，像一个固执孩子的一往到底，为某种私心而隐秘的喜爱，主意不可逆转。再没有比在企盼中得到的东西更为珍贵的了。你不是在听歌，而是浮游在歌曲里面。曲调，音符，弥漫着弯来绕去的峡湾岩壁，也回响在你的五脏六腑之内，回响在你心间。在那半睡半醒的广邈雪国中，白夜的暗红日头笼罩着起烟的山头，上边徘徊着一个山精似的老人，他身穿毛皮大衣，头戴黑色毡帽，手持拐杖，将自己混在恢宏的大自然里，把心声融合在静静山头上的岑寂中。一颗水珠落入峡湾的僻冷的谧静，蓝光从雪山后面飞箭般射出的铿锵的岑寂。为寻找灵感，格里格曾经多次在挪威西部不同的峡湾上头结庐，在山头上作无穷尽的漫步，从岩壁上俯瞰下界水域，眺望远天银链似的雪山，在古今的时空中来回往复地游荡，得窥了大自然最隐蔽的一面，那是大自然真诚地给他演示的秘密，就有了情感的萌发，就有了音乐的面貌和身体，就有《皮尔·金特》的音乐故事，就有无数的钢琴奏鸣曲的大调、小调、管弦乐的双重奏、四重奏……“我的国家的宏伟的大自然，比起任何事物都更能与伟大的艺术结下亲缘。”他说得多好，太好了！

二〇一三年十一月

大北的诱惑

一

宙斯的儿子大力士埃居尔，在神话时代已经站在地中海和大西洋之间说：“那边，什么东西都没有。”所谓没有，指的是一目了然，再没有什么秘密了。到了我们的年代，几大洲、几大洋、山岳、河流、城市、大街、直至你家的房子、花草，都让人造卫星拍摄下来，只要打开你的手机就可以看到。不错，地球所有秘密都曝光了，再没有什么好挖掘的了，科学技术太发达了，太多的书籍杂志，太多的电影、电视和视频，太多的望远镜、显微镜了。著名的古迹，壮观的大自然，你不用亲自到过，就可以写一部《梦想回忆录》。南极北极的千重冰块底下隐藏着什么？亚马逊大森林里面是怎样的世界？撒哈拉沙漠的深处有怎样的谜团？只要你在网络上搜索一下，会知道的。

但你依然相信，远方另有天宇，有会唱歌的星星和月亮，有一觉三千载的大梦，有的石头在生长。为什么不？只要你愿意相信。当滂沱大雨的时候，你相信有太阳，在哪里？在你的心里。所以，没有任何事物会妨碍你向远处走，向边界走，向地平线走，向陌生地方走。不为探秘，不为发现，不为作为，只因为你有出发的愿望。每一次出发到外地，于你都是最开心的，最值得的，那边等着你的，都是最适合你的世界。医治烦躁的圣水在远方。只有它才能给你解魇。

你东走西走之后，特别想向北边走。你相信生命的起源，一切梦想都在北边。你对一个北字特别喜爱，易北河，北岬，北冰洋，北极，都是好地方。于是，冰岛，大北野地伊洼露，北极圈之都罗瓦涅米，欧洲最北的陆地北岬，拉普兰区的高涅斯巴山，你一再涉足。之后，就有施皮茨卑尔根（Spitsberg）的召唤。这个位于北纬80°至81°的岛屿，是地球最北的陆地。再北，就是北极球冠，只有探险家才能涉足的地方了。那里是亿万年积聚起来的纵横交错的冰川，再没有可供你踏脚的陆地了。

出发前你从网络上得到信息，小岛大部分面积终年冰雪覆盖。一望无际的白色风暴。被雪风暴抹成虚白的山头。射向天宇的万丈虹光。人迹不涉，野兽不易抵达。洁净的荒域。果然一个原始大梦尚深沉的大冻大寒、大荒大寂、大白大蓝的世界。你特别想见识一下。今夏，你这就走了一趟来回接近九千公里的北海和北冰洋之旅。

施皮茨卑尔根是荷兰航海家巴伦支（W. Barents）于一五九六年起的名字，他为寻找一条通到中国的最近的道路，无意间发现了这个岛。一九二五年挪威把它易名为斯华勒伯尔（Svalbard），但大家习惯了使用旧名，只有报刊才会使用这个新名字。

二

我们当代人说远行，到什么洲什么洋去，其实再远能远到哪里？现代交通的快捷已将地球变成小王子的星球，跟以前的旅者、探险家相比，没有什么好骄傲的。当年的旅行家要冒险，要忍受交通、生活的不便，还可能付出生命。为的是荣誉，为增加人的价值，为有所发现，为人类的智库增加一些资料。而当代旅客只是被编好了队，让导游赶着上路的一群绵羊，一出门就被安排在方便、快捷、安全、舒适的轨道上。在哪里上岸，参观什么名胜，都安排好了，为的只是要乐子。能够外出走走，就沾沾自喜了。我们这一代人很平庸。今回说到北极去，只是乘着经过多重安全检查的游轮“和平海岸号”从德国汉堡出发，经易北河进入挪威海岸线以上的北海，那是千把年前维京人出没的地方，再向北走，就是你渴望的北冰洋了。

当你看不到陆地，眼前汪洋一片，意识上不受约束的时候，你就不再去想什么价值。只觉得这片空空如也的空间并不单调，而是一个很充实的世界。在这里，天，海，人，飞鸟，鱼类，联合组成了一个独特的浮动和谐国度。而陆地上呢，是人堆中的人与人之间的隔阂。陆地远了，闹市不再，在这个另类世界中，一切梦想都可以张满了帆，一切热切而神秘的心火，都可以旺盛地燃烧起来。你知道自己为什么要出发。除了要乐子，还有些什么呀？你向自己发问。

海水莫测其深，海浪莫测其力，巨轮行驶其中，只是树叶一片，你相信这片漫无边际的液体能够溶解一切，甚至钢铁，能够不产生畏惧？层层叠叠的浪涛不断传递，可以一直抵达岸边。海的功业看似散漫无章，但所有动静都不会白做，都会留下痕迹。经历过长期海洋生活的人，想象力和创造力会特别丰富，大洋使他们成为智者，于是就有梅尔维尔和他笔下的《白鲸》(*Moby Dick*)，有哥伦布发现新大陆，有航海家李察·桑瑟洛发现北岬。当你在甲板上看着日头堕入神秘的睡眠，海声风声直闯心灵深处，你也想跟自己，只跟自己一人，谈谈自己的心事。昨天傍晚，你在露台上听见歌声，右方下一层的露台，见一位日本女士在轻唱，对着浪花哼了好一阵子，断断续续，怯生生而忧郁，想来她也是向自己说说自己的故事。都说，一切旅行漫游，最后是回归到自己身上，而每一个人身上都有开发不尽的秘密，那么，地球的秘密已经被掏尽的问题还存在么？

当小岛白兰辛迪（Breisundet）在汪洋中出现，就预示着要进入隆斯达尔峡湾。这条峡湾两岸最宽处达一海里，水深二百米。之前，当游轮穿过北纬66°33″，进入北半球的球冠地带的时候，海深达三百五十米。那时节，日照时间很长，但你看不到日头，没有日落日出；也有一段时间可以看到日头，同样没有日落日出，天文术语是“拱极可视期”和“拱极不可视期”，各持续六个月。还未弄清我们穿过的是什么期，已经去到特隆索（Tromso）岛的首府特隆索城，北极圈最大的城市，号称“北极巴黎”。它位于北纬70°，从十一月到一月，太阳不升起；从五月到七月，太阳不下山。小岛处于北极光的中心地带，是最理想的观看地方。你可以在午夜太阳底下钓鳕鱼，乘驯鹿或狗拖的雪橇，出发到雪原上驰骋，像出弓的利箭般飞驶。你还可以凿开冰层垂钓，到拉普人的帐篷里吃午餐。这个城永远不入睡。但眼下短暂的夏日将一切特色都抹去了。再出发就离开了挪威的海岸线和水域，进入到浩浩渺渺的北冰洋了，切过“北极熊岛”之后，就向着施皮茨卑尔根方向行进。

这一带水域的特殊景观，是夏季海面上经常出现大小浮冰。那时候，海事部门就加紧监视，随时向附近的船只发警报，以免碰上。观看浮冰成了吸引游客的项目，也是你十分巴望见识的。一到附近水域就走上甲板，沿着楼梯逐层上下走动，从四面八方远眺，逐一搜索。但很失望，没有浮冰，没有。只有水银般明亮的水面，船只走过，像利刀将它剖开，一似皮肤爆裂，然后迅速缝合，给海面留下一条白色的滚动着的水花白带。神奇。幻美。却不使人感到压迫，只给你小小刺激。唯是不见浮冰，轮船只顾行进，你等着船长室从播音器中发出通告，奇迹地将一块浮冰指给你看，不，没有通告。一个小时，两个小时，半天，你就在等待中过去。看来浮冰这码事已经泡了汤。看不到浮冰还来北极做什么？你生起了一点无名火。

唯是，如果当真遇上了，就像法国探险家夏尔科（J.-B. Charcot）所描述的："一块十多米高的冰山，进入我们走经的路线的浮冰当中……"那时候，你会不会想起"泰坦尼克"？另一处描写更加戏剧化："从冰川蹦出的大浮冰，强烈地袭击着船尾和船舵，使我们面临着最大的危险。所有人拿起撑杆和长柄桨，把冰块推离开大船，经过两小时奋斗，终于清理了船舵最危险的部位……"遇上这种情况，你装得出潇洒姿态吗？

自诩为环保主义者，对地球的温室效应特别留意，把有关新闻逐一剪下，像千层酥饼那样摞在案头上。你知道所有冰川和冰雪的贮藏所，无论南极、北极、格陵兰、冰岛，都处于告急状态。以前一般科学家认为，南极受温室效应影响不大，但美国航空航天中心的学者发现，情况比北极更糟糕。一九五六年，南极某处蹦出了一块长达三百三十五公里、阔九十七公里的浮冰，慢慢融入了大海；一九九一年再蹦出一块，面积相当于科西嘉岛；到二〇〇二年二月再崩出的 Larsen B，高度竟达二百米，面积相当于卢森堡大公国，它形成于一万二千年前，是一块古董浮冰。这些闹独立的冰块，对人类提出了严重警告。而格陵兰，从二十世纪九十年代开始，每年有八十立方公里的冰川融解，有些冰河以每年五点五公里的速度后退。勃朗峰的“冰海”，九十年间，单是厚度就减少了七十米。你眼下看不到浮冰，应该是预料中的事。“去年白雪何处寻”！

北冰洋这个季节风平浪静，大部分时间游船如履平地。一旦风向改变或阵风掠过，连第四层作为安全演习的甲板，也会被疾风抛起的海浪打湿。风浪太大的时候，旅客从甲板转到楼下的大堂，一个由大亨和普罗大众临时组成的社会，一个歌声乐声不绝的世界。一艘十二层的巨轮，金碧辉煌，设置应有尽有，既然这是让大伙度假的地方，当以消遣娱乐为主。餐馆，酒吧，电影室，剧院，图书室，赌场，商场，无一或缺。刚才你穿过餐厅，又看到那四五位女士，看来她们是编到同一饭桌的朋友，饭后聚在一角喝酒，打扑克。来自不同国度的人，一杯威士忌或啤酒落肚，意大利语懂了，两杯落肚，法语懂了，再喝下去，英语也懂了，只要有一个字明白，什么都明白了，越喝越可爱，越喝越明白，越喝越能说会道，最后，什么语言都会说了；只要一人开口，大家就以各种语言抢着说话，都说得很好，大家都很明白；不为什么也可以七嘴八舌，笑得七歪八倒。人与人之间的距离没有了，面具没有了，等级没有了，架子没有了，有的是人与人之间的毫无利益冲突的和平相处，和要乐子的追求。那时节，还有谁去想“去年白雪何处寻”的废话？她们也像在舞池上跳探戈，跳包列罗，跳扭摆舞的大快活，或在赌场上转轮盘，在吃角子老虎机跟前的男男女女，一味寻开心，找快活，对浮冰爽约之事只字不提。

三

船长也乐得不提，在一个不知是晨是昏的熹微时刻，将你带到了施皮茨卑尔根。游轮就停泊在马革达连纳（Magdalene）的宽阔峡湾当中。你以久盼了的心情登上十二楼甲板，彷徨四顾，只觉得眼前是一个不可能的世界，非人间的世界。破碎的岩岸，堆满冰雪的峡湾，冰河从山谷间蜿蜒而下，峭壁山尖无不以冰雪为盔甲。没有新的天宇，没有会唱歌的太阳和月亮，有的是水晶般的铿锵亮白。不见一棵树，没有绿色，没有生命，没有声息，重重叠叠的虚白雪峰，插向浮云，黑色的齿状峰尖在蓝天中浮动。古老的日头照射下，千百道蓝光白光闪烁，利剑般的光刃，像猎神戴安娜射出的箭，飞驰着，反射，折射，将天宇划成碎片。峡湾上的静水映着穹顶，黑白山头浮游在云中，也浮泛在水里。从山坳间蜿蜒落海的冰河，纵横交错，眼下一带大小有二十多条冰河，有的高达四百七十米，有的长度达四公里，有的出海口的宽度达一点六公里。山外有山，川外有川，山山掩映直至无限。这个世界不会好客，但恢宏华美，美得冷峻强势而严酷；空寂得嘎嘎作响，大白大静得使人眩晕。这是个远古的世界，没有历史，没有时代，没有英雄美人，没有浪漫，没有奇遇，没有作家为它写过一个故事。没有坟墓，没有墓碑："这里安息着……"时间，是远古的时间，古老得无法追忆，全不属于我们的时间的一部分；历史，也不属我们的历史。然而，远古和现在，就在这里相逢相对。只有北极熊、北极狼、狐狸、大嘴雀才知道里面的秘密；只有猎神戴安娜才能抵达，人，只能远观，远距离地拥有。

到了这条峡湾，船不能再向北走了。再北就是没有陆地的北极球冠，是暴风雪世界，是隐藏在冰山底下数千米的关于地球和人类的记忆，这是多少个亿年前的秘密，可以给人类提供无限的讯息。这已经是科学家分上的事了。而你今回所谓到过北极，只是站在甲板上，与蓝、黑、白三色的反光折射遥遥相看。你的精神不敢上岸，肉体无法上岸。三四个小时的停舟暂泊，游轮以极慢速度自转三百六十度，再转一百八十度，已到回程时间了。你一只脚也不曾踩上那片冰山。崎岖的海岸线上没有码头，何况，这是北冰洋熊爵爷们的神圣领土，谁胆敢来犯，会成为它们饭桌上的美味午餐。探

北极冰川（挪威马达兰峡湾）

险家巴伦支把他所发现的一个小岛，命名为“北极熊岛”，因为他的助手在那里被北极熊夺去了生命。

现在的施皮茨卑尔根有百分之六十的面积被划入自然保护区。当游轮离开马革达连纳湾，开始走回程路，南下到科学村尼—阿勒苏（Ny-Alesund）的时候，游客可以上岸参观了，但上头先发下书面通告，每人一份，以粗体字印刷：提防北极熊，不能走出村子范围一步！挪威人对北极熊爱得发狂，保护得发狂，皆因离开北极就没有这种动物了。一九七三年立法保护，你一旦遇上熊大人，就不知道谁该死，谁该活。你在不得已情况下把它杀死，也要证明是“意外事件”，不是“蓄意谋杀”。一头雄性的熊，最高体重可达八百五十公斤，直立时几近三米高，力大无穷而灵敏，牙爪极利，每小时可跑六十公里，在水里可以一口气游二百公里。直至现在，每年总有几个防范不严的冒失鬼被啃掉，尽管他们外出时带着枪。怪不得施皮茨卑尔根人口总共只得二千四百，而熊老爷的数目却是三千。

位置在北纬79°的科学村，就在同名的海湾上，又名“国王湾”。它是北极的国际科学研究中心，研究的项目有地理、海洋学、臭氧层、太阳辐射、天气预报、空气污染等等，在那里工作的，有生物学家、自然科学家和大学实习生，冬天总人数不超过三十人，夏天约一百五十人上下。岸边没有可供靠岸的码头，大船只能在离岸三四百米外的海面抛锚，用救生艇将游客分批送上岸。上岸前，按照通知，尽量穿上御寒衣服。这里的盛夏，气温大体升至零度，你眼下还看到岸边浮着白云似的小块浮冰。夏日泥土只有十多英寸解冻，不能再深挖。但峡湾的肥沃地带开满花朵，土地充满生机。坐落在缓坡上的村子面积不大，总共只有二十来座木质结构的大小平房，墙面和屋顶漆成红、蓝、黑、白、紫红等颜色。村前村后，除了本船上岸的游客，看不到工作人员，一间酒吧的屋顶上却窝着一伙人在晒太阳，喝啤酒，笑着向游客挥手打招呼。村子后面一列山头云蒸雾绕，黑的山头，白的冰川和银灰积雪，黑、白、灰三色随意铺陈成一幅巨大的潇洒泼墨。而山头后面，就是北极球冠——地球的尽头，或世界的尽头。

四

球冠气候环境恶劣，不易抵达，探险家反而产生了挑战心理，他们就要到那里去揭出千秋万载的奥秘。所有到球冠的人都是从这个海湾出发的，因为距离最近，只有九百六十公里。去到这个急冻的地狱，从一大洲到另一大洲，就有最近的道路可走。一九〇四年，法国探险家夏尔科（Charcot）带着一个科学考察队，乘法国人号帆船，从海港布雷斯特出发，后来被冻结在大浮冰当中。队员只好走出帆船，为格雷厄姆（Graham）一带的海岸线绘制地图，为海豹等北极动物拍下了大量照片。那批来自不得已的照片，反而成了珍贵的文献。二十三岁的美国探险家皮尔里（R. E. Peary），为登上北极点，先后有过八次行动，为此丢失了七只脚趾。最后宣称于一九〇九年四月六日，他和黑仆人以及四个因纽特人，一起到达目的地，有照片为证。而另一位大名库克（E. A. Cook）的美国探险家则说，他已于一九〇八年四月二十一日抵达过北极点。他曾经是皮尔里探险队的成员，后来独立行动。到底谁先抵达北极点？没有谁来给他们做裁判。

二十世纪初，是探险活动活气腾腾的时代，竞争激烈。探险家之间，国家之间，南极北极之间，都有一场仗要打。阿蒙森（Roald Amundsen）是著名的挪威探险家，他原来计划先征服北极点，眼见竞争激烈，他改变了策略，明修栈道，暗渡陈仓，对外宣称到北极，实际目标是南极，连他的队员都被蒙在鼓里，因为他的竞争对手，由斯科特（R. F. Scott）领导的英国探险队，所定的出发日期已箭在弦上。一九一〇年他从奥斯陆出发，同年十二月十四日登上了南极球冠："北极点是我梦想中一个坚定不移的目标，但我征服了南极点！"那时候斯科特的队伍还有六百公里路要走。一九二六年，他以飞艇飞过北极点，被认为是最重要的一次北极球冠的探险，他也成了同时征服两个极点的探险家。一九二八年，意大利探险家诺毕尔（U. Nobile），驾驶意大利号飞艇越过北纬90°，遇上事故，阿蒙森参加了救援工作，但他的飞艇在熊岛海域失事，诺毕尔却平安归来。从那时到现在，打捞阿蒙森及其飞艇残骸的工作一直没有停止，最后一次在二〇〇九年。

你去施皮茨卑尔根，就想见识亿万年前的原始大白，传奇式的冰河和冰山，传奇式的雪光虹刃，还有北极光，午夜太阳。如果可能，还希望看到躺在浮冰上的海豹、海象，在雪原上游荡的麋鹿、狐狸、遮天蔽日的海鸥，或者，被困在大浮冰中的古船，却明知道不可能全部看到。使你感到意外的是，看到一些你不打算看到的事物。尼—阿勒苏成为国际科学村之前，原来是一座采煤矿的村子，煤矿关闭后，运输铁路和系统拆毁了，却留下一列小型的运煤车厢，一段铁轨。作为历史见证？为吸引游客？俄国人最初在格里芒山开发煤矿，那些矿藏是十七世纪的航海家在那里设厂炼制鲸鱼油而发现的。俄国人开采了一段时间，一九六二年矿场关闭，转到山坡斜度很大，近乎垂直的“金字塔”山开采，一九九八年又关闭了，是开采、运输难度太大，还是矿藏已尽？现在你只看到运输的缆索铁道，山脚下一座渺无人迹的鬼魂村，还有运煤装置、架空索道、电缆、小型火车、铁轨、铁桶，都成了废物。最近俄国人又转到巴伦支堡去开采。开采得来的煤炭就送到欧洲去换欧元。又有人企图在那里开采大理石，不成功，留下了一地的生了锈的铁桶、木桶；当年美国人威廉曼打算用飞艇越过北极点，也留下了一地长满了铁锈的巨大滚筒。现在俄国人还在那里开酒店、餐馆、商场、运动中心。挪威对施皮茨卑尔根的主权，由一九二〇年巴黎条约授予的，四十个签字国家都有开发权，但不能建军事堡垒、海军基地。目前参与开发的只有挪威与俄国。不过，现在北极的局面已经使人丧气，如果别的国家也有兴趣参与一下，北极将会出现怎样的局面？

施皮茨卑尔根面积六万二千平方公里，大小峡湾纵横交错，两千多居民大部分生活在首府朗伊尔城（Longyearbyen），它伸延在一个山谷里，背后是终年白皑皑的雪山，一端与冰川接壤，冰川就这样进入到居民的日常生活中，皑皑冰雪到堂前，成就了一片奇特而凄美的风景。这个貌似小镇的城，是行政机关的所在地，行政官只有一个，代表挪威国王，也是法官和警察。天文研究中心也在这里，仪器把从卫星上接到的信息向外界转发。从前来往船只必须赶在十月结冰前离开，要到五月末解冻才能回来。一九七五年有了飞机场后，终年都能与外界联络。那里的夜比任何黑夜都更黑、更长；那里的日比任何白日都更长、更白。十月份黑夜来临，漫漫长夜持续至次年二月。三月八日太阳重新露面，居民举行盛大节日，庆祝白日的重临。一旦回来就不肯离开，到八月底才完全消失。五月份太阳底下的温度会回升至零度以上，积雪融化，气温依然变化无常，谁也不敢担保外出一个小时，回来时候天气会怎样。这里的夏日永远不够长不够热，没有能力抹掉冬天的痕迹。但作为城镇它样样俱全，购物中心，酒店，餐馆，咖啡座，博物馆，教堂……楼房很多，与居民的人数不成比例。

原来不易抵达的大北世界，并非你想象中那样原始真朴。唯利是图不曾放过任何一片净土。面对大自然，前人的态度跟我们的不一样！哥伦布经历过长期的海上经验，一四九二年在航海日记中写道：“我总是看到世界，大地和水都是呈球面状的。”那个时代的天文和地理知识有限，很多人相信天圆地方，不知道大地是个球体，但哥伦布的观察跟现代科学相一致；麦哲伦绕地球一圈，相信地球是圆的，对它的体积有了大体的估计。他们的探索改变了人对世界的认识。现代人面对青山、大地、海洋，想的是怎样开发煤矿、金矿、石油、天然气。于是有了北海油田，俄罗斯的天然气。我们的探索为的是利益。

造物多少亿年造就的大美，功利就来将它划上一道道伤痕。太多的利益追逐，太多的不负责任了。面对地上的大小疙瘩和鬼魂村，你想，还能恢复原貌吗？怎样才能恢复？谁来把它恢复？冰雪世界原是一切生命和希望的来源，一切梦想的贮藏地，北极不存在净土，地球，我们唯一的家园，还存在净土吗？不管是温室效应，还是自然规律，马革达连纳峡湾上的冰川，这个亿万年前留下来的自然博物馆，也不能指望它永远不变了，北极的冰雪也在闹末日。据绿色和平组织的报告，单是二〇〇五年跟二〇〇七年比较，就有一百万平方公里的冰川消失了，五十年之内，冰雪的厚度将会降低百分之四十。施皮茨卑尔根的冰川数量在不断减小，体积也在不断收缩，未来世界所欠缺的将会是大白。

有谁真正承认大自然的力量？知道地球上的生存有多么脆弱？某地方的海啸，海浪推推涌涌，可以经过数月或一年半载时间之后，将岸边一条村落或城镇化成齑粉。梅尔维尔说过："不管娃娃人类怎样从科学和机巧上来满足自己的虚荣心，不管他怎样宣扬未来将会取得怎样的进步，而永远地，直至最后审判，大海都会冒犯他，把他砸碎，将他能够制造的最坚固最雄伟的战舰变成粉末。"二〇一一年三月，日本发生的九级地震海啸，不就是这番话的注脚了吗？地

午夜太阳（挪威北岬）

球上所有事物，皆以这样或那样的方式互相关联，互相触及。我们要怎样理解大自然，善待大自然，珍惜自己的生活环境，才能将这片向子孙后世借来的土地，完好地交还给他们？

游轮在回程路上南下，下一站是欧洲最北的陆地北岬，施皮茨皮尔根逐渐远隔浪千重了，北极熊爷的国度也远了，却依然使你回味无穷，无限牵挂。虽然美中不足，到底见识了一场原始大白。北岬已遥遥在望，这是造物主别出心裁创造的一方天地。记得第一次涉足这座面向北冰洋、高达三百零七米的巨壁时，你相信这是大自然的宏伟之最了。回来后写了一篇短文《白夜在北岬》，押尾一句是："不能走得更远了，这里是世界的尽头。但始而复终、终而复始，世界的尽头不也就是世界的开始么？"而今回你向北再多走了一千多公里的海路，却发现那片蓝黑白世界的任何一个转弯抹角，任何一条蓝光炳灿的冰川，任何一座带刃雪峰的皑白，都是世界的尽头。那里有无数的世界尽头。但载浮载沉的千万载长路，也只是在迂回往返上头做文章罢了。世界有无数的尽头，也就有无数的开始。

二〇一三年七月

二〇一七年七月修改

水城文波

——写在威尼斯

自从托马斯·曼（Thomas Mann）的《死在威尼斯》发表以来，年年月月都道是，威尼斯要死了，威尼斯快死了。但威尼斯还在那里，风里浪里雾里，年年月月站在水边。运河上的黑色摇橹船“贡多拉”依旧穿梭往还，每年二月的假面具嘉年华会依旧魑魅魍魉，“叹息桥”依旧在叹息……不，威尼斯没有死。

到过威尼斯的人都说，你去威尼斯就不会只去一次。当年你第一次到访时，也不打算只去一次。这个亚得里亚海上的老婊子，啊，不，老皇后，韶华是随风而逝了，却依旧的风华绝代。她清愁，神秘，冷艳，拒人千里之外，却使无数人趋之若鹜。作家巴雷斯（Maurice Barrès）说过：

> 想起我世上的至爱，我想不会是一个男人，甚至不会是一个女人，而是威尼斯。我的一生，就是在威尼斯决定的。

巴雷斯这番表白，不知得到多少作家的认同。一个世纪前，那些舞文弄墨的人，敲遍了现实生活的一千道大门，突然发现十九世纪给他们带来的，是一个转型的社会。工业的发展，使烟囱林立，环境污染，他们为此感到窒息。唯独远在水中央的威尼斯，与工业世界脱节，而且专门出售梦想和神秘。于是，他们纷纷跑到那里去，找寻灵感，情爱，慰藉，幻灭，甚至死亡。拜伦在那里如鱼得水，他说：

如果我的生命像锦缎的纺织，上面也织着一些快乐的时日，美丽的威尼斯，一部分就是你的颜色。

威尼斯人还记得这位跛脚诗人，一下水就变成一条鱼，曾经用四个小时一口气从丽岛（Lido）游到圣马可广场；瓦格纳在那里完成了他的乐章《特里斯坦》(*Tristan*)，1883 年，在旺特拉明宫（Vendramin）死去；乔治·桑和缪塞，还有那位夹在他们中间的帕席罗（Pagello）医生，三个人在那里谱了一首浪漫的、一直流传到今天的爱歌；尼采在科黎奥那（Colleone）的雕像下，进行他的“超人”的哲学构思，科黎奥那将自己的财产全部捐赠给威尼斯共和国；海明威对着运河的落日，写了一部引起争议的小说《河的那边和树下》(*Across the river and into the trees*)；阿拉贡想到那里去自杀……

最新的关于威尼斯的书，是一九九六年出版的《威尼斯的星期天》(*Les Dimanches de Venise*)，作者是法兰西学院院士米歇勒·莫尔（Michel Mohrt）。长期以来，每年冬季，他裹在一件陈旧的大衣里，带着画架画箱，在威尼斯的运河、小巷或桥头上作画。“在威尼斯，每一个日子于我都是星期天。”

百多年以来，这个没落的水城像一个大众情人，使无数作家、艺术家神魂颠倒。但有谁想到，这个美丽得像一出歌剧布景的小岛，以及它周围无数的岛屿，一千四百多年前，只不过是一汪汪渺无人迹的烂泥潭？

威尼斯的祖先是意大利东北部的威尼托人（Vénétie）。公元五世纪，当罗马帝国崩溃的时候，他们被哥特人（Goths）不断地烧杀抢劫，逃到那些满是烂泥的小岛上，把木桩打进沼泽里，在上头建立自己的家园。威尼斯的诞生，几乎是一种不可能的选择。他们以水作城墙，来抵御敌人和外来的骚扰。岛上唯一的敌人，是生活在海沟和沼泽地的水陆两栖的海狸鼠，它们把打进烂泥里的木桩啃掉。威尼斯人的精明，狡诈和喜欢要手段的性格，也许是在艰苦的建城时候形成的。由于水上交通方便，他们通过君士坦丁堡和亚得里亚海来垄断东方的贸易。在那个年代，欧洲人讲的是天主，是骑士风度，但威尼斯人只讲发财。他们每天翻阅的不是《圣经》，不是书本，而是账簿。

十二世纪的时候，他们提供战船给十字军东征，到十三世纪初，君士坦丁堡陷落，威尼斯人连本带利，从十字军手中取得了对君士坦丁堡的主权，把土耳其的四匹铜马搬了回来，放到圣马可大教堂的屋顶上。何止呢，就连大教堂里面供奉着的圣马可的尸体，也是两个商人从埃及的亚历山大港偷运回来的。发了财的威尼斯商人，成了威尼斯的贵族，却依旧发财不立品。莎士比亚的《威尼斯商人》，就有着典型的描写。到文艺复兴时代，他们还算懂得赞助艺术，于是画家提香（Titien）、韦洛尼斯（Véronèse）、丁托列托（Tintoretto）笔下软绵绵的裸体女人，开始布满了殿堂的屋顶。十八世纪是威尼斯享乐的黄金时代，那时候，它的嘉年华会，每年持续六个月之久。

但是最初到威尼斯旅行的作家，如孟德斯鸠、卢梭、蒙田等，在水声舟影、雾霭沉沉的华丽城市面前，几乎不为所动，尤其不齿于威尼斯商人的奸狡行为。孟德斯鸠这位十八世纪的道德伦理学家，一七二八年时候曾经到过威尼斯。在他的《从格拉茨到海牙之旅》中写道：

> 威尼斯使我大饱眼福，但我的心与神就不是那么回事了。我不喜欢一个不致力于使自己变得可爱、变得有道德的城市。甚至它给我们的逸乐，那些作为补偿夺去了一切的逸乐，也开始叫我不悦。

卢梭在《忏悔录》中描写了威尼斯的神女，和他本人嫖妓的经过。由于他是个穷酸书生，当时在意大利默默无闻，威尼斯人的大门都不为他打开，他只好放荡于露水姻缘。有一回，他惊讶地发现，服侍他的那个女孩子不但年轻、良善，还美丽得像个女神。这样一个女孩子，应该是王孙公子拜倒石榴裙下的对象，然而，她却不得不以出卖色相为生。卢梭为此竟忍不住号啕大哭。

第一个惊艳于这个水城并为它主持公道的是歌德。这位《少年维特的烦恼》的作者，晚年为完成一部作品而旅行意大利。在他的《意大利之旅》中，生动而充满怀念地描写了威尼斯的海：

> 我听到海涛喧腾，这一定是大海，便朝岸边走去。我脱掉衣服。时当正午，正是退潮的时候。迄今我也亲眼目睹过大海，那次站在退潮时的沙滩上，听任大海退去。我真希望孩子们来拾贝壳，我自己也孩子气地拾了许多贝壳。
>
> 一个从早到晚的美妙日子。

他还写了对抗海水的堤坝，雨天将大衣弄脏的泥泞，贡多拉船夫的歌，小岛上的渔夫。圣马可广场上的铜马他也描画了：

> 从下往上看，我轻易地看到马群都有斑纹，一部分有很好看的黄色金属光泽，一部分变成了铜绿色。

歌德为威尼斯揭开了面纱，以它最美丽的角度示诸他人。跟在他脚跟后面的，是老家英国对他冷淡却誉满欧洲的拜伦。在他的长篇叙事诗《恰尔德·哈洛尔德游记》（*Childe Harold's Pilgrimage*）的第四歌中，诗人手握曼陀铃，以最高的音阶唱出了对威尼斯和意大利的赞美。打从叹息桥开始，他歌颂了威尼斯和意大利的古老建筑，歌颂意大利的光荣伟大，把它称为“世界奇妙的花园”，“一切文化和艺术的十字路口”，“自然美的一面镜子”。皇宫，圆拱顶，圣彼尔大教堂的宽阔无边，历史和艺术的名胜，都是他歌颂的对象，就连废墟中的残墙瓦砾，他也觉得洒脱可爱。诗人的恋慕之情，使一场老去了的文明辉光重现：

我站在威尼斯的叹息桥上，
一边是宫殿，一边是牢房。
我看着高楼从浪花中冒出，
仿如魔术师棒下的奇迹。
千年岁月的阴暗翅膀包围着我，
将逝的光荣向着遥远的过去微笑，
曾记当初，多少番邦回头仰望，
那插翼雄狮的大理石柱旁。
威尼斯以皇者姿态坐镇在百岛之上！
……

记得你初读《游记》时正当“文革”，从图书馆借得此书如获至宝，关起房门读得如醉如痴。而门外呢，是铺天盖地的大字报。每看一回“打倒打倒”，便悄悄逃回房间，将房门紧锁，遁入诗中世界。那时，拜伦那管神笔就带领着你畅游希腊和意大利，就像佩德莉采引导但丁畅游上界天堂。却怎么也不曾想到，如今自己流连在诗人笔下那方天地中。叹息桥“一边是宫殿，一边是牢房”，还有那“插翼雄狮”，有了当初在特殊环境下的阅读，这一切于你，便不显得陌生疏远了。

这首歌是第四歌，可以说源出威尼斯，它一开始就提到叹息桥，犯人被押解上法庭，必须经过这座桥。想到在法庭上等待自己的不知是怎样的命运，难免在桥上叹息。跟着下来，诗人把威尼斯比喻为头戴三叠皇冠的斯白丽海神，“身披紫袍，她的宴会上，有着受宠若惊的各国君王”。这首响亮的歌，成了拜伦和威尼斯的定情之物。威尼斯一时红光满面，不胜娇羞，竟一头栽到拜伦的怀抱里。从此，它成为威尼斯众多情人中的第一号情人。

拜伦从小深爱着这个城，有文为证：

> 打从童年开始，我就喜爱威尼斯，我心上的城，梦中的城。它建立在水上，充满欢乐；奥特韦（Otway）、拉德克利夫（Radcliffe）、席勒和莎士比亚已经将它的形象印到我脑子里。眼下的它依然美丽，现在的破落，比起它往日的辉煌，可能显得更加可爱些。

威尼斯熏陶着诗人的心，诗人亦最知威尼斯的心事。因着威尼斯，拜伦写了第四歌，因着第四歌，他的《游记》成为思想最丰富、内容最广泛、篇幅最长的一部长诗。

对于拜伦在威尼斯的情况，司汤达在《罗马、那不列斯和佛罗伦斯》一文中，有这样的描写：

> 威尼斯，一八一七年六月二十七日——是在一场表演中人家把我介绍给拜伦勋爵的。这是一张天使般的面孔，不可能有

更美丽的眼睛了。啊！一位才气横溢的美男子。这位英国的，也可能是世界的第一诗人，还不到二十八岁呢。当他听音乐时，简直是一张最完美的希腊面孔。

也许是文人相轻，夏多布里昂这位十九世纪法国的文坛巨人，对拜伦笔下的威尼斯不以为然。不，全不是那么回事！虽然知道在诗歌方面永远无法与拜伦匹敌，却跟这位诗人着实算了一回总账，在他的《墓外回忆》(*Les Mémoires d'outre-tombe*）中写道：

卢梭和拜伦对威尼斯的感受如出一辙，无论哪一个都不欣赏艺术。具有音乐奇才的卢梭，好像不知道在旭里热达附近还有绘画、雕像和名胜……至于拜伦，他讨厌鲁宾斯地狱般灿烂的色彩，他轻蔑那些充塞着教堂的有关圣人的主题。离他思想一里之内的绘画和雕塑他全看不见。他不喜欢那些骗子艺术，宁可喜欢那些山啦，水啦，几匹马儿啦，莫里的某只狮子啦，看着它在埃克塞特吃宵夜的一只老虎啦。这一切难道没有点偏见么？

他索性变个花样儿，跟拜伦唱对台戏，将威尼斯这个“反自然”的城市打扮成另一个雅典，另一个迦太基。以他天生的忧郁个性，给威尼斯唱起了哀歌。瓦格纳给他作了回应，写了一出三幕的抒情悲剧《特里斯坦》。在这个悲剧中，只有死亡才将特里斯坦和绮瑟两个情人结合起来。德国著名作家托马斯·曼也来了，一九一二年他的《死在威尼斯》问世。一九七二年，小说在丽岛拍成电影。在这部闻名遐迩的著作中，他描写了一位以知识建立了自己的崇高地位，为世界和国人所尊崇的艺术家艾森巴赫，在威尼斯的丽岛酒店遇上了一位美少年，惊为美的化身，陷入了同性恋的渊薮。这位信奉希腊理性主义、追求和谐和古典美的作家，从此溃不成军。一生的文化修养被破坏得荡然无存，道德规范彻底破产。他在运河、小桥、窄巷到处跟踪美少年达斯奥，精神上跟他作柏拉图式的对话。像个热恋中的人，害怕失去对方而感到痛苦。为讨对方欢喜而刻意打扮自己，衣服整得干干净净，洗烫得笔挺，配上漂亮的领带，理发店也去得更勤了。他讨厌自己的衰老、白发，和瘦削的身躯。一个意外事件忽然来了，威尼斯发生了虎列拉瘟疫，人们开始撤离城市，美少年一家也准备返回波兰。他深感绝望而了无生趣，最后在海滩上看着美少年被同伴殴打虐待，看着他在沙洲上远去的影子，终于心力交瘁，死在了丽岛的海滩上。

从此，丽岛海滩变得惨淡凄凉；从此，威尼斯也变了调调儿。威尼斯要死了，威尼斯快死了，这首越唱越来劲的副歌把你吓得匆匆忙忙跑到那里去。一看那水城，觉得夏多布里昂还是对的，泡在亚得里亚海上的，果然是一只垂死的天鹅，天鹅终究是要死在水里的。

八年后的今春二月，你第二次到威尼斯，目的是看看假面具嘉年华会。尽管一九九六年底那里有过一场大洪水，水位高涨超过警戒线一米，圣马可广场积水达一点五米，几乎淹没了广场上露天酒吧的台椅。但威尼斯还在那里，不曾沉落到水底，或跟着洪水漂走了，这可要归功于竖立在水城周围的无数木桩吧？

出发前在巴黎一家旅行社订酒店，指名要订达尼热里(Danieli)。闻说这间酒店住过不少著名的文人，狄更斯、巴尔扎克、普鲁斯特、科克托、音乐家瓦格纳等。但你想寻找的，是缪塞和乔治·桑的风流足迹。一八三三年这对才子才女到威尼斯去寻爱，就住在这间酒店的十号房间。一个是从二十岁开始便成为浪漫派宠儿的诗人，一个是著名小说家，两人结伴到水城，既为寻爱，也为寻找灵感，寻找某种秘密启示。但不幸得很，缪塞得了脑热病，请来了帕席罗大夫，乔治·桑和他一起照料病人，二十多天的危险期中，两人衣不解带守护着他。也许是年近三十的乔治·桑习惯性的多情，也许是对病人的护理把他们连结在一起，这对异国男女双双共坠爱河，竟在病人的床头相爱起来。病眼昏花的缪塞，还看见他们搂抱着亲嘴，在同一个酒杯里喝酒。这段插曲，在一代又一代的文人笔下和口头中流传。但如何判断这段风流公案？乔治·桑的说法是不痛不痒的：

两个情人之间，有那么多的事情，只有他们自己才能判断。

然而，于年仅二十三的缪塞，真是人生长恨，他的世界从此被弄得天翻地覆。

一八三四年九月底，病愈后的缪塞，知道自己的位置已经被帕席罗大夫代替了。

我独自垂着头，长久地望着墙和路。

诗人已经别无选择，作别了继续留在威尼斯的乔治·桑和大夫，携仆返回巴黎。

共同出发，独自归来，情海翻舟使缪塞伤透了心。但爱情不幸诗神幸，“痛不欲生之歌是最美的歌”。俯仰唏嘘叹息间，听见诗神对他有所呼唤：

诗人，拿起你的琴来；

给我吻一吻，

野蔷薇蓓蕾绽开，
春由此夜生
……

于是，以成就最高的《五月之夜》为首，把浪漫主义发挥得淋漓尽致的《四夜组曲》诞生了。这组绝唱使缪塞成为法国十九世纪最伟大的爱情诗人。从组曲中，可以看到诗人的泪痕，和一颗滴血的心。

记得大学毕业留校后任教，有一段时间晚间仍然和年轻教师一起到梁宗岱老师家里上课。那《四夜组曲》，就是那时候跟他学的。浪漫的绝唱，由一个浪漫诗人来讲解，自然是绘声绘影，见地透彻。上完课以后，一行人腋下夹着书本，歪歪倒倒在清风静夜中返回宿舍时，那野玫瑰新出的嫩芽，那月夜芦苇丛中幼小鹌鹑的嘤嘤其鸣，就夹杂在宗岱师一连串的褒语或贬语中，一路萦绕脑际。

这双著名的情侣在威尼斯决裂后，缪塞在《十二月之夜》中有一段描写：

在威尼斯可怕的丽岛上，
苍白的亚得里亚海，
消失在一个坟头的青草中。
浩瀚天空下每一处地方，
我的心与眼都感到厌倦，
永不痊愈的伤疤依旧滴血。
……
沿着道路的任何地方，

我双手抱着前额，
啜泣得像女人一样。
我到处像绵羊，
把羊毛留在荆棘上，
心灵逐渐颓丧。
……

这个浪漫得几近滑稽却不乏魅力的爱情故事，造就了一组永恒的情诗，还有《世纪之子的忏悔》《给拉马丁的信》《回忆》等作品。达尼热里酒店从此名声大噪，房间不容易订，旅行社向我们推荐了摩纳哥酒店。

到达威尼斯那天，遇上冬季经常性的大雾，从飞机场乘汽艇到威尼斯，一路上烟里来雾里去，你找不到任何标记。入住摩纳哥酒店后，从玻璃窗望往外看，只见窗下码头的贡多拉船、汽艇、行人，都绕缠在浓雾中，一个不大真实的世界。你推开面向大运河的窗子，殊不知雾团一下子就涌进房间来，飘在桌子、椅子和床铺上，从未有过的新奇经历使你惊诧不已，连忙将窗户关上，回头看着雾团慢慢消失，像看一场魔术表演。到次日浓雾变淡，才蓦然发现圣马利亚大教堂，隔着大运河与我们的酒店遥遥相对。

酒店离嘉年华会的中心圣马可广场很近，步行两三分钟就可抵达。因着这种近便，连续两个晚上，你游荡在浓雾弥漫的圣马可广场上。在那寒气袭人的隆冬夜晚，码头灯和街灯半明半暗，距离十米上下，行人已像鬼影幢幢。黑袍蓝袍底下的面具人，欲行不行，幽魂般在雾中摇摇晃晃，或泥塑木雕般倚着残墙灯柱静止不动。仿佛千把年前死去的人，一夜间都回到威尼斯来了。神秘，颓丧，没落，死亡，就这样年年月月铸造着威尼斯人的灵魂。

嘉年华会的高潮安排在最后一天，广场临时搭起的舞台上，有宗教审判等节目表演。广场一带人头攒动，拱桥，小巷，柱廊，到处载歌载舞。远离中心的一些院落，有小型乐队演奏音乐，与夜间的神秘气氛成强烈对照。游客与化了装的威尼斯人碰上，随搂随跳地跳起了舞，跳过了就搂着亲脸颊，亲个没完没了，同行的亲属或朋友，乘机拍摄或录像作留念。

为避开喧闹，我们乘船到圣拉萨尔（Sanit-Lazare）岛，去寻找拜伦的踪迹，他曾经在那儿生活过。汽艇离开威尼斯后，进入两边打着木桩的航道上，二十来分钟便抵达目的地。诗人于一八一六年来到该岛，逗留了三个年头，在丽岛和威尼斯之间来回走动，圣拉萨尔岛就因诗人而成名。那天来参观的外国游客相当多。

徐志摩被称之为“一个美丽的恶魔，一个光荣的叛儿”的纨绔诗人，天生一副强烈的个性，内心永远躁动不安，因着行为不检性情乖张，在祖家遭到冷遇，却在威尼斯，在圣拉萨尔岛上得到安静和慰藉：

在寂寞的海岸上自有一番销魂的欢欣，
在大海之滨，有一种世外的境界，
没有人来打扰，海的咆哮里面有乐声。

圣拉萨尔岛上有一间亚美尼亚隐修院，属天主教派，受梵蒂冈管辖。修士们是清一色的亚美尼亚人，都是些熟读《圣经》、学问渊博、且深谙艺术的人，在孤寂中与上帝对话。他们对诗名远扬的浪漫诗人拜伦，表示挚诚的欢迎。当时有好几位画家，以拜伦到达该岛及岛上生活为题材，画下了好些作品，如今保留在修道院的博物馆里，成为他在小岛上生活的见证。

这些亚美尼亚人的命运类似犹太人和希腊人，拜伦对他们深切的同情。他与修士们的关系十分和谐，每天一起坐在小岛的树下闲谈，又跟神甫奥赛尔（P. P. Dr. Aucher）学习亚美尼亚文。天资聪颖的他，半年时间就掌握了这门语言。三年留住时间中，他帮助奥赛尔神甫编写了两大卷亚英和英亚字典。后来奥赛尔旅居伦敦，给亚美尼亚人编写了英语语法，又给英国人编写了亚美尼亚语语法，得到拜伦的鼓励和帮助，并承诺资助他出版。

岛上有一个小山丘，也因拜伦而成名。《游记》中的第四歌，就是他坐在小山丘的橄榄树下写成的。小岛周围茫茫大海，像重力般压在诗人的脑子里，向他道出了最深沉的秘密。当他歌颂过意大利的光荣和伟大之后，最后为之折服，为之顶礼膜拜的，还是那片无边无际的大洋，这幅“永恒”的肖像：

> 你岸上帝国兴亡，只有你容颜不改，
> 亚述、希腊、罗马、迦太基今安在？
> ……
> 你永恒不变，除了变幻不羁的波浪，
> 时间不能划皱你苍翠的面颜，
> ……

威尼斯就这样成为英国和世界文学的摇篮，成为浪漫派作家的麦加圣城。后来修道院的另一位神甫阿里桑（P. L. Alichan）把《游记》的第四歌翻译成亚美尼亚文，在圣拉萨尔岛上的印刷厂印刷出版。

目前修道院里有二十四位修士，所有藏书、古董、宝物都是亚美尼亚人捐赠的。这所修道院也像威尼斯的建筑物，显得古老残破。周围海域是见底的浅水，水中浮着绿色的海藻。比起威尼斯的喧闹，小岛像一个被遗忘在静寂中的世界。

次日清晨回到圣马可广场，昨日的热闹已曲终人散。经过数日的狂欢之后，威尼斯摘下了面具，懒洋洋地回到现实中。广场上行人稀少，临时舞台和道具拆走，地下打扫得干干净净。圣马可广场静悄悄的，像个散场后的剧院。只有岸边的汩汩水声，在浪涛中跳荡的谜一般的空船，还在向人们提起那个令人讨厌的老问题：二十世纪水城已经下沉了二十五公分，一九六六年十一月四日的洪水，超出零标记一点九四米，贡多拉船浮到广场上来，飘荡在教堂的柱廊间，殿内积水曾达一米半。平常日子，超过零点七米警戒水位线是家常便饭。这些数据都是沉没的先兆。尽管出现过挽救威尼斯的“摩西计划”，但摩西能够带领威尼斯人从水中突围么？当年“伦敦大桥倒下来”的时候，伦敦人依旧在桥上跳舞。而威尼斯人呢，洪水一再漫到身边，但他们关心的是嘉年华会，假面具舞会，赌场上的一掷千金，还有女人、文学、艺术。每年的嘉年华会结束后，刚除下面具，就马上开始设计下一年度的服装和面具。威尼斯人就是威尼斯人。威尼斯就是威尼斯。作家泰纳（H. Taine）说得好：

威尼斯是个除了做梦，什么都不可能做的地方。

梦，使他们忘记了老跟在后面的阴影，就连三年前上任的市长卡斯亚里（M. Caciari），也宁可选择回避现实，说：“那些关于威尼斯的丧气话该刹住了，托马斯·曼已经不住在这里啦！”

这个在水中建立起来的乌托邦城，千把年来在乌托邦中经历着它的辉煌与衰落，却没有忘记继续向世人出售它的乌托邦。小说家、诗人、音乐家、艺术家去到那里，第一眼便认定这个城是自己的知音、密友、最爱，向它倾诉自己的痛苦或心事，从他们的笔下又生出无数的乌托邦。这个世界常用的建筑材料是一个“最”字，最美丽的，最神奇的，最神秘的，最魔的，最幻的，最真的，最假的……所有“最”字当中，最可怕的莫如法国作家莫朗（Paul Morand）的“最”字，他说：

威尼斯沉到水底去，恐怕是它最美丽的结局吧？

一九九七年三月

庞贝古城的旧事新事

你走在庞贝古城的遗址上，脚步放轻点，说话声音别提高，有些音符在空中飘过，有些古代讯息要传来。你曾经想象，古代世界是怎样的？现在一个废墟就在你跟前。虽说断柱残墙，上头没有一片瓦，但揪人心肺的残缺美给你还原了一个大气的整体。廊柱林立，神庙、剧场、运动场、华宅、大小拱门、喷泉，布局的宏伟壮观依旧，你相信当年每座建筑物，都可以支撑一角城市的局面。不用太多想象，就可以在废墟上复活一个古代世界。维苏威火山的爆发，将庞贝变成了一个死城，却把它凝固在历史的一个点上。当古希腊世界在灾劫中烟消云散，庞贝却以它褴褛的宏丽，将古希腊文明留住，成为地中海岸一个永恒的记忆，成为衬托现代世界的古代舞台布景。

这个建于地中海的萨尔诺河口上的城市，当年凭橄榄油、葡萄酒和小麦的出口而变得富足繁荣。那时候高卢北部地区和迦太基一带，都饮用庞贝城出产的酒。公元前四世纪，城市建设已具一定规模，石灰岩、火山岩给庞贝人提供了丰富的建筑材料。从遗址的布局看来，当年建城的规划不但雄心勃勃，而且根据日常生活需要和对精神、文化的追求来构思，做到合情合理，尽善尽美，使二十一世纪的人大开眼界。你的脚步一步比一步缓慢，想弄清楚一点什么，因为，你在废墟上发现的是个新世界。你惊诧于公共建设所占的比例极大，大会堂、大操场、大小圆形剧场、音乐厅、市政大楼、纪念牌楼、神庙、食品市场、粮市、面包店、饭馆、酒馆、漂洗作坊、男浴场、女浴场、公厕，直至妓院、公墓等，所有公共生活的场所都十分齐全。从建筑物的宏大美观，设计的合理和高质量，可以看到当时的人对公共生活的高度重视。

装饰性的圆柱、铜像林立，到处是拱门、壁龛、浮雕，精雕细琢而华丽，一派黄金时代的气象。如果说圆柱上的凹槽、涡卷是对一个美字的追求，而以火山石砌成的道路，就设计得很实用，隆起的石头方便行人雨天穿过水淹的马路，不会泡湿脚，却不妨碍马车走过。现在还留着当年的车辙痕迹。与当代城市比较，庞贝没有电力，没有现代化设备，却拥有丰富而多种多样的文化享受。对生活艺术和生活质素的追求，对生活环境的构思，其合理、舒适、讲究、精巧，使我们这些文明世纪的人觉得自己在苟活。以民居为例，一般家庭建筑，均以中庭为中心。所谓中庭，是进入房屋的第一间上盖敞开的大堂，对采光和空气流通起重要作用。下面筑有承雨池，引导雨水流入另一个储水池备用。围绕中庭周围，是客厅、卧室、厨房、通向花园的柱廊。有的大宅拥有两个花园。构思以融入大自然为主，使城市和乡村生活没有太大区别。富人住宅的墙壁大多饰以绘画，或以彩色马赛克砌成图画。地面铺上彩色大理石，或以彩石嵌成图案。由于这里以古希腊、古罗马的文化为主体，圆柱是最常见的建筑，无论大门、走廊、拱亭、花园，圆柱成为最夺目的部分。庞贝建筑的华丽程度直追古希腊的宫殿。

政治生活的开放也出人意外。罗马皇尼禄由元老院选出，地方和市政官员通过民选产生。竞选和助选活动，只是个人进行，加上朋友与同道中人支持，绝非现在那样有组织有计划，后面有政党或工会作为后盾。你支持某一个竞选人，只能在夜间出动，用灯火照着，把他的名字写到墙壁上，赞扬他的品德和能力。这些墙上标语，有的还保留到现在。市民对竞选者的选择，不看重思想，大家没有思想冲突。行政官员绝不代表某种思想，选民没有这种要求，最重要的是能干、老实、正直，有能力组织和管理好社会生活。

残墙上有一些涂鸦，记录了该城一件历史事实。公元五九年，圆形剧场发生过敌对俱乐部大规模的流血打斗事件，为了避免公共秩序再次被扰乱，尼禄下令关闭圆形剧场，禁止所有竞技活动。三年后，他娶了该城一位美丽的女子为皇后，在皇后的影响下，剧场重新开放，市民喜不自胜，在墙上写下“皇帝万岁！皇后万岁！”，这句口号让火山灰保留到今天。

从公元前八世纪开始，庞贝城凭着几条贸易通衢交接点的重要位置，从小市镇发展成为大城市，公元前二世纪进入繁荣时期，公共建筑大量增加。庞贝人勤勤恳恳在地面工作，创造自己的人间天堂；大自然也勤勤恳恳在地底下工作，按自己的意思办事。原来庞贝这座天堂，在茫茫天数中，竟建在一座火山的脊梁上，大家懵然不知。公元六二年，发生过一场大地震，许多建筑物遭到严重破坏，但谁也不将这个先兆放在眼里，地震后进行重建。工程还未完成，公元七九年八月二十四日，维苏威火山火药库般炸开了，喷出的毒气一下子将全城人畜尽灭，岩浆从火山口源源涌出，庞贝很快被火山灰覆盖，最后全城被淹没，一场赫赫文明被埋进地下，时间和历史在那里停下了脚步。

直到十八世纪，才有人想起挖掘，目的只为寻宝，希望找到金银珠宝和贵重金属。既然该城只是被火山灰覆盖，金属不至于完全被毁。他们如是想。挖掘首先从庞贝和维苏威之间的小镇赫尔库拉涅乌姆（Herculanum）着手，逐渐向庞贝城靠近。小镇离庞贝只有七公里，上头覆盖的火山灰和浮石厚度达二十三米。那时候考古意向不明，只知道寻宝，没有其他目的。有的考古学家不知道为什么要保留一座出土的房子："四堵破墙，有什么好处？"直到十九世纪，观念才开始改变，懂得将考古作为了解历史的手段。从没有生命的物件身上，找到它的灵魂。尤其学会从细处着眼，推而广之，设想一个过去的世界。比如，从庞贝找到众多艺术品、日用品、工具，还有墙上的壁画、建筑物的形式，庞贝城当年的生活景象就可以基本复原。如果找到烧焦的植物种子或树根，就可以知道花园种什么树、什么花、什么草。把一个花园重建起来，你会看到庞贝人如何懂得享受，懂得以大自然之美来娱悦家居生活。

一七五二年，在赫尔库拉涅乌姆小镇的皮索豪宅地下室里，找到八百卷纸莎草纸的手抄卷，已经完全灰化，却未化为灰烬，因为混着山泥流下的岩浆，没有完全淹没所有地方，空气温度虽然高达摄氏三百二十度，还未达到使物质变成灰烬的程度，却将氧气抽掉，木头、皮革、植物等的纤维不但没有破坏，反而利于保存，因为它们的纤维不再腐烂。当年所发现的家具、细木壁饰，以及那批纸莎草纸抄卷，就是经历这种特殊环境的处理而保留下来的。

根据考证，这所大宅是恺撒大帝的岳父皮索的府邸，藏书丰富的图书馆安置在地下室。当专家找到这批手卷时，估计藏书可能包括了当时的整个西方文化。除却大作家的著作，还会有从未闻名的作者，从未读过的文章。目前我们所认识的西方古文化，大多来自传统的中世纪手稿。这批新发现的文献，要再上推一千五百多年，所表达的思想和见解，属于那个久远时代，与中世纪肯定有很大区别，更靠近最初的源头了。这是一个划时代的发现，问题在于如何阅读被高温烤过的纸卷。要读，首先要展开纸卷，由于纸质容易断裂破碎，最初使用的方法是将纸卷从中间切开，从最中心开始，由里到外，将纸页逐张取出，再按次序排列。第二种方法是以极慢的动作，将纸卷展开，以清漆粘在另外的纸页上。这两种方法后来都被淘汰了。等到二十一世纪的今天才有新的突破，采用 X 光断层扫描技术。这原来是医学上使用的，用来对人体内部和内脏进行逐层扫描。现在就使用这种方法，在纸页间逐页穿过，对内容进行扫描。

二〇〇五年七月九日，在英国牛津大学一个著名的教研室里，集中了三十多位全球最著名的古文字学家，他们眼看着一卷完全烧焦的纸，没法猜到任何符号，被投射到荧光屏上。首先出现的是多种光谱分析的形象，反手间，形象变成了完全清晰可读的文字，那是以古希腊文写成的文字和句子。手抄卷挖掘出来后，由于无法阅读而搁置一边，沉睡了两个多世纪，其内容就这样从死灰中突然来到现代人的眼前，透露了它们的秘密。这是生对死的又一次胜利，大家雀跃不已。从解读出来的文字中，我们知道公元前一世纪的菲洛德穆（Philodème）不但是诗人，还是一个大哲学家。欧里庇得斯和索福克勒斯的某些作品被提及，但没有人看过，显然是佚失了。从研究结果看来，这是一个收藏古希腊文和古拉丁文的最重要的图书馆。

既然所发现的手抄卷绝大多数是古希腊文，学者们因而推想，应该还有古拉丁文的著作才对，因为那个年代，这两种文字并驾齐驱。估计地下室有另外一个图书馆，专门收藏古拉丁文作品，尚未挖掘到。大约二十年前，考古学家得到准许，到赫尔库拉涅乌姆再度挖掘时，只挖了几米就被迫停止，因为废墟上头已经建了不少新房子，挖掘会造成房屋下陷。要继续的话，只能寻找别的方法，比如绕过建筑物地基的外围，兜远路挖进去。如果日后再有同样烤焦的手稿出土，解读方法会更方便，更奇妙。多种光谱分析法已经发展到三维摄影，取得立体影像，再通过电脑程式处理，不论体积多大的纸卷，都可以一下子看到内文。维苏威的黑色愤怒，给我们留下了一个古代文明的样板，也留下了一批谜团似的书籍。我们对西方文化的认识，到底已经到达了源头，抑或只停留在某种程度上？庞贝这个巨大的坟墓不断向现代人讲述它的过去，这批图书现在也要开口说话了。就不知道成功解读后，对我们的世纪会产生怎样的冲击。传来的会是怎样的信息？会否带来一些新概念，改变我们对世界的认识？且看吧！

二〇〇六年六月

非洲的明与暗

西奈山头的一盏古灯

今回到埃及，其中一个旅游项目是参观圣凯瑟琳隐修院（Monastère Sainte Cathérine），西奈山头上的一座基督教修道院。去也不去？同船的西方人兴致很高，都想去看看这个宗教圣地，而你心里忐忑，因为可供参观的地方有好几处，可以选择。何况从红海的沙姆沙伊赫港（Sharm el Sheikh）到那里，有二百五十公里沙漠路程要走，一天来回，要走五百公里，一大清早出发，摸黑回来，你受得了吗？前一天从港口出发的沙漠之旅，你还印象清晰，在崎岖的大漠上一路屁颠屁颠，途中汽车一停，大伙马上冲向附近大小沙丘，好找个隐蔽地方方便去，漠上没有厕所呀！你还记得那位小伙子司机，落日后给你开快车，在大漠上横冲直撞，故作惊险，将你颠簸得东歪西倒，左碰右撞，还得意洋洋地说："我要教你们一辈子都记得，沙漠上有一个穆罕默德，夜间开快车也不用开车灯！"事后，你侥幸骨头架子还能撑得住，但心里犹有余悸。

不过，如果只为湖光山色，贪图自在，到处都有五星级酒店敞开门户等着，你跑到西奈山头来，就是记错地址敲错门，还讲什么跑天下，增见识！

原来西奈沙漠既非撒哈拉的一望无际，也非苏伊士附近大漠的崎岖，你一经进入，就是置身于沙海里面的赭色岩石群山之中。几户贝都因人的茅舍、帐篷，散落在沙丘上的三两头骆驼，几棵不生不死的小树，皆属稀有的点缀。像样的树只见过一棵，是漠上的奇迹，导游煞有介事将它作为一个景点，专门带我们去参观，说这棵树的根要伸到三十米以下吸水。这里离红海不远，但沙漠绝对的贫瘠，漠上子民的赤贫显而易见。再向内陆深入，走经瓦提亚（el-Watia）隘口，拉哈（el Rahah）平原，或藏在深谷里的群山，所谓干旱，寸草不生，都是斤两不足的说法。沙与石头像随时会着火，燃烧起来，大严酷、大艰辛，透过车窗压到你的视觉上来。空气中飘浮着一些极度的东西，着了火的沙石的嗡嗡其鸣？血液沸腾引起的幻觉？白天日头铿锵如火，入夜凛冽的寒气骤降，这种温差就连沙漠之舟骆驼也会发抖。除却少量贝都因人，广袤的沙石天地是土狼、狐狸、鬣狗、鹰、瞪羚羊的天地，也是只为神迹出现而存在的世界。于是，就有耶和华的显灵、摩西的圣迹，有雅各，有伊萨克，有《圣经》的故事。你进入西奈，就是进入《圣经》的世界；一如进入地中海，就是进入荷马的世界。你穿过西奈就是穿过《圣经》的隐迹纸本，导游的嘴巴就是显影液，每一段旅程，都有一个故事引导着。就这样，你走经摩西将红海的海水分开、劈出一条旱道让希伯来人通过的地方；用手杖击打岩石，清泉从裂缝中冒出的“摩西泉”，还有吗哪薄饼，铺天盖地的鹌鹑从天而降……

这些故事，你一早从《圣经》里知道，从历代名画家，如包茨（Dirk Bouts）、菲伦蒂诺（Rosso Fiorentino）的画作中看过。你可以相信、不相信，或从传奇的角度去相信。但你进入西奈，最好自动将现实和传奇故事之间的界线抹去，相信这里发生的一切都是真的。

也许上帝也感到不得已，在埃及当了四百三十年奴隶的希伯来人，连摩西也感到他们奴性十足，还放荡、虚荣、邪恶。摩西带领他们逃出埃及的过程，一路让他们咒骂："难道埃及没有坟地，你将我们带到旷野来送死吗？""在埃及当奴隶虽然辛苦，总比在沙漠里白白死在追兵的手里要好得多。"有人要用石头将他砸死。要管治这样一群人，必须有本事将他们慑服，巫术般的本领就变得有必要。上帝就给了摩西这种本事。

手杖变成一条蛇，升起火柱来阻挡法老的追兵……像中国的武侠小说或《太平广记》中的怪异篇。摩西在红海劈出一条旱道，不完全是传奇或文学手法，事实上苏伊士附近的红海，退潮时可以步行到对岸。一七九八年拿破仑远征埃及，十二月二十六日去到苏伊士，二十八日退潮的时候，步行到对岸的亚洲去视察，看"摩西泉"。傍晚回程时遇上涨潮，他拒绝手下提议在岸边扎营过夜，命令导游下水带路。中途他的马惊骇不已，拒绝前行，被水流带走了。身材高大、力气过人的导游将拿破仑托到肩头上，再把自己缠到他的阿拉伯马的尾巴上，继续在潮水中行进。水很快到了腋下，再过五分钟，日后的世界就不一样了，奥匈帝国也许存在到今天。终于，那匹马长啸一声，原来到岸了，精疲力竭的导游跪倒地上。二十二年后的一八一七年八月，拿破仑流放到圣赫勒拿岛，向库尔戈口述回忆录时，对那回历险如是说："我利用退潮步行通过红海，遇上黑夜来临，在涨潮中迷路，经历了一生最大的一次危险，几乎像法老的追兵那样被淹毙……"

当然，不是所有《圣经》故事都能在现实中找到立足点，比如为迫使法老让希伯来人离开埃及，遵上帝意旨给埃及人降下弥天灾难：河水变血，带火的冰雹从天而降，还有蛙灾、虱灾、蝗灾、黑暗之灾，让埃及人的头生子都死去等等，你干脆不相信。如果天主当真如此，未免欠公平。当年希伯来人到埃及时只有七十人，四百三十年后离开，单是具有战斗能力、步行上路的男丁就有六十万，奴隶生活并没有将他们灭绝，与当代的极权统治对人的毁灭性的糟蹋，不可相提并论。

耶和华在“燃烧的灌木”中向摩西显灵，是《圣经》故事的重要章节；圣凯瑟琳隐修院，就是围绕着这个显灵圣地建立起来的。你去参观隐修院，就是回到《圣经》故事的源头中去。

修道院位于海拔一千五百五十米的山头上，在摩西山和圣凯瑟琳山之间。你从汽车走下来，一堵古老的高墙抢到眼前来，你仰起

圣凯萨琳隐修院正墙（埃及西奈半岛）

了头，那高达三十米、厚度两三米的城墙，马上成为你的新鲜事物。你不曾见识过。在这个全无绿意的茫茫大漠中，竟存在着一个城堡式的世界，它以八十四米长、七十四米宽的赭色石墙，将一座教堂和修士的禅房围起来。大仲马在《西奈两周》的作品中如是描写："我们看到一堵墙，但在墙上找不到入门。"事实上这座建筑没有入门。环境孤僻，沙漠上的兵刃相接，骑尘中的强盗队伍从来不缺少，为避免意外袭击，把当初的入门干脆封闭了，在三十米之上设了一个观测岗，以绳索拉上拉下进出，也方便观察外边的情况。一旦有人来访，双方首先墙上墙下打招呼，大仲马描述他们来到这里，先在墙脚下大声命令骆驼队停下，当骆驼都躺到地上，墙头里面的人已经发现外边的动静：

> 一扇有挡雨檐的窗子打开，一个身穿黑袍、头戴无边圆筒帽的希腊修士，谨慎地伸出头来，看上门来的是些什么人。我们从阿拉伯人中走出来，靠近约三十米高的窗子，向修士说明我们是法国人，从开罗来参观修道院的。他问我们有否教堂的介绍信，我们把在摩西泉所遇上的两位修士的信显示给他看。马上有一条绳索坠下来，这是隐修院的信使，我们将信件缠上后，绳索开始上升，修士取过信件，拿着信离去。

当窗子再次打开，出现几个修士，一个接一个来看究竟是何方神圣。客人的外貌看来使他们放心，绳索再次坠下，连着一个钩，是将行李先运走的，但不等于人可以随后上去。行李先上，是为避免类似木马屠城的故事。检查过行李正常，才将人接上去。

后来新建的入口也很窄，仅容一个人走过，设有三道铁门。门卫森严，既因为隐修院是与《圣经》有关的宗教圣地，也是一个文物的阿里巴巴。作为隐修院的图书馆，藏书的丰富仅次于梵蒂冈，单是古代手抄本就达三千五百册，其中一部是公元六世纪的《圣经》。文字包括希腊文、科普特语、阿拉伯文、阿美尼亚文，希伯来文、叙利亚文、格鲁吉亚语等，希腊文占三分之二。眼下二十位修士，都属于希腊的东正教。

修道院的教堂、壁龛、梁柱、墙壁、帷幔，圣凯瑟琳的棺椁(她因为受洗成为基督徒而被杀害)，所有这一切，全部陈旧得黑黝黝；所有镶嵌艺术品，希腊圣象，俄罗斯圣象，都收缩变形，教你明白什么是一千四百年。大漠中气候的强烈反差，也必然作用到这些物件上头。为避开日间的火样气温，修士们只在夜间祈祷诵经，晨早的活动延续至不能承受热气为止，傍晚才出来给园中植物浇水。园里的泥土，是用单峰驼从尼罗河年长月久逐渐运来的。

教堂一侧的“燃烧的灌木”，是最吸引游客的景点。这棵灌木最初生长在教堂里面，后来才移植到花园里。在西奈半岛，该品种的灌木只能够生长在这里，试图移植到其他地方，都不成功。根据《圣经》记载，上帝就出现在这棵燃烧着却没有烧毁的灌木上向摩西显灵：“除掉你的鞋，因为你所处的地方是圣地。”然后又说：“我要打发你去埃及，将以色列人救出来。”那时候，摩西逃出埃及之后，在米甸为他的岳父牧羊了四十年。

从修道院出发去摩西山，要攀登由修士们在石山上凿出的三千七百五十级石级，或者走另一条比较平坦的山路，只要三四个小时，就可以到达摩西数次会见天主、并取得两块“十诫”石碑的洞穴。现在到洞穴去朝圣的，大多是乌克兰人、哥伦比亚人、韩国人。朝圣者趁天色未明，冒着凛冽的寒风上山。队伍上山时，修士们的圣歌把附近的贝都因人吵醒，他们闻声而至，前来高声叫卖，向朝圣者兜销一张旧毛毡、一瓶水，或几粒糖果。修士们的圣歌就夹杂在叫卖声中。朝圣完毕，为避开杀手般的日头，必须赶在第一道阳光之前下山。朝圣者在凛冽的山风里匆匆互相拥抱，互祝在摩西山上度过的黎明，发誓将自己的灵魂净化，恪守天主律法，就像摩西从天主手中接过“十诫”。

当年教皇若望·保禄二世到那里，曾经提议将隐修院和摩西山建成一个可以容纳基督教、伊斯兰教和犹太教共同祈祷的地方，有意将这个圣地全球化，将所有亚伯拉罕诸教，所有人拉近距离。是否也向东方的宗教，如佛教，所有的东方人，如中国人，日本人也拉近距离？保禄二世没有明确指出。

傍晚，游船从沙姆沙伊赫港离岸，你站在甲板上守着红海的落日，想起西奈山头上这个时辰，狐狸、土狼、鬣狗已纷纷出动站岗，守卫自己的神圣领土；也想起大漠中奇迹般的隐修院，想起摩西的神迹；想起隐修院内一道拥有一千四百年历史的大门，上头刻着：“这是通向永恒之门，从这道门进入公正。”你从一个摩天大楼春笋般从地上拔起，水泥、马赛克、金属玻璃无休无止的披盖，将大地密不透风地掩埋着的地方，一个商品，广告，征逐，消费，泛滥成五光十色的世界，来到这个山脊如骨、黄尘滚滚的天地中，视觉上、精神上不会没有感触。两个世界在你眼前浮动，一个物质贫乏，但精神富有；另一个是物质富有，却精神贫乏。貌似锦缎般的世界，十万火强光也穿不透它的黑暗，表面风光反而变成一张假面具。

而沙漠中的《圣经》故事，缺水，饥荒，长途跋涉，一程风雨一程阳，把握不尽的诡异和节外生枝，却有一件东西径直向你扑面而来，那就是关于自由与法制诞生的故事。它向滔滔万世有所倾诉：人，生而为自由人，不受独裁、专制的管束，只受从上到下一视同仁的律法的约制；人，不可以为奴，不能被猪狗般愚弄驱使，只能受制于生与死、善与恶的法则。摩西并非半神半人，也非巫师，而是最早倡导法制与自由的大贤大圣。当他在山头上独处了四十个昼夜，在大空大寂中净化了灵魂，从山上走出来，手持两块刻着“十诫”的石碑，也就是关于万物的成理和生死善恶的律法，就像手持一盏明灯，戳破了万古长夜般的愚昧。滔滔的生命天下，从此有了法律和法治这个概念。这就是大荒大寂大匮乏的西奈山头的最重要的故事。这个既传奇又真实的故事，世代传递着一种思想精华，成为人世间一笔真正的财富。

隐修院的前身是公元三世纪的修士隐舍。最初到这里来的是一些隐者，生活在岩洞中，在绝对贫困中独自祈祷，只有宗教节日才聚集到“燃烧的灌木”周围。大自然既然苛刻，还被沙漠上的浪人偷盗他们的农作物。虽然基本生存条件欠缺，但圣化的生活使他们成为西奈部落的宗教使者，在民众中深入人心。到公元六世纪，拜占庭查士丁尼一世下令兴建一座教堂，为修士们起禅房，再以一堵城堡式的围墙，将所有建筑物围绕起来。后来十字军东征，隐修院没有被毁坏，阿拉伯帝国和奥斯曼帝国时期，也不曾动它一根毫毛。拿破仑远征埃及时，于一七九八年十二月十九日，颁布了九条保护隐修院的法令，法令的复制本，现在陈列在圣像陈列室里。他还资助修复北翼被飓风摧毁的围墙。

在《西奈两周》这部作品中，大仲马对自然环境，对隐修院状况的描绘十分准确。他笔下的贝都因人活灵活现，神采奕奕，骆驼成了具有灵性的动物。然则，大仲马并没有真正到过西奈，他是根据一八三〇年到那里考察的一位建筑师画家多扎（Adrien Dauzats）的绘画和收集到的资料来构思作品的。书成后于一八三九年联名发表。

大仲马一只脚也不曾踏入过西奈，却写下了一部大书，单是删节本已达一百五十页。为参观不同的旅游点，笔者三次进入西奈，只写下这篇小玩意。虽说大狗小狗都得吠，但大狗小狗毕竟不相同。

二〇一〇年十月

非洲的罗马

二〇〇七年五月到利比亚时，卡扎菲的监狱里还囚禁着巴勒斯坦和保加利亚一批被诬告的医生和护士，由死刑改为终身监禁。出发前让邻居爱切科巴夫人调侃，说旅行是找开心，又不是找死，什么地方不好去？

我们还是去了，且觉得这趟行走是值回票价的。当初游罗马，你相信已经看到了废墟之最，日后再没有古迹好看了。不，结论过早了。当你在五月的非洲烈日下，踯躅于大莱普提斯（Leptis Magna）的残墙、断柱、浮雕、涡卷间，你惊诧于它的金粉玉碎，也惊诧于这片废墟的面积，宽广得无穷无尽！

位于利比亚湾上，离的黎波里一百一十公里的大莱普提斯，是到目前为止所发现的面积最大的古罗马遗迹。原来最大的古罗马遗迹不在罗马。公元前二十三年，利比亚归入罗马帝国版图，公元二世纪末，塞维鲁（S. Sévère）登基为罗马皇帝，不久，在利比亚湾大兴土木，建立了一个非洲的罗马。当年控制地中海命脉的迦太基、希腊、罗马，就在那里交锋，先后留下了印记。你去那里，与其说是地域上的走动，莫如说是在历史中行走。

利比亚对外开放旅游，至今时间不长，游客不多。其实大莱普提斯大可以成为新的旅游热点，就看卡扎菲玩的是什么牌。虽说旅游经营才开始，收费却老到得很，贼得很。参观前先缴费，照相、录像要分别缴，每个景点照相三个欧元，录像则要七个。博物馆内也一样。你带两件家伙，或者同一部机两用照相、录像，半天下来要缴四十欧元。之前，你已经缴交了舟车费、入场券。你觉得被拦路截劫了。而导游A先生还一边收费一边嘀嘀咕咕，说他们有的是钱，上天好心，给了他们一天一地的石油，不靠旅游这个摊子。但是上天慷慨，又给了他们漫山遍野的遗迹，开放旅游是让外国人看看他们的好东西。

你走下数十级宽阔的梯级，从“塞维鲁凯旋门”开始参观，向市中心进发，沿途看到阿德良浴场、体育场、水神庙、塞维鲁会场、

大莱普提斯的古罗马剧场和休息室遗址，面临地中海（利比亚）

教堂……然后，一条长达四百米的大道直达海港。走这条路线，不会少于三个小时。那条四百米长的柱廊大道，阔度四十二米，当年两旁竖立着二百五十根大理石柱。眼下虽然破败，残缺，但气势恢宏，章法完美，连劫后灰烬也令人炫目。你惊诧于古罗马人对美的求索和实践，相信人类的确有过黄金时代。单是剧院休息室的遗址，就足以使你一辈子做梦。你像走过了多少个世纪才来到，前朝金粉已过，只赶上来看那些七倒八歪的柱头。当你想起眼下的水泥板建筑的千篇一律，你觉得现代人尽管科技发达，还是近似于苟活。我们得到了某些东西，但失去的更多。

据利比亚人说，大莱普提斯的兴建，是因为塞维鲁出生于该城。其实原因还要微妙些。公元一九三年塞维鲁以军人身份登上皇帝宝座，罗马贵族嘲笑他的拉丁话夹杂的迦太基口音，因为利比亚曾经被迦太基征服过。罗马贵族的嘲笑，出于地方主义？为本身的优越感？换了另一种文明，皇上可以用“犯上”罪来打杀那么几个人，以示警诫。但这就不是古罗马的文明了。他一怒之下，决心将他的出生地开拓得比罗马还要大，还要辉煌。一位显赫的大君，就这以这样的方法来摆平他的恼怒。

史无前例的大兴土木在利比亚湾展开了。利比亚处于地中海的地理和政治中心，自古以来是北非的前哨和港口，非洲人以它作为转运站，将黄金、象牙、染料等运向欧洲大陆。当时的埃及、希腊、迦太基和罗马帝国，都倚重大莱普提斯。海湾相当富有，驮兽商队以贩运象牙、黄金和斗兽场使用的动物而致富，橄榄种植尤其发达。当年恺撒大帝征服大莱普提斯，要该城每年进贡一百万升橄榄油。再说该地区盛产小麦、大麦、葡萄，畜牧业和贸易发达，经济足以应付梦一般的计划。所需要的大理石，从北非、希腊、埃及和亚洲经地中海源源运入。无数超尺度，超想象的公共建筑，遍野的民房，就在漫漫的缓坡上冒起，成为一个迷失在非洲的西方世界。

这个世界首先是海，有海的呼啸，有沙滩、港口、灯塔、航标，还有波澜壮阔的传奇故事。据说从特洛伊打仗回来的英雄，都在利比亚湾落脚。根据神的意旨，要送给他们一块土地。港湾上既有造物主的神工，人的想象、智慧、好胜也在那里释放了。两千年后作为游客来到，你为这个梦一般的景观倒抽一口气。当代人拥有的会议场、剧院、体育场、洗衣店、公墓、公厕等，这里一样不缺。连市场也建成殿堂，竖起大理石柱。以石头打成的固体或液体公秤，也教人称绝，必须亲临其境看过，才能知道它们的妙处。还有十九公里长的高达数层的高架水渠。你相信文化、艺术、文明，甚至建筑，所谓先进落后，没有时代的先后之分。

任何朝代都不曾留下幅员如此广阔、壮丽的遗址。面积有多大？还未知道。从十九世纪开始挖掘，直到现在，每年都有新发现。专家根据原来地基的痕迹，画出的城市复原图，面积已经不小。城内一条道路干线，西至突尼斯的迦太基，东至埃及的亚历山大港。城市面积伸向内陆达六十五公里，可见它的规模之大，在周围国家中的举足轻重，可想而知。

你沿着似路非路的通道，走在似静非静的残破世界中，听着小鸟吐出的音符，海浪拍岸的声音，像某种神秘语言，叙述一个已成尘土的时代的故事。那些不动的石化记忆并不缄默，向你述说的比展示出来的还要多。这个世界有争雄的野心，有融入自然的渴望，有素质很高的精神和物质生活的孜孜不倦的追求。那些超尺度的建筑，能容纳一万六千人的圆形剧场，容纳二万六千人的斗兽场，不可能只供皇室贵族使用，肯定是向公众开放的。还要追求豪华，追求审美，一个舒适、和谐、精美，与大自然融合的世界建起来了。对节日、娱乐的特大兴趣，使昔兰尼一个港口，就拥有五座剧院。公元二〇三年，为欢迎塞维鲁荣归故乡，建起了一座四面等同、以大理石作覆盖层的凯旋门，每一面皆饰以石柱和浮雕。四面拱形，像镶着地中海的四片蓝天。

古罗马的建筑，以实用、坚固、美观为原则。重视沐浴，懂得利用水是他们的重要文明，阿德良浴场就占地三公顷。浴场门前有露天泳池，里面有大小冷热水池，池底铺上彩色大理石，现在还保留着原状。根据文献记载，屋顶镶嵌的彩色玻璃，反映到池水里，会产生神奇的视觉效果。芬兰浴现在是新玩意，而这里的热水是在浴场外边用柴烧沸，蒸气通过安装在墙壁里的管道，再输送到水池里面的。还有会议室和图书馆作为附属建筑。浴场既是享受生活的地方，也是谈生意，进行文化活动的场所。

然而，当塞维鲁荣归故里走过了凯旋门，繁荣的顶峰随即而过。再经历了约一百五十年的兴旺，到公元四世纪中，广陵散琴弦戛然断绝。游牧民族柏柏尔人开始进攻，日耳曼的支族汪达尔人也来了，他们为走避匈奴，沦为流寇向西边逃窜，入侵利比亚，一路掳掠烧杀，疯狂破坏，海湾从此一蹶不振。原来世界上只有两类人，一类是建设的，一类是破坏的；有了天堂，就有人来将它变成地狱；原来人的双手，也可以一只手是建设的，另一只是破坏的。当年迦太基发了财，国力强大，向外扩张势力，罗马人就不厌其烦地重复：“必须毁灭迦太基！”迦太基就在第三次战争中被毁灭了。罗马人翻开它的土地，撒上盐，再加上诅咒。

跟土地的合约也期满了。地震、海啸接踵而来，公元三六五年，海啸使海水暴升，低洼地带被水淹盖，昔兰尼港口被沙吞没，沙堆堵塞了海岸，商业活动停止了。地震后尚有数万人居住，但汪达尔人不断入侵，治沙、疏通、修复是白费工夫。到五三三年，拜占庭再次占领北非时，城市全部荒废，市民逐渐弃城迁移他方，到一〇五〇年，已经荒无人烟，成了一片鬼域。日复日，年复年，沙丘就来把荒城埋入地下，抹去了它最后的痕迹。有七百年的漫长岁月，时间的脚步不曾打从那里走过，像庞贝古城，被遗忘了。

到十七世纪，才被欧洲和阿拉伯的旅行家重新发现。他们挖开沙层，发现里面有一个精美绝伦的世界。消息传出，马上招来劫掠。偷盗者将塑像、石刻和大理石柱运走，其中还牵涉到法国人。据利比亚人说："一六八六年，法国驻的黎波里领事勒梅尔（C. Lemaire）进行过频繁的挖掘，将碎块大理石和完整的石块运回巴黎，作为原始材料卖给雕刻家和石匠，另外几根石柱则用在巴黎的圣日耳曼-德普雷教堂和卢昂大教堂的祭坛上。"而法国方面则如是说："在奥斯曼统治时代，法国驻的黎波里领事勒梅尔，从已经发生过的先例中得到启发，于一六八六年和一七〇八年，两次从古迹中取得物件回来建设他的国家，在大莱普提斯进行的，是正式的古物采挖，跟'Libida 附近的摩尔人将领'共同策划的。现在的'海上贸易国家档案'中，还记载着采挖、装载、搬运方式、石柱的颜色、长度和价格等等。"

当时大莱普提斯被沙粒覆盖厚达数公尺，只能从极少的露在表层的部分入手。根据勒梅尔的回忆录，这种"半合法"的挖掘，只能自己动手。在挖掘过程中，他冒着酷热的天气住在帐篷里。“我用了超过五个月的时间，才将三根巨大的石柱的沙粒去掉。”还要避开过路的阿拉伯人。十根石柱就这样运回法国，用到凡尔赛宫的建筑上。数年之后，其他一些石柱被运到伦敦和温莎堡。

正式的挖掘工程始于十九世纪初。到二次大战末期，在法国、意大利、英国的专家的帮助下，据科学分析，并采用先进技术的挖掘工程才开始进行，直至如今，还不断发现新遗址。沙粒的掩埋起了保护作用，出土的物件状态还好。沉落海底的沿海城区的建筑，基本上保存下来，成了真正的大西洋城。目前继续打捞、勘探，将小物件从海底捞出。

你在堆满石柱、石雕、揭去了上盖的建筑物中左绕右拐，看着倒卧在金雀枝、杂树、野草和地基上的喷泉、徽号、残柱，像走进一个宏丽而褴褛的梦境。你想起突尼斯诗人马赫雷斯（Sidi Mahrez）咏迦太基废墟的诗：

> 欢乐后为何此寂空？
> 辉煌后为何此贫穷？
> 这虚无之界曾是城池否？
> 谁来回答？只有风。
> 谁来代替祭司的歌唱？
> 谁来驱散昔日聚集的幽魂？

古代世界于我们，像被浓雾包围，神龙不见首尾。巴尔米拉、巴比伦、美索不达米亚，都曾经辉煌无比，但人类在上头演过喜剧悲剧后，舞台随之消失了，留下来的只有几块残石和一些传说。唯这片废都，曲终人散后，舞台被保留下来，成为千年的历史见证。

具体的社会生活或个人生活，都还可以从中窥得一鳞半爪，比如，你在塞维鲁凯旋门的石雕上，可以了解到塞维鲁的家庭情况；一些精巧的柱雕、浮雕、壁雕，反映了当时的政治或宗教生活；不少石碑、墓碑，则以文字记载了这个城市，或个人的故事。

人的智慧和巧手，在那片丘陵上创造了泣鬼神的世界，人类的“加美乐”（Camelot）的确存在过，也许正好就是那片地方。同样在那片地方，人类的愚蠢和兽性也如数释放了，乐园就沦为鬼域，最后被埋葬到地下。

人类也许只有在废墟前面才能认识自己。有多少智慧，也有多少堕落；有多少建树，也有多少破坏。历史大抵如是，古今中外都同在一辆车子里，走在同样的轨道上。如果老天给人恩赐，同时也行使它的权力，就有地震、海啸、洪水，人不可与天斗，唯事后可以重建。而人的自作孽，神仙也没法打救。有人来重建，也有人来重新破坏。当建设与破坏手牵手走过，人类就像扯着自己的头发往前走，一路呼号，一路留下自己的皮肉与毛发。我们的世界就这样变得多姿多彩，而惊天动地。而每一天，就在一个新的废墟上重建。

二〇〇八年七月

埃及古碑的故事

第一次到埃及，看了金字塔。两年后重临斯地，就从开罗下尼罗河，由北向南溯流而上到中埃及。一路上，你将游船作为检阅台，放眼两岸景色。当你陶醉于历史和悠久的岁月中的时候，一种陌生的寒意弥漫心间，你眼下的世界是如此缺少绿意，疏落的民房，大多是泥屋、茅棚，路上黄尘漫漫，整体景观像百岁老人的枯槁憔悴的脸庞，决不像塞纳河、莱恩河或多瑙河两岸的青翠丰腴。你明白了什么是岁月，什么是悠久的历史。尽管船上正在表演着让肚子发抖的肚皮舞，然后是托钵僧的旋转舞，一转三百圈。你没有得意忘形，只谨记朋友的劝告，不要喝船上提供的饮料，以免闹肚子。你要了一瓶法国矿泉水，就着瓶口喝，连水杯也不敢使用船上提供的。为避免尴尬，只好背着服务员的面来喝水。游船外面的古代名城阿比多斯的雄伟王陵，公元前三千二百年，里面竖着一百三十四根巨型石柱的凯尔奈克神殿，就这样在闹闹嚷嚷中，在漫漫的烟尘中来了，又隐去了。

再往下走，就是现在要去的旅游热点卢克索（Louxor，另译乐蜀）。在那里，一个王陵可以占地一百公顷。在沙尘漫漫，古老得寸草不生，日头几乎把岩石烤焦的世界里，有帝王谷，王后谷，拉美西斯二世、拉美西斯三世，公元前十五世纪的国王阿孟霍特普二世的，在砂岩峭壁中凿出的神庙，公元前十六世纪的女王哈特谢普苏特的陵墓，古埃及的大部分历史都埋葬在这里了。这些公元前一千五百年的法老们，决心与祖先的金字塔决裂，与古老决裂，要变得年轻一点，不再以金字塔作为安息之地，而选择了更为宁静的山头，来享受他们的不朽。对于我们这些老盯着祖宗遗产的不肖子孙，又多了一个可以挖掘寻宝的地方。

在那一带地方的神中之神阿蒙-瑞（Amon-Ré），是卢克索的最著名的神。它是原始的原始，唯一的唯一，最大中的最大。它创造天地万物，但本身却如老子所说的“生于无”，“无物之象”。这位神每年要光临大地，来这里婚配，将富饶丰收带给埃及土地。所以必须为它准备一个住所，于是就产生了卢克索神庙。该神庙建于公元前一七八五年至一六八〇年，距离现在即将四千年。成行成列的高大圆柱，巨型的狮身人面，石像，浅浮雕，这样的住所，神中之王会很满意。作为法国游客，你对这座神庙也特别关心，因为它与法国之间有过一个故事。

当你抵达目的地，看到神庙的入口只有一根方尖形石碑，孤零零地高耸在右边，这种不平衡、不对称有点异常，你觉得碍眼，但不会惊奇，因为你知道与之对应的另一根，现在就竖立在巴黎的协和广场上。“十九世纪的欧洲国家，如果有可能，连埃及的金字塔也会搬那么几座回来！”法国人如是调侃自己。

你去卢浮宫，看到埃及馆、希腊馆、东方馆……里面最古老文物，如石雕棺椁，可以回溯到公元前三千三百年的美索不达米亚时代。琳琅满目的古董文物，你不能说全部都来路不正，但来路不正的肯定有不少。欧洲其他国家的博物馆也一样，大英博物馆里的

巴黎协和广场的埃及古碑

“罗塞塔碑”(Rosette)掠自埃及，俄国冬宫博物馆的普里阿摩斯宝物，是二次大战期间从德国掠回来的。而法国有过拿破仑一世与三世的南征北战，你以为远征军会空着双手回来？你以为拿破仑到埃及，当真是因为“所有的光荣都在东方”？卢浮宫里的维纳斯、胜利之神虽然并非是远征军掠夺的果实，如果你愿意去追踪，肯定会有一个故事。唯有这根埃及的方尖形纪念碑，来路明正，是十九世纪时候，一位苏丹赠送给法国的礼物。

古埃及是一个满天神佛、人神共治的世界，各方各面总有一个神在打点。主管尼罗河泛滥的神是哈皮，主管生死的是俄赛里斯，主管丧仪的是伊希斯，还有主管丰收的，甚至有主管痛苦的，都代表一种自然力量。Louxor 这个字的原意是“南方的后宫”，每年，阿蒙-瑞来这里婚配，那时节，埃及人举行盛大的庆祝活动，运载神祇的“圣舟”船队，沿着尼罗河由北向南逶迤而上，朝着“后宫”这座巨石建筑驶来，它的门前竖立着两根花岗岩方尖形石碑，两根石碑皆以一块完整的石头打成的。四个平面，每一面都刻有三行象形符号，于公元前一五五〇年打成，尖形象征阳光普照大地。

一七九八年，拿破仑远征埃及，发现这个古老的国度贫穷入骨，掠无可掠，却与它建立了特殊关系，揭开了两国文化密切交流的序幕。一八二八年，埃及学家商博良（J. F. Champollion），带领了十四位法国和意大利学者到埃及实地考察。商博良是解读了“罗塞塔碑”的学者，这个碑是在尼罗河畔被法国士兵发现的，上头刻有公元前一千三百多年的拉美西斯二世的通谕。考察期间，他打扮成埃及人，留长胡子，穿长袍，混在埃及人当中生活，带病进行研究工作达十五个月。后来将调查研究的结果，集成了一部关于埃及和努比亚的古建筑的书籍，编写了埃及语语法和字典，奠定了埃及学的基础。是他说服了一位苏丹，将卢克索神庙门前其中一根纪念碑，作为礼物送给法国的。

这块石碑高度二十二点五五米，重达二百二十七吨，要将它运回法国，谈何容易，事前必须做很多准备工作。首先在法国南部港口土伦，匆匆忙忙特制了一艘船，为表示与卢克索的友好关系，该船命名为 Luxor。这条船必须拥有特殊能力，可以在地中海和尼罗河两种水域中行走，经得起地中海的风浪。制造成功后，一八三一年四月，它从土伦出发，一个月后到亚历山大港，八月份沿着尼罗河抵达卢克索，十月份的某一天，以二十五分钟时间将石碑放倒，用一个半月时间将它包装好，放到木箱里，送到 Luxor 船上。直至次年十月，等尼罗河泛滥才能启航。到亚历山大港后，发现负载太重，只好让一条名为“斯芬克司”的汽船拖着，向克里特岛方向行进。又遇上风暴，几乎沉没，被迫折回到罗得岛。一八三三年五月抵达土伦，许多船员都病倒了。因为他们在埃及逗留时间相当长，怕他们染上疾病，要隔离检查，船员为不能上岸而怒火中烧。由于石碑太大，没法采取陆路运输的方法，只能再绕过西班牙，穿过直布罗陀，从英吉利海峡进入塞纳河，一八三四年八月，在巴黎议会大厦前的码头靠岸。但必须再等上两年多，克服了技术和经济上的种种困难，才在协和广场上，将这块公元前一五五〇年，距离我们三千五百多年的古碑竖立起来。那天巴黎像过节，万人空巷，拥到广场上观看好事多磨的古碑的竖立。

石碑的底座，原来刻着四个雄性狒狒作为装饰，姿态是直立的。拿破仑三世觉得狒狒直立姿态不雅，改用了另一块石头作为装饰、上面刻着一八三六年十月二十二日、将该石碑竖立起来的方式方法。刻着四个狒狒的原件就放在卢浮宫。

法国并非第一个取得这种古碑的国家，所有罗马皇帝都曾经得到馈赠。它们被运到罗马和拜占庭，单是罗马拥有的就不少于五根，其中之一竖立在梵蒂冈广场上。英国一八二〇年得到的古碑，以埃及女皇“克娄巴特拉”命名，现在竖立在泰晤士河畔。相对应的另一根，一八八一年送给了美国，立足于纽约中央公园。这些国家是否礼尚往来，给埃及有所回赠？不知道。但法国回赠了一座钟楼，现在放置在开罗的清真寺的萨拉丁内院。

埃及人左一根右一根的慷慨大赠送，使尼罗河畔这类纪念碑所剩无几，但也有些石碑倒卧地上，无人问津，任其自生自灭，到底是一件使人痛心的事。而那些走出国门的石碑，都找到妥善的立足点，来到法国那根，就成为协和广场上的当家花旦。但埃及石碑来到法国，还是埃及文化，永远不可混淆的独特文化。古埃及的文明，基本上是体现在宏大的石头建筑上，这些建筑使这个文明古国，进入到一个前所未有的辉煌时代。

你两次到访埃及，三次进入西奈，所看到的巨石雕像、金字塔、神庙、都像泰山压顶，那种压倒性的巨大和沉重，只使你感到阴沉和重负。意识、视觉、神经都不容易承受。放置帝王的木乃伊的金字塔，为举行祭奠仪式而产生的神庙，只因为他们相信死只是一种过程，而非终极。只要后人不断给他们祭奠，不断想起他们，呼唤他们的名字，给他们献上供品，就可以有复活的一天。法老们还将葬仪神庙作为一条夜航的船，有了这条船，就可以到达俄赛里斯的极乐世界。

竖立在巴黎协和广场上的埃及古碑，走过了数千年的岁月，目睹过一切，参与过一切，见证过一切，它的记忆深处，总会浮现出一个难忘的印象：大约四千年前，每年的初春，当尼罗河的泛滥达到高峰，一个迎接万神之神阿蒙-瑞到卢克索的盛大节日就来临了。由于有帝王和王室参与，成为举国同庆的大节。帝王降尊纡贵，拜倒在神庙里的祭坛前。尼罗河上泛着长达三公里的船队，每一艘船的长度达六七十公尺。这些“圣舟”就成为以最奢侈的方式布置成神庙，里面运载着各种神祇。船队从凯尔奈克出发，沿着尼罗河南下，向着门前竖起两根石碑的卢克索神庙驶来，其中的一根，就是它自己。而现在，这一切只成了美好的回忆。

二〇〇七年六月

蓝人巴拉

从摩洛哥旅行回来，人晒成个黑枣。一闭上眼睛，仿如还坐在那辆八座位的越野吉普车上，沿着海拔四千多公尺的阿特拉斯山脉的公路，在惊险的弯角上拐来拐去。路旁万丈深谷，没有栏杆，司机先生又病倒了，边开车边叫腰痛，叫得你心里直发毛。沙漠热风斯罗科又刮起来了，漫天沙石，将远近视野一股脑儿勾销。最后是汽车轮胎泄气，走不动了，因为辗上了铁钉。为等候换轮胎，大家只好下车，在烈日底下晒人干。还有比这更晦气的旅程么？

到达马拉喀什那天的傍晚，坐在酒店房间里休息，突然听到从外边传来响亮而漫长的叫喊声，以为有突发事件。后来从导游那里知道，那是清真寺召唤信徒去祈祷，每天五次。

由马拉喀什到撒哈拉大沙漠路上，你看不到绿色，只看见黄土漫漫的山头、黄土漫漫的平原，以黄泥筑成的村落笼罩在漫漫的黄尘中。忽然，车窗前走过一头骡子，背上驮着一个男人、一个小孩。骡子屁股后面，跟着一个身穿黑袍、头戴黑巾、脸蒙黑布、包得密密重重、只露出一双眼睛的女人。她脚步匆匆，气喘吁吁追着骡子赶路，你的眼球承受不了。

车子不时停下让游客拍照。无论停在什么地方，即使在山头上，马上会冒出一群小孩，手里拿一串贝壳，或两三块较平滑的石头，甚至一条小蜥蜴，前来向你兜售，实际是乞讨。而马拉喀什的手工业区，你一走进去，乞丐从头到尾贴身追随着你；当你购物后付款，老板算来算去，总有本事敲你一笔，你事后才发觉。

你没有安全感。你私下想，这个国家我不会再来。

然而，在种种不愉快事件中，来了一个蓝色的影子，他就是蓝人巴拉。巴拉生活在撒哈拉大沙漠。他身上的长袍是蓝色的，蓝色是智慧之色，将你一切的不愉快都掩盖了。

那天，当我们坐着四轮越野吉普车，颠颠簸簸进入撒哈拉的时候，一路上已经看到游牧人的帐篷。进入沙海后再走一个小时，大名鼎鼎的麦素加（Merzouga）沙丘由远而近，终于在你眼前巍巍耸立。你这就进入到真正的沙漠，一个拥有七百万年历史的世界。已经下午三时过后，还是烈日当空。我们在沙丘上攀登了一段路程，不行，太热了。现在的撒哈拉是冬天，阳光底下摄氏三十五度，夏天达六十度。找个沙堆的背阴处歇歇脚吧，刚好见一队队友正在歇息，我们趁机走近，在旁边坐下。那时候，有两三个缠着蓝色头巾、身穿蓝色吉拉巴长袍的摩洛哥青年坐到身边来，逗我们闲谈。你问这一带地方有没有 nomade（游牧民族），回答说：“我们就是 nomade。”你不敢相信。到我们动身准备再登沙丘时，一位身穿蓝白两色长袍、头戴蓝头巾的青年马上自动站起来，走在前面给我们带路，劝我们将鞋脱下，说不会有虫蚁伤害的，感觉会很舒服的。我们听从劝告，坐下来把鞋脱下，踩在柔细的沙粒上，果然舒服得很。大家慢慢聊上了。他说他是柏柏尔人（Berbère），名叫巴拉，他家的帐篷离这里十公里，问我们是否愿意到他家里走一趟。我们说时间

蓝人巴拉（撒哈拉沙漠）

不够，他说他有一辆自行车停在附近，我们还是说谢了。青年人没有吹牛皮，他们果然是当地的游牧民族。

你问他们以什么为生，回答说，从前靠养羊，但十五年前一场大旱，将山头上仅有的稀疏的青草和植物都旱死了。到如今还未恢复原貌，也许永远恢复不了。为稻粱谋，转向游客讨生活，给他们带路，兜销从沙漠上开采得来的化石。旅游季节只从二月到五月，其他时间要么刮风沙，要么天气酷热，只好去开采化石了。你到过撒哈拉之后，见识了各种鱼类化石，才知道数亿年前撒哈拉是一片海洋。

巴拉告诉我们，附近最高的沙丘达二百公尺，而撒哈拉最高的沙丘达七百公尺。我们慢慢向上攀升，沙丘下面的沙海巨浪般向前铺开，一望无际。你看到一目千里的透明世界，黄沙漫漫上头的空空如也，一种天空地空的大美。这位二十五岁的青年告诉我们说，他不曾进过一天学校。游牧民族从来不读书，世代文盲。在家里说的是柏柏尔语，法语是跟游客学的。但他们也学习，家长是老师，学校是大自然、是日月星辰、是亘古不变的时空。当夜幕降临，天上闪烁着星星，或者刮着不定向的狂风，将骆驼队的脚印抹去，将沙丘的形状改变，那时候，在点着煤油灯的帐篷里，就由女人或长者，向年轻人讲述沙漠的传统、沙漠传奇或英雄故事。柏柏尔人不需要地图，他们熟读了以太阳、月亮和星星写成的书。外出时候，知道什么时候应该跟着猎户星走，什么时候该跟着太白星走。他们的方向性特强，在没有任何标记下，可以将一段路程记得很详细、很确切。“你们知道吗？每一块石头都有名有姓，每一座沙丘都有背、有肩、有腿、有手。沙堆中小小的形状，都是重要标记。”他们数代同堂，由最年长的人管事。婚姻由母亲作主，安排男女双方见面，如不合意，可以不结婚。他们只在柏柏尔人之间通婚。以前青年人十五六岁就结婚了，由于生活越来越艰难，结婚年龄越来越迟，巴拉二十五岁尚未娶妻。

这位柏柏尔青年，法语说得流利，只在旅游季节跟旅客学的，也真难为了他。但你没有理由不相信，你宁可相信无论任何地方，任何阶层的人，都会出现些特别聪颖的人。他那张吸收了过多阳光的棕黑色脸庞，因着严峻的环境，线条显得粗犷，和气中带着忧郁。他慨叹生活不易。一场从沙漠深处刮来的热风，将地面所有植物都烫焦了，羊群要爬上树吃叶子；一场风暴，所有动物植物，甚至整整一条河流，都被刮走了。他们兄弟姐妹八人，父亲白天钻到沙丘底下采化石，晚上在家里打磨。只有他和一个弟弟出来做游客生意。问他为什么不进城找工作，他说不喜欢城市生活，那里人多，嘈吵，居住环境狭窄。他父亲每进城一趟，回来后总要抱怨好几天。作为柏柏尔人，宁可选择孤独，选择缺乏生物生存的基本条件的地方，被人类抛弃，却没有竞争。在这里，以天为罗帐，以日月星辰作伴侣，与世无争。他们逐水草而居，把帐篷和杂物放到骡子或骆驼背上，每年转移到一个新地方。他们是沙漠上永不停步的旅人，目的地是幻觉，步调才是永恒的。柏柏尔人的故事，就是跟着骆驼脚步走动的故事。每到一个新环境，重新撑起帐篷，重新打井，沙漠底下四公尺就有水了；依旧用蓝靛将衣衫长袍染成蓝色，因而得名“蓝人”。这些蓝人顽强而固执，没有任何东西可以将他们征服，除非是神，是信念，是梦想。

“我们在沙漠上向游客出售 souvenir，你明白么？是 souvenir！金钱来了又去了，只有 souvenir 永远留在我们心里。”当我想起 souvenir 可以解释为“纪念品”，也可以解释为“记忆”的时候，觉得这个在风中飘摇的蓝色影子，多少是沙漠中的智者了。

到了日落时分，我们站在丘沙之端，默默遥望着那团浮泛着的火球，原来必须等到落日时分，才能看到日头有多么辉煌。随着夕阳的移动，大小沙丘被劈成明暗两个区域。满眼的简单、柔美、和谐的线条，使你对一个美字有了新的醒觉。巴拉望着地平线向落日道别，低声说：“明天再见！”

太阳一下山，马上阴风阵阵，气温迅速下降。如果在这里守候到入夜，你会尝到气温下降到零度或零度以下的寒冷。那时沙漠上的狐狸、羚羊、跳鼠、鞘翅类昆虫、长耳狐、蛇，开始从沙穴中纷

沙漠夕照（撒哈拉沙漠）

纷钻出来觅食，沙漠变成了由动物统治的世界，是人应该离开的时候了。我们给巴拉付过酬金，向他买了一块三亿年前的鱼类化石，然后一起走下沙丘。看看表，已经六时过后，问青年人怕不怕回家太迟，既然他还有十公里的路程要走。他说：“我们柏柏尔人从来没有表，只看太阳和月亮行事，太阳下山了，还有月亮在头上呢！”又说：“你们为什么不在沙漠里过夜？沙漠可是个千星酒店呀，何必回去住五星酒店呢？”

你心里微微一颤，作为现代人，多少成了物质文明的囚徒，距离自然和本真越来越远了。天空、大地、日月星辰我们视而不见，人与大自然的原始关系，我们也无法接受，无法理解了。

我们在沙丘中途跟巴拉握别，他说：“为今天的开心谢谢你们。”

随即扬起长袍飘然而去。你心里再次震动，为开心谢谢，不为酬金谢谢，说得多好！你真有点惭愧了。原来我们之间就有这种区别。你看着那半暗中的白袍，那个半透明的摇摇晃晃的影子，摩洛哥于你，不再只是丧气的地方。如果它有许多事物使你不自在，也有同样多的东西使你钦羡。撒哈拉于你，不再是空空如也的世界，里面至少生活着蓝人巴拉和他的家人。我想起日本京都的一个公园，里面有十五块石头，无论你站到哪一个位置，总有一块石头被遮隐着，你没法看得见它。我们的世界同样会使人产生错觉，总有些事物隐藏在你的视野之外。

出发到沙漠前，导游穆罕默德对我们说，你们到沙漠去，多少会携回一点东西，这些东西也许日后会将你改变。又说，作为游客，你走遍天下，能看到的东西是有限的，如果你肯思考，所得到的就会变得无限。今回你来到沙漠，知识是增加了，眼界是开阔了，你知道在世界这一角地方，存在着一种有异于我们的生活方式，它的自然真朴使你做梦；你也曾为柏柏尔人的真挚诚恳感动，这已经是收获。但日后你会有所改变吗？你已经“文明”得本性难移。只要一走出沙漠，你就会很安分、很受用地依旧去做物质文明的囚徒。这应该是一句老实话吧！

二〇〇三年五月

新大陆的颜色

走过洛矶山

Go West！这是美国开拓西部时候的口号。一个半世纪前，这个“到西部去”的口号响彻美国和欧洲。它带着强烈的号召力，使无数人怀着发财美梦向西部走去。这个口号，可以跟后来的“寻金热”（Gold Rush）画一个等号。

美国的所谓西部，指的是两个区域。一个是堪萨斯州的内布拉斯加，那里的大草原、大平原风起风落，肆意发放大自然的欢愉或怒意。以描写西部拓荒者著称的美国著名女作家凯瑟（Willa Cather），称之为“刮风的国度”。如果风一时停息，那是为更凶猛地再刮起来。狂飙高草中，曾经奔驰着七千万头野牛，驰骋着“与狼共舞”的印第安人。后来，从美国和欧洲去的拓荒者，也在那里纵情杀伐逞威，要以自己的意愿来改变荒地。这个当年的“新世界”，现在成为猎奇旅行家涉足的地方；另一个西部区域是内达华洲，以及从加拿大横亘千里、直落美国的洛矶山脉。这是山中之王，数十万平方公里尖利而庞大的石头，就在那个原始空间里实行大作反。

Go West！一九九九年九月，这个古老的口号从加拿大来到巴黎我们的家。林山木、骆友梅兄嫂从温哥华来电，邀请我们同游洛矶山。计划驾车从温哥华出发，以数天时间沿高速公路由北向南，逐站投宿酒店，直落卡尔加里城。志侠和我都乐于此行，那一带的山头，我们从未涉足。今回的西游，与 Gold Rush 无关。

美洲的大北世界，曾经是拓荒者和寻金者的发财之路。而洛矶山脉是最后一条界线，千峰万嶂，挡住了他们向前走的脚步。一八八五年开发之前，数十万平方公里的山脉，是黑熊、驼鹿、岩羊、猞猁、狼、驯鹿、麋鹿的世界，印第安人是那里的自由人。进行开发的时候，毛皮猎人和商人充当了最初的向导。后来铁路和公路的兴建，打开了洛矶山神秘的大门。从前无法越过的崇山峻岭，现在上头铺起了高速公路，质量一流，全是四线或两条对开。尤其上山下山坡度不大，走山路如履平地。当你走过欧洲阿尔卑斯山的单线窄路，非洲阿特拉斯山的惊险公路，这里的优越条件是你事先不敢相信的。温哥华与班斧城，一北一南，成为两个进入洛矶山的门户。

这条与大西洋平行的山脉，在加拿大境内辟有五个国家公园，是地球上最壮丽、最辽阔的原始大空间，面积相当于法国、比利时和瑞士的总和。你进入洛矶山脉，人就变成一只蚂蚁。公路两旁的高山峻岭延绵不绝，两千公尺以上的山头终年积雪，像白色的感叹号。松树、云杉、雪杉沿着崭峭的山脊向上攀升，在永恒的雪峰下止住了脚步。公路前面永远有层次分明、重重叠叠的山头，你仰首是山，低头是山，打一个困儿醒来还是山，直教你相信永远走不出山的重围。你在那巍峨壮阔的山脉面前，知道在那里坐龙廷的不是人类，而是大自然，它颁布的法令你必须绝对服从。加拿大不用大肆宣扬环境保护，大自然自有它本身的慑服力，教你不得不服从。什么时候大雪封山？你必须弄清楚，否则你的车子开进去，就出不来；你的房子安置在什么地方，才不至于让冬天的大雪将屋顶也抹去？山脚或湖边？你必须慎重考虑；你出门到山间溜达，最好不要选早晨，也不要晚上四五点钟，那是黑熊出外觅食的时间，不小心你会成为它们餐桌上的佳肴；驯鹿可以在你屋子的回廊上散步，可以在铁路上逍遥徜徉。当春日来临，它们为发情而争风吃醋，把树林闹得天翻地覆，甚至一直闹到酒店的大门口；黑熊在市镇边缘翻垃圾箱找食物，马骡大摇大摆穿过公路；岩羊和山羊在路上扎营，它们的临时家园，你不得侵犯；小鹿见了哥姐们绝不害怕，它们看你，只是动物眼中的动物。

你不曾到过洛矶山就不会了解一个静字。山坳间丝绸般铺开的湖水，不管是绿漪思湖、贝多湖、弓湖、翡翠湖、冰碛湖，不管它们的颜色像蓝宝石、绿宝石、绿松石，也不管它们如何在晨曦夕照中，使世界从湖底中生出另一个世界，首先给你的印象还是一个静字；山脊上的云杉、雪杉，不管是罗伯逊峰、古堡山、蓝道山或平原上被雪水浸漫的针叶林，它们的颜色可以是深绿、浅绿或画家韦洛尼斯笔下超现实的绿，首先透出来的还是一个静字。洛矶山的静，是自身的雍容大度，与声音无关，与人不相干，你在静中穿过，也与你不相干。它的静是不可以言说的，只有画家勒米厄（J. P. Lemieux）的彩笔或能把它诠释。

与欧洲大陆相比，加拿大没有过去，洛矶山也没有过去。直到二十世纪初，绵延千里的山头荒无人烟，只有印第安人生活在那里，据他们自己说，在里边生活了五百个世代。然而，无论美国人或加拿大人，都喜欢谈过去，谈草原中永远弯腰曲背的树木和长草，因为那里经常刮大风；谈当初的牧羊人和采矿者，如何在山间和河畔相竞圈占土地；谈最初建立起来的小镇，它们的热闹和盛况；谈当年祖先如何在富有诗意的清溪里淘洗金沙。在普林斯顿（Princeton）小镇附近一家小咖啡馆里，还辟有一个淘金博物馆，展览着各种淘金工具和旧照片。而卡尔加里城，每年初夏开始“漆好你的马车”节日，到七月初，数万套马拖车风驰电掣奔向西部：Go West！这个持续十天的竞技大节，重现了当年壮志凌霄的开拓西部的“牛仔”世界。从一九一二年开始，这项活动已经持续了八九十年；还有当年流动炊事车炊事员的表演。所有这一切，只为将伐木和垦荒的时代重新唤到眼前来。酣畅淋漓的历史狂热，洗濯了眼下的倦怠、疲沓，日子就有它的恒活恒新。

我们从法国去到“新世界”，也不曾忘记过去。法国人是加拿大最初的殖民者，路易十三时代，他们从海盗城圣·马洛和罗谢勒出发，横渡大西洋到达加拿大。上岸时候问土人，这里是什么地方，土人说出 Canada 几个音节，这就是加拿大名字的来源；到达圣·罗兰河口的时候又问是什么地方，土人回答说，是 Kebec，意思是收窄了的河流，这就是 Québec 的来源。加拿大、魁北克这几个音节，像充满希望和承诺的土地，使当年成千上万被贫困煎熬的法国人，向它直奔而去。

但法国人还未安顿得好，第二个殖民者英国佬闻声而来，一场难免的交手之后，第一个殖民者败在第二个殖民者手里。一七一三年，法国人不无辛酸地放弃了加拿大。几个世纪后的今天，高卢人感情上对那片土地依旧藕断丝连。但他们感到安慰的是，有些地区，如魁北克，还有伏尔泰称之为法国人进入“新世界”的“锁匙”阿卡迪等地区，直至美国的路易斯安那州，大家依然讲法语，唱法国歌，使用法国的成语，给孩子们讲法国故事，按照法国人的生活习惯生活。而法国人的一些姓氏，也将永远在那里世代相传。既然那些遗民有能力理好自家儿的事，法国还有什么好牵挂的呢?

一个半世纪以来，中国人从美国的“牛仔”影片中，从查理·卓别林的默片中，看到欧美人士当年怎样开拓西部，怎样发狂地淘金，当作与己无关，只是“西方世界”的玩意。殊不知中国人没有落后，只是不曾赶上当年马背上的日子。笔者去到温哥华、卡尔加里，一如前几年去到多伦多和安大略湖区，到处看见挂着方块字的餐馆和杂货铺。在温哥华，一口广东话就可以跑遍全城，有些海关关员会说点广东话，中文广播电台不止一家，中文报纸也不止一份。你在那里可以吃到最地道的京川沪粤菜，吃到上海油条、糯米饭、大饼、担担面。还有，一九九九年委任的加拿大第二十六任总督，是华裔的伍冰枝女士。

进入洛矶山的次日，走经一座小村落维尔农（Vernon)，相信十分偏远了，以为这种地方与谁也不相干，谁敢承望竟发现了一间中国餐馆。更出乎意料外的是，早餐时大家闲聊起来，还知道老板是广东中山人，与笔者的家乡距离不远。世界真的不大。大家讲起家乡话，果然是乡亲的意思。这位老板还种西洋参，十公顷的参地就在湖边。我听了特别高兴，中国人不一定命中注定只能开餐馆的。

原来继欧美人之后，中国人已经在静悄悄地 Go West，进行着另一种形式的 Gold Rush。近几年来，又来了另外一些人，以船民的身份强闯这个新世界。那年七八月份，先后有过三艘船抵达加拿大的海岛，有女性，有青少年，甚至有稚龄小孩，引起加拿大人的注意。

这些漂泊的奥德修斯从立陶宛出发，经过日本和关岛，漂泊的海路比当年奥德修斯的还要复杂，还要长。在海上经历过狂风巨浪，历尽千辛万苦，却不像奥德修斯为返回自己的故乡，而是走去相反的方向，远离自己的家乡。本来，家乡可走的路比以前宽敞了些，从经济角度而言，日子有一定奔头，然而车路、人路，正路、邪路，上路、下路混乱不清，那些人宁可选择另一个世界，相信这个世界跟自己的世界不一样，这就有了现代的 Go West。

加拿大的湖水九月份最美，我们赶上了。果然是柔媚安详中透出不染世尘的静穆。这样的行走在山川日影里，自有一种大和谐、大自在，何况友谊与美景双获。全程数千公里路程，友梅嫂独当舵手，其余三人乐得逍遥自在，打困儿，说闲话，且人心不足蛇吞象，一旦没有及时找到酒店，或因为超速驾驶被交通警察追赶，便抓紧机会说风凉话。“没有别的地方好玩了？带我们到这荒山野地来！”更甚者，竟为看不到红枫叶而一路唠叨。故意装成个不谙当地节令的外乡人，一停车就到处寻找一些可疑的红色，希望看到红叶的先声，一片因故障变红的叶子。不，没有，一片也没有。洛矶山有自己严格的纪律，距离红叶的季节还有两个星期，迢迢千岁也只得那个时辰。一踏上十月，明天或后天，一阵寒风吹过，一个季节一下子结束，另一个季节说来就来了。树叶由绿变黄，再变成黄铜色和深浅不一的棕红色。加拿大的秋山，几天内就可以完成装扮，你一眨眼，已经是漫山遍野的秋山红叶。到十一月，进入大雪纷飞的时节。一直到三月，大北是零下三十度的世界，河流湖泊全部结冰，你出门向着湖泊纵向横向走，永远不会掉下水。雪地摩托车，或者杰克·伦敦所描写的狗拖雪橇，成为普遍的交通工具。户外的工作停顿了，除了滑雪场所，酒店和餐馆全部收拾行当等明年。唯一可做的事情是凿开冰层钓鳕鱼。那时候，加拿大开始坠入持续半年的冬日梦，一个沉沉的白色大梦。梦见了什么？中国？东方？更为豁然旷远的世界的多彩颜色？

一九九九年十一月

是河　不是河

——游巴拿马运河

巴拿马是一个国家。巴拿马也只是一条河。一九〇三年美国跟巴拿马签署合约，取得了运河开凿权的时候，总统罗斯福说：“我拿下了巴拿马。”

巴拿马这个纤细可握的长条国家，像北美南美藕断丝连当中的一根丝。一边是太平洋，另一边是大西洋，登高远眺，可以同时看到两个大洋左右铺开。万顷海浪把它日夜浸泡拍打，端然生出一种水洗的清润。天海茫茫，自有一种极美的深沉，这还不能说明什么，唯是有人想到要将两个大洋连接起来，可真是一种梦想的飞升，人怎可以这样想！人怎可以这么疯狂！

首先这样想的是法国人，因为法国是一个梦想的国家。它做梦比谁都轻易，都美。拿破仑三世时代的外交官雷赛布（F. Lesseps），被派驻埃及的亚历山大港时，看过一位工程师对苏伊士地峡的测量报告，竟产生了开凿苏伊士运河的设想。思想变物质，十年地峡上的人声鼎沸，终于使梦想变成了现实。运河的通航，使雷赛布的名声飞升霄汉。在那个时代，只有雨果的大名能与之相比。踌躇满志之余，他继续做第二个梦：在中美洲的巴拿马开凿第二条运河。十九世纪末，他领导法国人独力开凿，成为那个世纪最疯狂的一项工程。但苏伊士运河的大英雄今回遇上了大难题，碰得焦头烂额。巴拿马地峡上满布原始森林，到十六世纪才由西班牙人巴波亚（Balboa）第一次通过。开凿运河期间，热带的山岚瘴气，黄热病、疟疾，使远道而来的法国白人工头、中国人、黑人、混血儿等雇工大量死亡；赤道暴雨带来的烂泥，将刚挖好的两岸泥土重新粘贴起来。还必须给警察及记者支付数目庞大的黑钱。他们需要报刊为运河宣传，以筹集资金。大量黑钱的耗费，招致贷款运河建造的银行破产。跟着一连串的丑闻：巴拿马官员被公开抨击，银行家神秘死亡，部长为受贿被捕……到一八九四年雷赛布去世，这项尚未完成的工程就宣告中止。

美国也是一个梦想的国家。美国人做梦，皆因浑身活力四射，自命不凡。法国人失败了，他们美国佬就来接手；法国人没法完成的事，他们美国佬就来完成。舍我其谁的使命感，使他们纵情放胆杀伐，果然比雷赛布的招数要高。这项工程是雷赛布的笑话，却是美国二十世纪的工程奇迹，一项美国历史上最庞大却建于国外的工程。后来总结经验时发现，原来美国人的运气特别好。雷赛布时代，黄热病、疟疾、登革热，使一万二千员工死去，雷赛布兵败如山倒。到美国人接手时，古巴医生芬里发现了传播黄热病的黄热蚊，分解出病毒，制造出特效药。

雷赛布开凿巴拿马运河，一如开凿苏伊士运河，要将巴拿马地峡中的一座山凿开，使当中的卡登湖与两大洋的水位拉平。但要挖去近两亿六千万立方米的泥土，相当于苏伊士运河的三倍半。工程的浩大，当时的人力和技术皆难以承受。美国人却从巴拿马的水中，得到特殊的启迪和顿悟，他们采取筑水闸的方法，引水上高山，以解决水位的差距问题。现在三道水闸之间的运河，与两个大洋的水位差距，竟达二十六公尺。

八十公里长的运河的建成，使巴拿马着实变成一条河。巴拿马存在的价值，是使太平洋与大西洋之间的航程缩短，是使几大洲跟美洲之间的商业交通更为通畅快捷。对巴拿马本身来说，美国每年给它支付运河总收入的百分之十五，已经是巴拿马国民经济的第一收入。这么说来，巴拿马又怎能不只是一条河！

记得小时候家里的客厅，挂满了巴拿马运河的图片，皆因有亲属曾在那里经商。图片中蓝天碧水，中间浮着一条条大小洋轮，只觉得它们好看，有着漫漫的远意。不出门能知外边事，这种传媒竟给孩子家无穷幻想。却不曾想到，数十年后，有机会亲临其境。二〇〇〇年三月下旬，在一抹热带朝阳映照下，我们从巴波亚港乘船出发去参观运河。游船驶离港口，不久即穿过大竖琴似的横陈在海峡之上的阿美利坚大桥。大桥以外碧水长天，一艘艘从太平洋驶来的大小船只，向着运河方向逶迤而来。而附近海面，这里那里已停泊着大船小船，都是等候通过运河的。过河的大洋轮，每天限三十六艘，必须以九个小时走过运河，去到另一边的大洋。但凡要通过运河，首先将船停泊一边，派人到运河总部缴交费用，随缴费随过河，不能拖欠。香港人拥有的伊丽莎白二世女王号巨型游轮，曾先后两次通过运河，每次缴费十二万美元。凭你怎样十万火急，也必须心平气定，在晴天白雨中排队等候。但等候时间不会超过四十八个小时，否则运河要赔偿。驶进运河区域，还得让运河总部的领航员上船领航，巴拿马船也不能例外。

我们的游船跟着其他船只驶入运河后，太平洋上第一道水闸关闭。宽度三十三米半，长度达三百零五米的水库，几分钟内水位升高了八米半。那时候过河的大船，由四辆小型牵引缆车，两前两后牵着过河，船长只在驾驶舱里握着方向盘。运河所使用的淡水，就在巨型的抽水系统活动下，从运河的底部进出。船只通过第一、二道水闸，进入最后的卡登水闸后，再将水位下降二十六米，这就进入到大西洋了。

来到运河上，才知道去年年底运河主权的移交问题引起的喧闹声尚未平息。因为交还运河，同时交出了管理权，由巴拿马人接掌。但不出一年，已经有一家外国财团取得运河两端两个货运码头的管理权。可是民意调查，六成巴拿马人希望原管理者继续经营，因为过去的表现令人满意。新的管理人一旦运筹不善，三年五载运河就会报废。我们很快发现，他们的担心不是没有理由的。

导游依萨莎小姐，一路将沿途的建筑物指给我们看，其中有运

大邮轮在最后一道水闸前面（巴拿马运河）

河控制总部，主楼是一座红瓦顶的庞大三层建筑，她说里面一些机械，现在巴拿马人还未懂得操作。而河口上原来的克莱顿美军基地，现在已改为“知识城”。问依萨莎交接前后的运河有什么不同，她说没有太大差别，唯是效率慢了。从前船只随到随过，现在为节省几个钱，小船必须搭配着大船，等水闸空间塞得满满，才开始升降水位。回程时候，我们的游船为等候一艘姗姗来迟的香港货船 Saga wind，比原定时间多花费了四个小时。游客在降低了水位的水闸内，吸着两三艘巨轮排出的废气。使我们气急不过的是，已经跟侨领陈昆庆老先生约定登岸后在酒店见面。我们去追问船上的工作人员，为什么不按时间表办事。回答说，你们眼见的啦，情况就是这样。有些旅客还因此耽误了飞机班期。船长出来说话，对旅客的耽误，他们一概不负责任。

运河两边五公里范围内有不少楼房，是工作人员宿舍或美军基地。一九七七年双方签字移交运河后，美国将房产逐步移交给巴拿马。由于管理不善，目前房子周围篙草蓬生，窗户开始破烂，玻璃砸碎，有的楼宇被乞丐、浪人占住。高级住宅，则准备公开拍卖。美国人去年年底全部撤走后，运河两岸满布僭建房子，砖屋、木屋、茅棚，不一而足。长此以往，必然导致运河的污染和两岸原始森林的破坏。难怪巴拿马人对运河主权的收回亦喜亦忧。从自尊角度而言，无疑是好，一旦涉及实际问题，毕竟复杂得多。一九九九年十二月的交接仪式中，巴拿马人兴高采烈，彩旗、鼓乐、歌声、握手、微笑，但不是双方的节日。凑巧法国地理学会一行人到巴拿马考察，我们的地理学家朋友雅尼娜，晚宴时候被安排坐在前总统尼克松身边，她说美国总统克林顿没有出席，由前总统代替。放弃主权到底不是一个值得高兴的伟大时刻。前总统里根曾经说，运河“是我们建造的，是我们掏腰包，它属于我们，我们要把它保留下来”。最后离开运河基地的一位美国人说：“我们在这里做了一切，将所有东西建好维修好，巴拿马人没有能力将设备维持良好状态。只要一年时间，草地会重新变成原始森林，栅栏会给各种坏人进出。”

当年美国人取得的是永久性的管理权，所投下的资金，至今只收回三分之二，因此有理由遗憾。但运河的建成使巴拿马变成一条河，却成就了美国拓展海上的霸业。比起绕道南美的合恩角，运河缩短了美国东西岸之间近一万五千公里的航程，节省三个星期的时间。从美国东岸到日本，减少了四千八百公里，从厄瓜多尔到欧洲，减了八千公里。美国海军可以在太平洋和大西洋之间迅速来往，海上霸业得以扩展全球。运河的历史与美国进入强国的历史，是平行发展的。一九四一年珍珠港事件之后，运河成为美国太平洋舰队的生命线，成为重新恢复海上霸权的唯一希望。运河对美国，就不只是一条河。

但世界一切事物都在变，没有任何东西可以天长地久。二十世纪科技的进步，空运和铁路交通的发达，对水路的倚重逐渐减少，而且无论货轮油轮，吨位越来越大，不能通过运河。美国海军亦已分成太平洋和大西洋两个舰队，运河的战略和商业价值今非昔比。运河对美国的贡献已经足够，现在交还主权，又何必耿耿于怀？其实他们不曾耿耿于怀。那天我们的游船穿过阿美利坚大桥，刚好遇上一艘小型美国军舰。站在甲板上的水兵，向所有过船挥手致意，没有芥蒂，没有怨恨，毕竟是美好姿态。运河归还巴拿马，大家还是朋友，相逢一笑，日头更加明丽。人家愿意按自己的方式生活，你就让人家活去，不管人家活出什么名堂。目前的世界潮流是提倡自己理好自己的事，动不动就把腰间的家伙掏出来，还算什么文明人。

巴拿马是河不是河，你又何必太关注。作家西蒙·博利华尔说：“我觉得，如果世界必须选出一个首都，巴拿马地峡可以被指定担当这个庄严的命运”，这句话你也不必太关注。唯使人感到深入灵魂的肃穆的，是当你想起躺在密林深处的一万七千个为建筑运河死去的人。他们是在法国和美国开凿运河期间，为疾病、劳累、酗酒、忧郁、思乡、自杀而先后死去的工程师、工头、工人，其中包括一千六百三十五个法国人。至于华人数目，肯定更多，但没有准确数字。当初参加运河工作的雇工，大多是牙买加人，英、法属地的黑人，都要解决他们家属的住宿问题，开支庞大，这时才想到华人，水路远，不可能携带家属，于是派人到中国招募了大批华工，以合约形式参加工作。源远长流上，我们跟这条运河就有了血缘关系。你从万里以外来到，不感到陌生疏离。仿佛只要你向两岸密林深处，随便呼叫一声黄、陈、张、李，就有隐约之声从远逝的岁月里回应。

参观过运河之后，我们去到运河亡魂栖息的华人坟场，那是没有个人姓名标记的集体墓冢，只有一根巨大的水泥碑柱，上面刻着六个大字：“华人先友公墓”。一个笼统的概括，一个无奈的省略，其中包含着多少人生的豪情、悲情，奋斗、挣扎。棺椁早朽，但精神依然存在。一身健硕的体魄，一双打出火的拳头，就凭一点冒险精神，逢山过山，逢海过海，将自己的血汗洒到哪里是哪里。这原来就是一种真朴的求生与开天辟地的精神，一个勤劳的民族，没有哪里不是他们施展拳脚、生根萌发的地方。躺倒在异乡的泥土里，是这种精神走到了极处，一如惊世的警句般令人难忘。如果运河也有它的主题曲，且莫管它是河不是河，曲调应该从这里谱起。

二〇〇〇年七月

笔落“过郎”城

一九九九年十二月，美国将巴拿马运河的主权移交巴拿马，在星条旗飘飘摇摇下降时，传媒不时提到在运河一端的科隆城。但凡一处地方跟你有点关系，不管直接间接，也不管你曾否到过，只要有小小动静，你会侧耳细听，格外留神。那种特别感觉来自你的内心，只有自己才能体会，别人不会知道。

小时候站在书桌前，看着家人给国外亲友写信，信封的洋字底下，有“过郎”两个中文字，却不知道是哪一个国家，哪一个城市，只认定它很远，在世界的另一端。对一无所知的世界，一切皆以想象去看，它就以一百种面貌在脑子里出现。后来在课堂上地理课，总不忘记在地图上找找过郎城，每次都白费工夫。你从小就这样跟过郎捉迷藏。后来终于弄清了过郎即 Colon，正式译名是科隆。在过郎与科隆之间，你长时间地徘徊打转，带着自己的疑团，迷惘。这段迷路的过程，跟另一条心路历程平行发展着。却不曾想到数十年后，在三月天一头热带阳光下，你登上了过郎城外巴拿马运河的卡登水闸。在观看台上居高临下，看着巨型的游轮，重吨位的货轮，随着巨型抽水系统的运作而升降的沉甸甸黄水，以极慢速度进出运河。它们由缆车以钢缆牵引着，在船坞中一寸一寸行进，有的大船两边的空隙仅仅六十厘米。小时候在客厅看到的巴拿马运河风光图片，是蓝天、白云、水鸟下的洋轮，两岸的绿色丛林，洋轮上西装革履的绅士，打着小阳伞的西洋贵妇和淑女。现在绅士淑女不再，只听到隆隆的马达声，嗅到涡轮喷出的黑烟气味，看到岸上操作的黑人。向大西洋方向望去，运河以外，先是利蒙湾，海湾上的克里斯多巴里港，紧接着的就是科隆城。上空罩着一层漫不经心的淡烟，一如过郎城从前那般隐隐约约。从水闸上下来，我们的车子就朝着那片隐约的地方驶去。

前两天，人到巴拿马后，见到华侨朋友，知道科隆又名“个朗”。过郎，个朗，科隆，Colon 都是一码事。这个面向大西洋，又与太平洋非常接近的地方，一八五〇年就有炎黄子孙来到了。他们参与了这个城市的诞生和城外运河的开凿，经历过多少沧桑。现在生活在那里的华人数以万计，整个巴拿马总数接近二十万。他们最初为筑铁路而来，接着为开凿运河而来，这两项工程使过郎或个朗诞生了。对于一个以自己的血汗建造起来的城市，自然可以随心所欲给它一个名字，可以对它充满期望。

过郎对于广东中山、四邑等地方的华侨来说，是世代去“挖金”的地方。多少故事的开始和结束，都围绕着“发财”两个字。这个城就这样带着美丽的诱惑，在时空的流序中隐隐闪着光。“旧金山”（三藩市），“新金山”（夏威夷），总与“金”连在一起。但凡去美洲都说去“金山”，去过郎也是去“金山”。去“金山”是为了“挖金”。“金山”嘛，意思还不明白？你拿个勺子来，一勺子刨下去，就可以刨出满满一勺子黄金来！广东侨乡世代出洋的人，就在这些金光闪闪的梦河里漂行。从前，男孩子生下来，在乡间读三五年书，只为出洋做准备。他们从小懂得把心分成两半，一半留在乡间，一半跟着父兄到外洋，仿佛是与生俱来的本能。十六七岁已经老成持重，匆匆忙忙娶妻生子，只等养下一男半女，甚至不等妻子梦熊有兆，已千里万里的去走天涯，不过知命之年，决不考虑退步抽身。往外跑的时候一身赤条条，回来必定要衣锦荣归，买田买地起洋楼，甚至来一番鼓乐喧天的盛典，才是个交待。嫁入侨乡的女孩儿，必须懂得接受短暂的夫妻生活，紧跟着是数十年的独守空帏；懂得默许丈夫在外边娶洋婆子，养半唐番孩子。夫妻老来或能团聚，这种福气要前生修来，更多是各自孤单直到老死，两地各自入土为安，连梦也做不到一块去。所有这一切的生离死别断肠伤心，只为追逐一场“挖金”的美梦。

现在你就向着那个可以挖金的、如幻如真的地方走去。车子还未进入市区，忽然听见车厢内“咔嚓”一声，原来司机冈布斯先生使用自动锁，一下子将所有车门卡死，不能自外边打开。你一时愕然，治安之坏，竟至于此？记得当初我们向旅行社提出到中美洲旅行的特别计划，地点包括科隆城，但旅行社给我们送回来的路线，将科隆去掉，说这个城市没有什么好看头。我们一再坚持，对方才同意了。出发前，曾经看到记者报道，将巴拿马说成“恐怖巴拿马”，尤其科隆城，光天化日之下，歹徒如何为一罐啤酒开枪杀人，看到稍为值钱的东西立刻强抢。你走在街上，不保证你绝对安全。因此，游览时最好不下车，照相机也不要伸出窗外。又想起在哥斯达黎加首府圣何塞的时候，在一个晚餐会上，华商会会长黄耀佳先生讲过一系列的巴拿马恐怖事件：谈到一个准备到免税港购物的犹太人，身怀十多万美元巨款，如何途中被劫；一位朋友如何在车子驾驶途中被劫去吉普车，被枪伤；如何看着一位熟悉的主治医生，从医院下班回家，刚走出门便遇袭，看着他被抬回医院急救，等等。之后，语重心长地对我们说：“不是吓唬你们，总之……要认真小心才好！”

过郎与科隆，现在就给你一种不可捉摸、不可感知的幻真。我们原想到这里追踪一下前人的脚印，让童话般的以往印象，在现实中得到印证。使人意想不到的是，当你接近它的时候，却听到它沉重的心跳，看到它黯黑的颜色。两个城市在眼前浮动，倏然出现，霎时回落，一把将它握在手里，又迅速从指缝间漏掉，皆因过郎与科隆，于你是两个脱了钩的地方。但无论如何，现在你就沿着一条走过几代人的岁月栈道，亲自去看看。不过，天哪，司机冈布斯这样将门关死，是不让外边的人打开车门进来，还是不让我们出去？这个黑李逵冈布斯，一身硕壮的肌肉将白衬衫塞得胀鼓鼓，大鼻头上的眼珠子，一转就翻出了眼白。这样一个人，不能说他不强悍。但他对我们这么和气热情，你觉得有这个人在身边，天塌下来也会给你顶住。车子才挨近市区，他已经有这份细心。“停车，停车！”你一路叫着。但每叫一回，黑李逵和翻译依萨莎小姐就商量一回，停也不停？商量得来，慢驶着的车子已经走过了你想下来走走，拍摄几张照片的景点。任你怎么叫，车子停不停，就看他们临时决定。别以为依萨莎就会裂着一口白牙笑，她一个“不”字下来，直叫你噤若寒蝉：“玻璃窗也不能打开，要拍照就贴着玻璃拍。……这个城市有一间非常美丽的酒店，但人家住客，都是不能离开酒店范围的！”

车子时或驶过浪拍岩石的海岸，时或沿着无边无际地扩散的绿色地带走。过郎经历了持久的使人做梦的岁月后，对广东侨乡依旧有着磁场般的引力。但有谁想到，你来到这里连下车的机会也难求呢?

当初旅行社拒绝我们到科隆，还有另一个理由，说没有可以通行的道路，说高速公路才开始兴建，两年后才通车。岂料那天早晨出发，车子刚驶出巴拿马城，就进入一条非常漂亮的高速公路。我们一路穿林，望山，睹石，不时回首看红艳艳的香蕉花、高耸云天的热带原始森林，一丛丛使人大开眼界的粗壮的参天古竹，甘蔗园里的甘蔗蔓生到路边，成了一丛丛野生甘蔗，总之，热带的景观使你目不暇接。山头上这里那里，立着一座座简陋的屋顶铺着锌铁的小屋，这就是“一夜屋”。中美洲国家就有这种习俗，只要你的房子赶在一夜之间，即天亮之前建好，别人就不能将你赶走。这些“一夜屋”大多建筑在属于国家的山头上，一旦要收回，经常要出动警察。但无论如何，这种拉丁美洲式的散漫，毕竟充满了人情味。

你眼下这条高速公路由墨西哥一家公司兴建，历时三年，开发了部分原始森林，两年前才竣工，巴拿马政府准备以十年分期付款赎回。公路所占的土地，一部分属于国家，另一部分分属保险公司或私人所有。开始施工时，私人部分未跟业主谈好条件，眼下正在打官司。好哇，一条阳关大道摆在那儿，你旅行社当初却向我们撒谎，说无路可走！你追问依萨莎，今回依萨莎咧开嘴巴大笑，棕色的脸庞花儿般绽开：“当初我接到通知，真不明白你们为什么要去科隆，没有东西好看呀！那边的人都很穷，治安也不好。尤其你们选在星期天，连唯一可以去走走的免税港也关了门。”还是一个穷字！金子呢？广东世代华侨总不忘记来挖的金子，都到哪儿去了？她又说，科隆旧城住的都是黑人、牙买加人、巴巴多斯人、瓜德罗普人和混血儿，是筑运河时代的工人留下的后裔。他们只会做码头搬运工，其余工作不肯做，不会做。免税港的工作就不愿意去做，宁可偷偷摸摸，甚至强抢。所住的旧区楼房，都是筑运河时代留下来的。他们强占住房，不交房租，不肯搬迁，更不葺修。房屋破破烂烂，卫生状况匪夷所思，瓦顶漏水，楼板穿透，曾经有人从楼上一直掉到楼下，当场摔死。这样的区域，自然藏污纳垢。但凡有点文化教养的人，都离开科隆，到巴拿马城去居住谋生。而科隆新区的企业商场，雇员都是巴拿马人，有的朝去晚归，两城距离六十五公里，还是不惜驱车每天来回走动。

依萨莎小姐，别以为我就不会说“不”字，我的“不”字出来，同样可以掷地有声。我说我们千里万里来到这里，绝非为游车河，为从车窗里看外边草履虫般不断变形的世界。你看我一身旧衣裤，口袋里没有几个钱，只有一张信用卡，我连手表、项链、戒指也除下来，光棍一条，比他们还要穷，能将我劫成怎么样？

车子有时在争吵中停下。马达声一停，他们俩人各自从两边车门蹦出，将志侠和我一左一右的夹在当中，成了个现成的“三文治”。每一回下车都要“三文治”来，“三文治”去，怎能找到可以碰头的人？但从朋友那里知道，科隆城有“中华会馆”，目前生活在那里的华人数以万计。我们原来打算到会馆去，找一个广东人，哈啰，乡亲，我们是从巴黎来的广东中山人，你可知道大半世纪之前，有一个名叫李学卿的人么？他们祖孙三代，曾经在这里生活过，直到抗日战争爆发前夕，最后一代人，李学卿阿伯才返回唐山。你可知道这个人在这里的情况么？有谁知道么？但现在你明白，这是一种奢望，黑李逵和依萨莎不会让我们到会馆去。

极度破烂的楼房是最惹人注目的风景。但每一群楼宇，仍能看出原来的建筑物相当体面，质量很好。楼房之间距离甚远，马路宽阔，有的街道两旁树木成荫，花坛、广场、公共长椅，规划得合理，完整。可见那时候的科隆是一个很有气派的城市。据史料记载，当铁路和运河工程竣工后，过郎城曾经一度繁荣，工程师及其家属，都住在这里。豪华大宅、商店、餐馆林立，酒吧夜夜笙歌，与美国的路易斯安那州那样，有着同样的繁荣与风格。

透过破屋旧楼，你仿佛看到久远年代的日子：一个年轻的华人赶着马车，从卡登水闸的货轮上，运回从美国采购的货物，然后一箱箱搬进铺子里。楼房是上居下铺，阳台堆满了杂物，晾着衣裤，竹竿上吊着香蕉、菠萝、甘蔗，一片无边的生活景色。当然，这种想象是背墙扔花，只能用心去捉摸，用灵魂去谛听。似有豪情悲情的轻舒长叹，如歌如诉般在空中飘过，使大半个世纪之后来到的亲属，依然感到怆然与幻灭。

使人不胜唏嘘的还有眼下的旧城，房屋破烂，石灰批挡油漆剥落；而运河时代的工人宿舍，屋顶像打补丁似的，补着不同颜色的铁皮，篷檐栅栏梁柱摇摇欲坠。坐在屋前的梯阶或走在路上的黑人，茫然而游手好闲，在热带焦灼的阳光底下，恍如做着大梦。依萨莎说，这个城市从前一度十分美丽，且繁荣兴旺，到二十世纪八十年代，由于经济衰退，游船减少，失业率上升，城市才走向没落。

科隆城作为运河上的港口，目前每天都有从世界各地驶来的巨轮。从日本来的，满载着传真机；从台湾驶来的，满载彩色电视机；从韩国驶来的，装满汽车；从澳大利亚驶来的，装满了建筑材料和锌铁片。所有这些物品，就通过科隆这个免税港，销售到巴西、阿拉伯国家，甚至西班牙和英国去。一些著名人物，如最初开凿运河的总工程师雷赛布、阿根廷的前独裁者贝隆，都曾经在这里拥有豪宅。雷赛布的豪宅目前还保留着，他的后人还在巴拿马任职；贝隆是在酒吧里遇上歌星伊莎贝尔，后来成为贝隆夫人的。但所有这一切，跟眼下所见的情景不协调。依萨莎又指着车窗外一队消防员说，他们正在演习，以提防科隆大火。因为不久前妇女上街示威，说如果她们再找不到工作，就要一把火将整个科隆城烧掉！而科隆的大火，已经有前车可鉴，一九一五年和一九四〇年的两次大火，每次都毁掉半个科隆城。

转入新区，警察多了，每一座楼房前面，都有持枪的私人护卫，依萨莎和黑李逵才让我们下车。你看着一幢幢白色的洋楼，老天爷，你千里万里跑来过郎，就为看那些在美洲随处可见的洋楼么？不，你到这里来，决非为寻找现代的中美洲，而为追寻先人在这里留下的一痕半爪。对“金山”的昔日美梦，你一来到这里已经破灭。无需怀疑，广东第一代来到巴拿马的华人，是由香港或澳门以合同工身份来筑路的；或从美国的加州南下，在卜加省登陆，在恶劣的环境底下，以开天辟地的精神，与热带的山岚瘴气、毒蛇猛兽，与致命的蚊虫作斗争，为的只是在那里开垦种植。一八五二年，为了建筑由巴拿马城直通科隆的铁路，甚至从美国加州招来华工，第一批总数三百人，随后两年，又先后来了一千多人，以合约形式参加筑路。但仅仅数月之内，因黄热病和疟疾，竟死去了半数。三思未成，一具具黯淡蜡黄的身躯已埋骨异乡。大多数人的浪迹生涯，只为养活自己和在国内的亲属而已，能够发大财的，为数不多，就看天时地利而定。

一九〇四年至一九一四年间，美国兴建巴拿马运河，为补充欠缺的人手，先后在中国招募了大批华人。为筑运河死去的工作人员当中，华人数目肯定不少，唯具体数字永远是个谜，连坟墓也是集体的，就像一汪潇洒的泼墨。到铁路和运河竣工，侨胞落地生根，他们当雇工，开洗衣馆、餐馆，经营小本生意，或在运河两岸种植蔬菜、时花，供当地人消费。后来也有人从事进出口生意，从美国贩运日用品经运河进入巴拿马，想来李学卿阿伯就从事这种经营。华人从来工作勤恳，胼手胝足，从早上六时一直操劳至午夜十一二时，长年累月只知道坚守岗位。漫漫人生，就在数十平方尺的小铺子或餐馆原地踏步而过。最大的奢望莫过于儿女长大，完成学业，拥有一间自己的房屋。一旦遇上天灾人祸，只有默然挥泪，再起东山。一九一五年科隆大火，华侨商店被波及者达三分之二。遇上这种灾难，是绝对无助的，事后只在沧桑的心底多划上一道伤痕，将沉甸甸的日子从头开始。二十世纪四十年代初，现任女总统美芮亚·莫斯柯索的丈夫任职总统期间，发生排华事件，侨民不准经营买卖生意，只准许经营洗衣馆和餐馆，所有商店被迫以不到五分之一的价钱，贱价卖给巴拿马人。打工亦难求得一张健康证，卫生局拖延不发。一些贫病的侨胞回国度余年，还得向船公司申请减收船费。直到二十世纪五六十年代，华人经济地位稳固，出了几个商业俊才，参与了当地的政治，华人开始走出自己的圈子，参与当地的生活，地位才开始稳定。

你将新区看了那么两眼，只觉得这种没有历史的地方没啥看头。冈布斯，依萨莎，咱们走吧，到别的地方去！然而，就在这时候，你看到几座白色洋楼，似曾相识，又不完全一样。它们使你想起童年生活，想起短期生活过的两层白色洋楼，楼上楼下有两列白色的廊柱，啊，原来它的原型在这里！类似美洲式的各种洋楼，在广东侨乡出现得很多。侨胞们当年在这类式样的洋楼前面走过，觉得好看，才将记忆带回祖家，起一栋类似的洋楼，作为他们在外国生活过的见证，也作为辛勤劳动过、发了财的见证。广东的华侨家庭，抗日战争之前只置洋楼，不置田产，既然劳动力都出洋了，家中只剩下老弱妇孺。按时收到外国汇款维持生活，日子就有它的安闲清简。平日只给祖先神祇多多上香，保佑海内外的家庭成员平安顺境，外出的人有发财还乡的一天，这已经很足够。出洋世家就只得这番心事了。在香烛烟火萦绕中，就有了日子的宁静深邃，且相信同样的日子，可以年年月月重复下去。

到抗日战争爆发，外边汇款不通，华侨家庭马上陷入困境，这才明白，原来日子竟不可以千篇一律打发。还未仔细思量过来，已经挨饥抵饿，家道零落，成员离散。鉴于这种不可预测的潮起潮落，才想起土地是根本。但凡有两亩地，人就不会挨饿了。抗日战争后，许多华侨家庭马上向外边亲属集资，平日收到外汇，也节衣缩食省下一笔钱，用来购置田产。但数年后，田产屋宇物业不保。后来旧事从头翻新，将尚未被拆毁的洋楼物归原主，但已破败不堪，物非人非了。

今回涉足中美洲，来去匆匆走过了圣何塞、畔打连、巴拿马城、过郎等几个城市，也游过了巴拿马运河。在观光、访友、深入华侨生活的过程中，一个真实的华侨世界向你打开了大门。过郎城的神秘外衣已经抖落，世代华侨的所谓“挖金”，真相原来如此。多少旧事新事移到眼前来，使你去感受漂泊者的沧桑，去感受历史和人生的谬误。

记得那天从巴波亚港出发去参观巴拿马运河，游船驶离港口后，不久穿过大竖琴似的横陈在海峡之上的阿美利坚大桥，大桥以外白浪滔滔，一轮皓日在白云间缓缓移动。准备通过运河的一艘艘大小船只，从太平洋纷纷驶来。这种情景，想来跟当年相去不会太远，一些经商的华人，就这样押运着货物在运河上来回数十趟，来往的过程就是他们找生活的过程。这条运河于他们，曾经是梦想之河，希望之河，每走过一回，财富就增加一些，在生活中的位置就落实一点。现在你笔落过郎城，心情也偏于沉重，笔尖凝结着难以言表的艰涩。虽然往事渐行渐远，唯悄然掠过心间的，还是那种抹不去的苍凉。

二〇〇一年五月

误会了的富饶

广东中山的侨乡，都知道大洋那边有一个“畔打连”。信封上写“畔打连”：她的丈夫在“畔打连”发财，我的儿子去了“畔打连”，他的老爸从“畔打连”回来。你在地图上找“畔打连”，一如找桃花源或者大西洋城，永远找不到。小时候为避战乱，在中山侨乡生活过两三年，经常听到“畔打连”，却不知道它在哪里。后来在上海读小学，上地理课上在一张美洲地图上看到洋字 Puntarenas，由于发音近似，猜想这就是“畔打连”。没有错，但正式译名是蓬塔雷纳斯。“畔打连”的叫法，是广东华侨的约定俗成。他们竟有这种可爱，不管译名如何，只顾在信封写上华侨圈子这个习惯叫法，便相信邮局会送到。事实上，年深月久，写着“畔打连”字样的信件，全都平安到达蓬塔雷纳斯。而身在蓬塔雷纳斯的中国人，恐怕未必知道蓬塔雷纳斯就是“畔打连”。

“畔打连”于中山侨乡有特殊意义，是世代华侨去“挖金”的地方。男孩子从小为它梦想，长大后为它离乡背井；远近村落的女孩子为它嫁入侨乡，盼望丈夫日后从那儿衣锦荣归。“畔打连”是中山人的美梦，与世代人的命运连在一起。

当年出洋的人乘“大眼鸡”中式帆船，漂浮六个月才能抵达。

后来乘蒸汽洋轮也要两个月。遥远地方是另类世界，一切想象皆变得可能。古希腊将印度想象成一座座山头，山上都是些狗头人，以兽皮做衣服，狗一般跳跃，以跳跃作为交流的语言。而中国人的想象，被求财愿望左右，相信那边富饶，否则怎能挖金？金子亮闪闪，能够将事物的真相隐去，一如印象派画家，以光的捕捉来勾销事物的轮廓。你看印象派画，知道光线如何撒谎。闪光的银子也有这种本事，可以将浪迹者的沧桑抹去。看到金山阿伯荣归故里，在乡间买田买地起大楼，一片风光无限。而金山阿伯那边，有意无意将血汗、卑屈、忍辱遮掩着，将荣耀、威风、光彩的一面端出来。出去时赤条条，回来必要像个人物。这是一生劳碌的人的心态，是他们私下的精神补偿。漂泊者沧桑的一面，就这样被永远覆盖着。当你到过"畔打连"，更加明白了。

出发前，走访了两三位归侨，说那边终年烈日炎炎，气温在三十四五度。冬季比夏季还要炎热潮湿，上午毒日当空，下午滂沱大雨，大雨一来就水浸街，冬季是哥斯达黎加的雨季，长达半年。极端的高温，对谁都是考验，何况对习惯温带气候的人。出发前几度奔波，跑了好几家百货公司，搜购热带气候的衣物。又听说那边环境较差，卫生条件欠佳，会有蚊子。出发前医生吩咐，要先服十天药物，回来后不管是否有病，继续服食一段时间。防蚊油要带，喷到衣服上的喷剂要带，电子灭蚊器也要带。又说那边治安差，强抢，小偷小摸，家常便饭。因此，每户人家合法地拥有三支枪。盗贼入屋，你开枪将他开杀，法律不追究。你开餐馆，提防歹徒入店抢劫，最好请本地人持枪护卫守门。还要提防食客顺手牵羊，客人离去之前，先将桌上的小花瓶、玻璃杯撤走。总之处处防备，白天黑夜，屋里屋外，一律防备。因为那边的人穷。这个穷字一出口，你马上感到戏弄，一种掷地的破裂之声，我们先祖来挖金的，怎可以是个穷地方！

去到哥斯达黎加首府圣何塞，走在街上，一脚踩到窟窿里头去！你连忙将脚提起，不气馁，继续往前走。朋友早已警告，不留神是活该。抬头环视周围建筑物，大多是两三层的水泥板或木板楼房，铁皮屋顶，单薄，简陋，陈旧。所谓高楼，为数不多，外墙粗陋，好像处于未完成状态。泥尘滚滚的车流中，小孩提着两三塑料袋苹果、水葡萄、椰子汁，烈日下风尘仆仆向汽车内的乘客兜售。入夜街灯昏暗，没有霓虹灯，有些餐馆的招牌，用红笔写在白粉墙上。这个国家穷也不穷，不说自明。圣何塞算不上城市，至多是中型市镇。

然而，哥斯达黎加，原文是 Costa Rica，西班牙文，意思是“富饶海岸”。据说一五〇二年，哥伦布第四次到美洲，登上这片土地，眼见到处树耸云天，硕大野果到处丛生，印第安人的脖子挂满光闪闪的金片，他大为震动，相信这片土地非常富庶。他的儿子向西班牙王报告，也作如是说。一五三九年，这里正式命名为 Costa Rica，富饶海岸。富饶一旦写成文字，神话一经相传，头脑发热的旅行家，就以笔杆子将它变得加倍富庶美丽。史蒂文森的《金银岛》，根据德国专家的研究，原型是哥斯达黎加海边的可可岛（Isla del Coco）。富饶使人做梦，给冒险家以动力。当西班牙的寻金者、大旅行家，在墨西哥和秘鲁找到黄金以后，就相信在哥斯达黎加也能找到。可想而知他们如何奔波，如何嘴爪欲敝。虽然他们一再两手空空回来，却一再相信“富饶海岸”。坚定不移的相信，使故事一再重演。

其实西班牙人早就翻遍了哥斯达黎加的地皮，知道没有金，没有银，也没有贵重金属，或者数量很少，不容易找到。一七一九年，当地总督只能用可可籽来充当货币。另一位总督向西班牙国王汇报说：“贫穷入骨，不知该如何医治。”成为西班牙殖民地后，是王国最贫穷的省份之一。但它依然拥有富饶之邦的美名，印象已无法纠正。误会了的名字，先后吸引了英国、荷兰、美国的海盗，一再兴师来劫掠。

最初到哥斯达黎加的华人，不为抢劫，不为传说中的富饶。富不富，他们根本不知道。眼看无边无际的大洋，相信那边另有世界，萌生了走天涯的遐想，让双腿像海水那样撒蹄而去，这不过是一种求生方式。第一批到哥斯达黎加的华人，大概在一百六十年前，那时候美国人在那里开垦种植园，需要劳动力，想起吃苦耐劳的华人，派人到澳门招募华工。他们以合同工，即以“卖猪仔”身份越洋而来，给农场主开垦种植。后来英国人着手建筑铁路，同样想起华人，同样到澳门招募。这是第二批到哥斯达黎加的华人，他们在太平洋岸边的“畔打连”上岸。从此华人与这个地方结下不解之缘。英国人后来筑路不成，美国人接手。那批“猪仔”华工，已经收受了英国人的生活费和安家费，还未到恢复自由身的时候，只好任由英国人转手拍卖。跋扈吝啬的拍卖者不曾想到，这群赤条条的“猪仔”，只有身上的力气，竟是一座座石山，从此在哥斯达黎加屹立不动，一代代站立下去，造就了海岸一方的人文风景。直到如今，故事还在继续。

由于华工大多在澳门招募，澳门跟中山接壤，华工当中，大多是中山人，以三乡人和下涌人为多。据说当年的下涌，男丁几乎全部出国到哥斯达黎加。“畔打连”华侨以三乡人为主，一口三乡话，可以走遍整个“畔打连”。哥斯达黎加的四邑人，如台山和恩平人也不少，大多从美国南下，定居在大西洋海岸的利蒙港，华人称之为柠檬港。筑铁路时从香港招募的一批华工，后来也定居在那里。

直到今天，中山人、四邑人依然继续到哥斯达黎加谋生。不管什么时候，在哪一方落脚，勤俭的华人总将自己泡在汗水里，以汗水来创造故事。赤条条上岸是这样，到小有积蓄，做起小本生意也是这样。如今，不少华人已拥有一定经济实力，从餐馆和杂货铺，扩展到塑料制品、汽车零件、电脑和进出口贸易等行业。

我们到圣何塞的次日，在当地华侨朋友陪同下驱车到利蒙港，顺道看看香蕉园，既然香蕉是哥斯达黎加的第一收入。香蕉园以前多由美国人经营。他们筑铁路时代，取得沿路两旁一定范围的土地使用权，以种植香蕉维持铁路的经费。哥斯达黎加的香蕉生产，向来由美国人垄断。后来被中国人打破，目前哥斯达黎加第二大香蕉园为四邑人所有。兄弟二人合作，一人负责市场经营，一人主理种植技术，所生产的香蕉，比其他香蕉园的产量高，质量好。

那天我们去利蒙港，遇上全国性游行示威，即将进入利蒙港时交通被截断。中途参观了一个香蕉园，即打道返回圣何塞。游行示威原因，是反对政府将国营的电话和电业私有化。次日我们去“畔打连”，示威依然继续。司机边开车边打听交通情况，生怕受阻。汽车在弯曲的山路上走了两小时，浩浩森森的太平洋蓦然在前方出现。司机指着海岸线上一长条半岛，说这就是蓬塔雷纳斯。你身子一挺，透过车窗往前看，怎么可能呀，你这就来到“畔打连”，从小听人家谈及的梦一般远的地方！但你到过圣何塞后，对它的想象已经有一根底线，从前的光灿已消失。车子转入半岛后，沿海岸线行走，公路左边，伸延着一条铁路，与海岸线平行，看来已经报废，右方是巴朗加河。沿途的屋宇，比圣何塞郊区的要光鲜、宽敞。走完十七公里的长条半岛，进入市区。市容跟圣何塞没有太大区别，两层的楼房，式样平淡、简陋。如果说圣何塞是市镇，“畔打连”则是村镇，只有四条街道。最具规模和气派的，莫如台湾人出资起的海堤公园。一排棕榈树在热带海风中飘摇，树下一条美观的现代化海堤，供游人休憩的长条石椅，规则地散布在海堤上。据说计划中还要建纪念品市场、海关大楼和码头。十九世纪初，哥斯达黎加要从太平洋海岸出口咖啡，才将“畔打连”建成一个港口，给太平洋岸上的小村镇带来方便的交通。但是港口一直没有码头，大轮船不能靠岸。台湾人凭藉在“畔打连”的投资，取得了一些权益，可以不用签证自由进出哥斯达黎加，给台湾商人提供了方便。他们挟巨资而来，着手做大生意，买渔船出海打鱼，捕鲨鱼取鱼翅。从前该行业多由日本人和韩国人经营，现在台湾人插手其中。此外，他们也从事大规模种植，据说相当成功。

进入“畔打连”市中心，迎面遇上一群示威学生。一队头戴钢盔、手持盾牌的警察，排成单行在街头走过。学生嘘声四起，警察置之不理，没有产生冲突。

我们告诉司机，法国电话私有化后，有了自由竞争，电话费大幅下降，哥斯达黎加人为什么反对私有化？回答说，他们相信在私有化过程中，政府官员中饱私囊，皇亲国戚受益；其次担心私有化后失业，或者私有企业的工作太紧张，失去吃公家饭的悠游自在。

进城后，按照同学老杨给的地址，去找“中山”餐馆的李先生。

在异域找同乡，是一件奇妙的事。城市不大，不用多转悠，已看到“中山”两字高悬在人行道上。在这地球另一边看到这两个字，一如看到熟人，别有一番心情。守柜面的是一个小伙子，听说要找李先生，欣然进入后间找人。出来招呼的是李太太，说李先生下班休息去了。得悉我们是老杨的同学，一脸和气给我们谈了当地的华侨生活。她的丈夫李先生是中山石岐人，她本人是澳门人，结婚后双双到“畔打连”开餐馆，一开就是四十五年。住在同一条街，工作在同一店铺，平日甚少离开“畔打连”，偶然回澳门走走。四十五个春秋，就在馆子里来回踱步而过，日后也不会有变化。四十五个春秋，忙忙碌碌中，三个孩子长大了，学业有成了，老大老二出门自立了，只有学经济的小儿子毕业后留守父业，柜面朝气勃勃的小青年就是他。

你将“四十五年”一再咀嚼，试图明白四十五年有多长，是否有过生活的激流，有否越过某种规范，或者永远的一潭静水。到哥斯达黎加数天以来，跑了不少地方，当你坐到这个餐馆里，听到“四十五年”，才醒悟到对先辈寻金的好奇，可以就此打住。当初光怪陆离的想象已经尽散，误会了的富饶可以勾销。“畔打连”的酷热加暴雨所带来的财富是香蕉，是咖啡，是热带作物的迅速生长，是热带雨林以及原始森林的茂盛，是动植物品种的极大丰富，是不断产生的新品种，所有人围绕着香蕉、咖啡挣饭吃，这是一个尚未拥有实业的大山头，不是一个遍地黄金的天堂。

但在中山人的潜意识中，“畔打连”有一种恒久的吸引力，一如磁石对铁的吸引，祖上世代到这里找生活，似乎再没有别的出路可以代替这种漂泊。中国人就是这样，不管环境怎样恶劣，只要抓住小小机会，就以一辈子的时间和汗水灌溉，总可以盼到开花结果。“挖金”的过程，首先是离乡背井，忍受异国的陌生孤独。“挖金”的过程也是“挖”，“挖”就是颠倒了的日日夜夜，是切菜切肉、洗碗洗碟，从床头到灶头，从灶头到床头，是站在灶边的汗如雨下。等到碗碟堆积成山，快刀磨成废铁，握锅铲的手变了形，起了茧，脸上现出从事餐馆业的人长期熬夜特有的青黄菜色，人已经到了某种岁月。当初或许还有别的想头，到了那时节，已不大有重新裁剪生活的意愿或可能，且明白自己的航程万里的目的地，就在这百多平方米的馆子里，就在这原地踏步中。

你在生活中的位置不可能预知，只能在行进中逐步找到。然而，每一步都是一去不复返，于是就有三十年、五十年的故事，就有三十年、五十年对抗误会了的富饶的故事。在无涯的漂泊日子中，唯一可靠的“岸”是勤字。巴拿马侨领陈昆庆老先生说：“勤俭筑金窠”，这就是华侨“挖金”的全部秘密。

二〇〇一年五月

印第安人，与命运共舞

在哥斯达黎加观看热带雨林的时候，导游告诉我们说，从前里面生活过不少印第安人。中美洲的原始森林和热带雨林，都是他们的家园。到巴拿马的时候，就请导游小姐依萨莎带我们去见识一下这个种族。于是她把我们带到巴拿马城郊，一个印第安人家里去。

这是一间与小铺子相连的小屋，一进门，你看到墙壁上、架子上都是些花花绿绿的刺绣，背袋，荷包，围裙，枕袋，台布，绣花鞋，色彩如流如注，大红，大绿，大紫，橙黄，少许蓝色与白色。一位身材十分矮小，方额方腮，脸庞褐色而皮肤粗糙的女人，闻声从里间出来，果然是印第安人的样子，你不曾见识过。从头巾到衣衫长裙，还是大红大绿大紫的交叉，缠绕，奔流，迸发，喷射，相辅相成又互相排斥。印第安人真是个花花绿绿的民族，对鲜艳颜色就有这种狂热。依萨莎跟有点羞怯的女主人闲聊了几句，回头对我们说，她的丈夫曾经在建筑工地上工作，现在因腿伤赋闲在家。妻子为帮补家计，开了这爿小店做游客生意，店里所有物品都是她本人刺绣的。依萨莎说印第安女人都非常勤恳，甚至看戏的时候，手里还是拿着针线，不停地缝着、绣着。这位女士也不会例外，能不相信么？刚才她从里间出来，手里不也拿着针线活么？这个花花绿

印第安人小铺（巴拿马）

绿活计，眼下就搁在木头架子上，仿如要用烟花般灿烂的色彩来照亮自己的前程，也照亮别人的前程。然而，印第安人只是一种命运。这是笔者旅行美洲的众多印象之一。

一六〇七年，英国三艘满载着殖民者的船，在北美杰沙比克湾登陆的时候，自称有三千年文化的印第安人，还生活在洛矶山的崇山峻岭，中美洲的原始森林和热带雨林，以及南美的亚马逊河流域。这是他们的伊甸乐园。在他们的世界里，神灵可以在天上，也可以在地下，可以通过树木、河流和岩石显灵，它们是花蕾、蝴蝶、斑鹿或一块石头；打雷、闪电、鹰的飞翔是祖先的启示。印第安人的梦做得很深，从脚下的土地一直到天宇的最深处。

但穿越汪洋巨浪来到的殖民者，看到的不是他们的梦，而是他们脖子上那些以金片串成的金光闪闪的项链、铜制的烟筒，以及他们的仙境般的生活环境：野花遍地开，草莓大如李子，山鸡处处营窠产卵，斑鹿、野牛成群结队徜徉于绿原中，候鸽群在天空上遮天蔽日地飞过，五月下种的玉蜀黍，七月就可以收成了。沿海地区还有硕大肥美的鲜鱼、鲜蚝。后来还发现煤、铜、铁、石油的藏量极大丰富。这样一个地方，又怎叫那些经历了九死一生才抵达的英国人忍心离别？不，他们绝不忍心，且毅然作出决定：不走了，就在那片地方成家立业，建立一个新的国家。他们披荆斩棘，与毒蛇猛兽搏斗，忍受严寒苦热，给热病、痢疾、水肿夺去生命，却充满豪情与憧憬，一心要创造一个雄伟的开天辟地的故事。

就在这时候，不肯让出土地的印第安人来了。他们口衔弓箭，手拿长矛标枪，漫山遍野爬行着来袭击。一场争夺土地的你死我活的战斗开始了。印第安人凶残强悍，诡计多端，但他们的文明只发展到石器时代，又怎能跟已经拥有殖民舰队、发明了望远镜的白人相劲敌？每一次冲突，最初时候白人死伤惨重，后来总是印第安人败北。缴械投降了，却不缴出他们的宗教、语言、传统、信仰和各种神秘的仪式。只是，拥有古老传统和多种多样风俗习惯的印第安人的命运，从此翻过一页，殖民者从此背负上种族灭绝的罪名。

在殖民者的眼里，将蛮荒地带改造成文明的自由共和国，是一件天公地道的事；将走向文明路上的障碍物搬走，也是一件天公地道的事。于是，来自古老传统和大自然的天然理性，与追求现代文明的狂热，以及发财愿望的冲动，就有一场仗要打。战斗的结果是理性被狂热压服。殖民者胜利了。他们以自己的梦想来改造世界，一个新的繁荣局面出来了，他们都发了财。发了财还算想到立品，于是提倡自由、人权，并以道德和人权的卫道者自居。回过头去看被驱逐出他们的土地的印第安人，奄奄一息，难免有一种将自己的狂热强加到他们头上的罪恶感。在世人眼里，这就是美洲的原罪。

正是出于赎罪的愿望，美洲国家对印第安人都特别优待，尤其美国和加拿大，干脆由国家把他们养起来。划出保护区，让他们拥有自己的领土，让他们实行自治，按照自己的风俗习惯生活，不受国家现行法律的管束，非印第安人不能在保护区拥有土地。他们有自己的学校，传授印第安语和传统的风俗习惯，有自己的宗教仪式，有自己的救赎灵魂的方法。一切应有的文明态度和措施都端出来了。既是亡羊补牢，也是文明强国的必然穿戴，又有谁能够非议？

加拿大有三十万印第安人，其中生活在大北世界中的因纽特人族（Inuit）要求自治，经过十五年商谈后，渥太华议会于一九九三年通过法案，创立尼那维（Nunavut）自治区。这个拥有自己首府的自治区，于一九九九年四月一日正式宣布成立。面积二十一万九千平方公里，人口只有七千，分布在十四座村庄，首府人口二百人。他们要求自治，是为了不让外族同化，但现在，他们吃汉堡包，饮可口可乐，穿牛仔裤；室内有电视机、电话、收音机、电脑、网络。在现代文明的冲击下，原有的生活传统和风俗习惯，都已改变，他们自囿在孤独世界中，酗酒、吸毒、强奸、谋杀，层出不穷，自杀率是世界最高的区域。

良好的用意，却不曾产生预期的正面效果。有多少优待，就产生多少弊端。保护区不受国家法律管制，就像雪天路滑，车子容易驶出路面。有些地方发现矿藏，在发财的愿望下，与区外的人串通，以各种花样把它变成财源。发了财，就在里面开赌场、妓院，各种罪恶就滋生起来了，成了藏污纳垢的地方。生活来得容易，求生的原动力消失了，整日游手好闲，无所事事，躺到长椅上晒太阳。毒品、酒精成了他们的前途、他们的命运。人口也逐渐减少了，以哥斯达黎加为例，十六世纪哥伦布到达那里的时候，各种部落的印第安人数字，粗略统计是三万至六万，现在纯种印第安人只剩五千上下。政府以文明措施来赎罪，但作用到他们身上，依旧是将他们推上颓丧、沦落、灭绝的道路。最初被野蛮、被偏激追赶，后来又被理性、被文明诅咒，印第安人又怎么可能不是一种命运！

长久以来，这个民族是沉默的，不曾发出过任何声音。头戴羽毛，涂成大花脸，骑在马背上吼叫狂奔的形象，只在西部影片中出现，那是白人眼中的印第安人。有一段时间，描写印第安人的作品，都被出版商拒绝，理由很简单：印第安人不使人感兴趣。何况，那个种族的人你必须提防，西部殖民者就知道他们有多么狡猾、强悍、难缠。就连他们在银幕上的形象，不也已经消失多时了么？

但是，最近二十多年，涌现了一批印第安人作家，长久以来沉默的印第安人说话了。形势强于人，这股潮流使出版家不能无动于衷，且越来越重视。但凡瞥见作品中出现一根羽毛，马上从口袋里掏出钞票来。美洲人看着从沉默中走出来的年轻一代，有点惊诧了，印第安人要重掌自己的命运了？这些年轻作家，写的是沉默的土地、沙漠里的风、飞翔的鹰、无声的植物的故事；也谈到离开了土地的印第安人，比谁都更明白土地和自己的根的重要，各人以自己的方式来歌唱草场、湖泊、河流、满布野牛的山林绿野；他们歌唱泥土，歌唱风，歌唱行雷闪电，也歌唱阳光；“我将自己看成是沙漠的一部分，我将它看成自己的母亲”；他们有意跟过去衔接，有意捡回神秘的过去的一些碎片，沿着某些痕迹，回溯已经逝去的生活图景，抚摸记忆的创伤，为他们的种族被屠杀的命运作证。这种特殊的命运，成为他们心中的一盘火，不断地在里面燃烧。

然而，一个写作的印第安人，还是真正的印第安人么？他们自以为从迷失中找回了自己，找回了自己的身份，到头来只是一种怀旧，一个拥有电视、电话、网络的文明人，对一个消失了的世界的乡愁。拿起笔来的印第安人，实际已经被文明改造了，驯服了。有个别作家在政府部门任职，因利乘便写起侦探小说，涉及许多犯罪情节。他们经历过迷失后所寻回的身份，还是从前的身份么？

回程路上，印第安人就成了我们的主要话题。依萨莎因着她丈夫的母亲是出生在温哥华的印第安人，从她那里了解到很多关于这个种族的方方面面。她同意我的看法，说现在的印第安人变化很大。他们不再像祖先，上山采摘野菜野果的时候，将自制的烟草撒到地上，以回报神灵；不再为一棵树、一朵花、一根草祈祷；没有多少人会将子孙带到原野上，对他们说“看看你的周围，向四个方向尽可能往远处看，你的周围都是你的亲人、你的朋友。你脚下站着的土地是神圣的，你好好盯着它，好让它进入到你的身体里”；也没有人告诉他们的子孙，说不是土地属于人，而是人属于土地；生命是以各种形式存在的，所有生命都来自同一的原动力，人的生命不比一棵植物或一只动物更重要，是三者共同使世界平衡的；女人再不跑到野外去，双手抓紧一根插在地上的白杨树棒，将孩子生到一块兽皮上；也不再跳太阳舞，将自己的一块肉奉献给它。

依萨莎又说，他们很多人都出生在大城市，芝加哥，蒙特利尔，温哥华，在现代社会文明中成长。他们穿西装，打领带，作西部牛仔打扮。使自己“重新变成印第安人”的方法只有不时回到祖先生活过的山谷，凭吊一下曾经有过祖父一间小茅屋的土地。从老一辈那里学会尊重大自然，不践踏一棵草，不破坏一棵树，将一辆摩托车看作神灵，已经是最大的限度。有些人骄傲于自己重新变成印第安人，但是也有越来越多人与美国人、欧洲人通婚，将孩子放到寄宿学校，让他们从小进入现代社会，尽量忘记过去，或将孩子送到教会学校，让他们改宗天主教或基督教。久而久之，他们相信其他宗教跟他们原来的信仰相去不远。不知不觉中，原来的价值观被另一种代替了。从前他们嘲笑白人只会看、不会听无声之声；嘲笑他们不是不聪明，而是缺少智慧；嘲笑他们与大自然之间筑起一堵墙，现在他们也筑起墙来了。他们逐渐忘记怎样跟动物植物、跟无声的土地对话，不再安于贫穷的日子，不再相信传统可以给他们力量，可以证实他们的身份；不再相信“圣舞”可以使他们跟土地、风、花、水、雪和野兽沟通了。看，我们的文明还有什么留给印第安人，留给他们的命运？

再没有一个民族被命运如此捉弄，在短短的数百年中，历尽了野蛮与理性的强力冲击。两股相反的力量作用到他们身上，不偏不倚将这个民族和他们的文明推向沦亡。他们一步一回头，忽然失望地惊起，不知是从哪一道门进入到原来不属于他们的天地。伊甸乐园已经消失。野蛮与理性没有了界线。在这个纷乱的世界上，谬误是永远的谬误，而理性或良好用意，又曾经做过多少桩好事？

二〇〇〇年十二月